Esta es una historia de ficción. Todos los personajes, lugares y sucesos, son sacados de la imaginación de su autor. Cualquier similitud con la realidad, es pura coincidencia. A excepción de algunos nombres de marcas registradas, que fueron utilizadas con mucho respeto; esto, con el único fin de darle realismo a la historia.

© 2015, Rafael Nicolás Pérez

nicolasperez2014y@gmail.com

ISBN-10:0-9973625-3-7

ISBN-13:978-0-9973625-3-4

Corrección y revisión: Adoración Pérez Ferrer

Maquetación: Rafael Nicolás Pérez

Diseño de portada: Rafael Nicolás Pérez

Primera edición: junio 2016

Bella Obsesión

Todo por ella

AUTOR

RAFAEL NICOLÁS PÉREZ

DEDICATORIA

A mi madre Alicia Pérez, por ser madre y padre a la vez, durante toda su vida; también, por darme los mejores hermanos del mundo: Mercedes, Ana, Enrique y Rafelina.

Muy en especial, quiero dedicar todos estos meses de trabajo y esfuerzo a mi hermana Ana, por haber cargado conmigo dentro de su matrimonio, como el bulto que nunca pudo olvidar, mientras mi madre buscaba un mejor futuro para nosotros, sus hijos, en los Estados Unidos de América.

No quiero terminar esta dedicatoria sin mencionar a mi tía Esperanza, que más que una tía fue madre de todos. Me atrevería a decir que hasta madre de mi madre. ¡Ojalá y, se encuentre ella, mi hermana Mercedes y los demás familiares que hoy no están conmigo, en un mejor lugar!

Contenido

Prefacio

Mi nombre es Alex Brown y la historia que estoy a punto de contarles a todos ustedes, no se la he contado a nadie antes. Quizá, por lo embarazosa o controvertida que pudiera resultar. Pudiera ser, también, el temor a ser juzgado por la sociedad y sus prejuicios. Quien conozca lo que estoy a punto de revelar, sabrá qué hacer si algún día se ve en la misma situación o, de otra forma, podrá juzgar mis actos. Quien decida ignorarla, tendrá que lanzar una moneda al aire, llegado el momento, y esperar haber tomado la decisión correcta.

Podría hacer de esta historia un pequeño resumen y así ocupar del lector el menor tiempo posible; pero, sin los pequeños detalles, nunca entenderían la razón por la cual, después de tantos años, he decidido contar al mundo mi historia. Si mal no recuerdo, todo comenzó alrededor de cinco a seis años atrás, en un bar donde una mirada repercute en todo lo que soy hoy día y la causa, también, de que hoy esté en este hospital.

Recuerdo que todo empezó un viernes por la noche... ¡Cómo olvidarlo!

Capítulo 1

Esa noche... tenía en mi mesa una copa del mejor whisky sour que se sirve en uno de los bares más exclusivos de la ciudad de Nueva York. Disfrutaba de la diversión como todos los viernes. Esto, después de haber terminado mi día de trabajo en la empresa de la que era accionista al veinte por ciento. Música, mujeres, bailes, aplausos y los mismos empresarios de siempre ambientaban el salón. Ese mismo viernes, tenía claro que sería mi última noche en Knights bar. Justo, ocho meses antes de mi boda. "¡Mi última noche!". Al menos, eso pensé yo.

A mi tercera copa de whisky, ella salió a escena. No la había visto antes, durante los tres años que llevaba visitando el lugar y ocupando la misma mesa, a unos cuantos pies de la pista de baile, donde solo los clientes más exclusivos y privilegiados podían sentarse...: el área vip.

Ella giraba alrededor de un tubo de color plateado, donde vendía su pícara sonrisa y sensuales movimientos. Deslizaba su sensualidad en cada giro que daba alrededor del mismo. Yo la observaba desde mi mesa, ubicada a solo unos pasos de su área de trabajo. Mientras ella bailaba, pude notar que un gesto suyo fue dirigido a mí, a pesar de tantos empresarios a mi lado y todos los hombres en su entorno, "¡ella notó mi presencia!", me dije a mí mismo, satisfaciendo mi ego interno. Al terminar su actuación, ella caminó unos pasos hacia atrás, alejándose del tubo y perdiéndose de mi vista, entre las vagas luces y una cortina de humo. ¡Indudablemente, la joven captó mi atención!

Decidí, luego de su actuación, salir del bar y terminar mi noche como acostumbraba después de cada viernes de tragos... visitando a mi novia Lisa y haciendo el amor de la forma acostumbrada. Tener sexo con ella era algo frecuente. En diversas ocasiones, teníamos sexo sin importar la fecha ya estipulada para nuestro matrimonio. Nos reuníamos en su departamento, para dar rienda suelta al deseo carnal que sentíamos el uno por el otro.

Desde que salí del bar aquella noche, no lograba olvidar el despliegue y estilo único de aquella joven en el tubo. "Siento deseo de volver al bar esta noche". "Pero nunca he visitado el bar los sábados". "Siento un impulso extraño de verla otra vez". "La verdad, creo que volveré hoy", pensaba la mañana siguiente, sábado.

Pasó el día y llegó la noche. Me duché y vestí uno de los mejores trajes que tenía; mis mejores zapatos... todo hacía juego con mi corbata de $300 dólares; rocié en mi cuello uno de los mejores perfumes que conformaban mi colección de 62 piezas; en mi muñeca izquierda fijé uno de mis 46 relojes más preciados y empuñé las llaves de mi BMW 580i. Me dirigí al bar, llegando más temprano de lo habitual y en un día inusual para mí... todo, para no perderme la actuación de la nueva stripper. Quienes me conocían en la barra, se sorprendieron de mi presencia en el lugar, solo por el hecho de ser sábado. Pedí lo de siempre y ocupé la misma silla y mesa en el vip. "¡Ya solo falta ella!", pensé, mientras saboreaba mi primer trago aquella noche.

Pasaron las horas y por más que esperé su actuación, solo vi las mismas caras de siempre, a excepción de algunos empresarios, a los que nunca antes vi junto a mí en aquel vip. Pedí mi octava copa de whisky sour, con sus dos cherry navegando entre licor y hielo. Transcurría la noche y ella no aparecía por ningún lado. "¿Acaso no vendrá a trabajar hoy?", me preguntaba a mí mismo cada cierto tiempo. El espectáculo continuó y ahí seguía yo, esperando por ella al pie del cañón. Por más que esperé y esperé, ella nunca apareció en el escenario, y el bar cerró a mi décima copa de whisky.

Al salir del recinto, noté que el bar al otro lado de la calle, de nombre Nite bar, continuaba con su servicio. Me llamó la atención ver, a través de sus grandes cristales, las personas que todavía seguían allí y cómo disfrutaban del ambiente. Apoyando mi mano derecha en la capota de mi auto y sosteniendo la puerta con mi mano izquierda, miraba aquel lugar. "Yo nunca entraría a un bar tan pequeño y sucio como ese". "Muy poca clase para mi gusto". "Basta con ver el tipo de personas que entran en él... puros borrachos". "No puedo creer que esas personas estén disfrutando de ese cuchitril". "Pero bueno, ellos son dueños de sus vidas". "Yo, de ninguna manera entraría a esa cantina de poca monta", era todo lo que pensaba de aquel bar. El sereno de la madrugada ya estaba causando estragos en mí, después de haber tomado tanto alcohol, por lo que tomé la decisión de marcharme de allí.

Al llegar a mi morada, tan ebrio como decepcionado, mi cuerpo solo pedía dormir. Sin quitarme nada, quedé rendido en mi cama de $8,500 dólares, después de soportar la pelea de dos gatos en mi cabeza; así la sentía, luego de tanto licor en mi organismo. Total, para nada; pues, a final de cuentas, ella nunca salió al escenario.

Al despertar, unas cuantas horas más tarde, sentí como si alguien martillara sobre mi cabeza. Por suerte, tenía todo el domingo para descansar y tratar de buscar remedio a mi malestar.

El lunes me dirigí a mi trabajo, tras tomar la decisión de no ir al gimnasio esa mañana. A pesar de que mi cuerpo estaba molido, debido al maltrato recibido dos días seguidos, algo que era inusual en mí, logré sobrellevar las riendas de mi empresa hasta el mediodía. Mientras conducía mi coche de regreso a casa, mi mente me atormentaba: "No entiendo por qué sigue tan constante en mi cabeza", "por qué no puedo olvidar sus piruetas en el bendito tubo"…

Posteriormente a esa noche en el bar, todos los días de la semana, conservaba su imagen en mi cabeza, sin poder sacarla de mi mente ni un solo segundo. Así siguieron pasando los días. Llegó el viernes y esta vez esperaba tener mejor suerte y volver a verla. Esa mañana llegué al gimnasio para mi rutina de ejercicios, junto a mi amigo Marc.

—¿Cómo estás, Alex? —me saludó, como siempre.

—Bien —respondí un poco pensativo.

Cuando llevábamos ya un promedio de veinte minutos entre vagas conversaciones y rutinas de ejercicios.

—¿Qué te pasa?, te siento en otro mundo, Alex. No te veo concentrado en esto. Así no podemos continuar con nuestra rutina —señaló, sentándose en la banqueta que se encontraba junto a nosotros.

—Es que estoy ansioso porque pasen las horas y volverla a ver —enuncié, poniendo en el piso dos pesas de 45 libras con las que ejercitaba mis brazos y sentándome junto a él.

—No entiendo. ¿A qué diablos te refieres? La verdad es que hoy te desconozco, Alex.

—Es que conocí una joven el viernes pasado en el bar. ¡Preciosa!, nunca antes vi algo semejante. Me lanzó una mirada excepcional. Al parecer, le gusté. Ya reservé mi lugar en el bar para esta noche, Rubio; olvidé hablarte de ella antes.

—Pero si me dijiste que el viernes pasado sería tu último día en el bar. ¿De verdad piensas volver hoy? ¿Acaso, no fijaste ya una fecha para casarte con Lisa? —frotando mi hombro derecho se levantó de la banqueta para dirigirse hacia su otro yo... en el espejo; le fascinaba peinar su pelo rubio con los dedos, frente a él.

—Lo sé, Marc, pero ya me conoces; quiero saber por qué esa chica me miró de ese modo. Míralo de esta forma, Rubio: ella podría ser mi despedida de soltero —alardeé, parándome frente al espejo, junto a él.

—La verdad, es que tú nunca vas a cambiar, Alex. Deberías aprender de tu hermano —miraba en el espejo cómo los músculos de sus brazos cambiaban de blanco a rojo y sus venas despertaban, para canalizar el sudor de su piel.

—Entonces, Rubio, ¡¿qué te parece?!, me acompañas esta noche?

—Ya conoces a mi esposa; por demás, sabes que no puedo, eso ni pensarlo —sin duda, él era número uno en estrategia para conquistar a las mujeres, hasta que decidió, a sus treinta y tres años, tomar el mismo camino que mi hermano John, casándose. En cambio, yo siempre pensé que el matrimonio no era para mí, hasta esa semana que fijé la fecha para casarme con mi novia Lisa.

—Entonces, te veo mañana —me despedí, tirándole un gancho al hígado con mi mano derecha, sacándole algunas carcajadas y alejándome de él.

—¡Pobre de ella! —lo escuché gritar, cuando me dirigía fuera del gym.

Me marché a casa. Me duché pensando en la chica nueva y su forma de mirarme. Entretanto me vestía, confirmé mi reserva, como siempre, en el bar. Llegué a mi trabajo y no dejaba de contar las horas, ansioso de que llegara la noche para regresar al bar.

Llegó la hora de ponerme lo mejor de lo mejor de mi armario. Vestí una camisa Geoffrey Beene, de color azul claro; corbata combinada, zapatos negros y correa de la misma marca; reloj Cartier; perfume exclusivo de Versace y volví a empuñar las llaves de mi auto, para procurar llegar temprano a verla.

Luego de saludar a algunos conocidos, tanto en la barra como en el vip, pedí lo acostumbrado, whisky sour, con sus dos cherry. Disfruté del espectáculo y de mi tercera copa, mientras bailaba María; luego, Gina, Rosa, Janeth, Megan y, por último, Katy. Todas conocidas por mí, ya que, en algunas ocasiones, compartí algún trago con varias de ellas. Debo confesar que con Gina y Megan fue diferente, puesto que con ellas llegué a compartir... más que tragos.

"¡No puedo creerlo, será que hoy tampoco vendrá!". "Podría preguntar por ella". "Estás comprometido Alex". "En poco tiempo te casas". "Es más... ni siquiera deberías haber venido hoy". "Juraste no regresar aquí", esos eran algunos de los pensamientos y preguntas que rondaban en mi cabeza, a mi sexta copa de whisky. Sentía que el compromiso con Lisa había cambiado mi percepción de la vida. En cierta forma, me sentía culpable por estar allí buscando una última noche con aquella joven.

Unos minutos más tarde, ella, como toda una diosa, hizo su entrada. Para mí, fue como ver todo lo hermoso de cada una de las mujeres del mundo, en un solo ser. En tanto ella bailaba, yo sostenía mi copa y pude ver cómo mi mano tembló algunos segundos. No sabía si alguien más había notado mis nervios, al verla aparecer entre las luces de colores que jugaban con su cuerpo, cuando se deslizaba en aquel tubo. Sus juegos en el plateado fueron los más imponentes y perfectos nunca antes vistos por mí. En un momento de su actuación, ella caminó unos pasos adelante y comenzó a jugar con los hombres que ponían billetes de todas clases, en sus pantaletas de poca tela. En tanto eso pasaba, ella, en vez de mirar a los clientes que la cubrían de dinero, a manos llenas, solo sabía mirar y dirigir sus gestos a mí. Era como si el mundo a su alrededor no existiera. "¿Por qué juega así conmigo?". "No comprendo su mirada". "¿Por qué yo?". "Si nunca antes la he visto". "¡Es preciosa!". Mi mente trabajaba a mil por segundos. Tomé de nuevo la copa en mi mano y, en un cerrar y abrir de ojos... ella ya estaba a mi lado. No podía creer el santiamén en el que llegó tan cerca de mí. Ni siquiera había bajado mi copa y ya empezaba a jugar con mi corbata de $300 dólares. La empuñó con fuerza, halándome hacia su pecho. Con su mano izquierda sostenía mi corbata y con su derecha llevaba una de las dos cherry, que navegaba entre el licor y el hielo de mi copa, a su boca, hasta morder su pequeña espiga, incitándome más tarde a tomar la fruta de su boca, con la mía. En cuanto sostuve la fruta en mi boca, ella soltó mi corbata, alejándose de mí, de la misma forma en que llegó.

Esos aproximados diez minutos que estuvo conmigo, parecieron eternos. Pensé que no acabarían nunca. Fue como si todo hubiese pasado a cámara lenta. Desperté de mi trance, al sentir algunas palmadas de felicitaciones en mis hombros y espalda, provenientes de algunos conocidos a mi lado en aquel vip. Respiré muy hondo, tratando de recuperar el aliento que me robó la joven.

Permanecí en el bar unas horas más. Cuando ya había perdido la cuenta de mis tragos, tomé la decisión de marcharme del lugar. Opté por no ir a visitar a mi novia esa noche y terminar la jornada en mi apartamento. Manejaba el coche, sin dejar de pensar en aquella bailarina; pensaba en su olor de mujer, su sensualidad y en aquellos ojos que irradiaban pasión.

Al llegar a casa, el reloj marcaba sobre las 2:00 de la madrugada del sábado y yo, en mejores condiciones que la vez anterior, me serví un último trago, de una de las tantas botellas de whisky que adornaban mi pequeño bar en casa. En la mesita, junto al mueble de la sala, coloqué mis pies, mientras disfrutaba de algunos cortes deportivos en la televisión, a la vez que mi trago. Por más que quería dormir, no podía conciliar el sueño. "¿Qué pasa contigo, Alex?". "¡Maldita sea, te vas a casar con Lisa!". "No te involucres". Solo pensaba en la ágil bailarina, sin poder evitarlo. Por más que quise sacudir su recuerdo de mi cabeza, me resultó imposible. Aún seguía en mi mente el rojo fuerte de sus labios, el brillo de sus ojos color miel, su pelo largo y suave como la seda, su piel azabache y esa mirada suya tan dominante. En un momento de lucidez, volví a la realidad, dándome cuenta de que mi corbata de $300 dólares estaba manchada con su pintalabios de color rojo. "¿Habrá sido cuando bailaba en mis piernas?". "Quizá, ¿cuándo jugueteaba con ella?", me preguntaba a mí mismo, mientras la tendía en las palmas de mis manos. En vez de sentir enojo por la mancha en ella, más bien la idolatraba, guardándola más tarde como cualquier trofeo ganado con esfuerzo. Después de tanto pensar en aquella bailarina, me quedé dormido en mi sofá de $5.000 dólares.

Pasaron los días y solo tenía una cosa en mente...: volver a verla. "¿Qué pasa contigo, Alex?". "Estás actuando como un chiquillo a tus treinta y dos años". "Esto está mal", regañaba a mi extraña necesidad de verla. Todo estaba pasando tan rápido, que no me daba cuenta de lo que se formaba en mi interior.

Cuando estaba en el gimnasio en conversación con Marc.

—¿Ya ligaste con la muchacha esa del bar, Alex? —preguntó mi amigo el Rubio.

—Ni siquiera he podido hablarle, Marc. Es muy escurridiza. Es diferente a las demás. Delante de ella soy otro, no me reconozco. Me siento un novato a su lado —sentía pena por mí mismo.

—No puedo creer que el conquistador de Alex sea quien esté diciendo algo así. ¿No será que el lobo ya se volvió viejo? Jajaja —sonrió de forma burlona, dándome a entender que perdí mis dotes de conquistador.

—Sabes que conseguiré lo que quiero, antes de casarme, de eso puedes estar seguro, Rubio —estaba convencido de que aquello solo era cuestión de tiempo. Contaba con ocho meses para lograr mi objetivo y alejarme de ella.

—Bueno, mejor continuemos con lo que estábamos, Alex, ya estoy cansado de que te pases todo el tiempo hablando de esa muchacha y descuidemos nuestra rutina —me dio una palmada en la espalda, levantándome de la banqueta para nuestra rutina de piernas.

Capítulo 2

Pasaban ya dos meses desde que vi a la joven bailar por primera vez en aquel bendito tubo. Mis días ya no eran los mismos. Mi rutina cambió por completo. Mi prioridad ya era ver a aquella chiquilla y su espectáculo cada viernes; en un segundo plano quedaba mi boda con Lisa. Yo continuaba yendo, como siempre, todos los viernes al bar, a pesar de prometerme a mí mismo no regresar más por allí. Seguía ocupando el mismo lugar de siempre y disfrutando cada una de sus funciones; cada giro que daba, cada sonrisa suya, su forma de mirarme y su despliegue sobre aquel plateado. Así como se estrechaban mis encuentros con aquella diva, de la misma manera se acercaba mi boda con Lisa.

A veces, mientras la nueva bailaba y cuando alguna que otra vez llegaba hasta mi mesa, yo escaneaba con mis ojos cada parte de ella, buscando cualquier defecto que me hiciera recordar que tenía novia y que estaba a punto de casarme. Buscaba algo que me hiciera desistir de volver a verla. Por más que quise encontrar algo que causara en mí una decepción, no pude, a pesar de una pequeña cicatriz que cruzaba la parte baja de la muñeca, en su brazo derecho; ¡era única! Casi perfecta, diría yo. A pesar del reto que me propuse, sabía que las cosas no iban como yo esperaba.

"Parece ser que Marc tiene razón, de lobo ya no tengo nada", "quizá tengo miedo de conseguir lo que busco", "tengo que demostrarle al rubio Marc y a mí mismo que sí puedo", analizaba pros y contras, ya que temía enamorarme de ella.

Después de otra semana más de trabajo, llegó el día viernes y, así mismo, llegaron mis ansias de verla otra vez. Ella, a pesar del poco tiempo que llevaba trabajando en el bar, se había convertido en la diva del lugar. Los hombres la idolatraban; era a quien todos esperaban ver. Nadie quería perderse su espectáculo. La gran parte de ellos gritaban como locos cuando la veían llegar, cada vez con algo nuevo. Yo, en cambio, empecé a sentir celos de cada uno de los hombres que posaba su mirada en ella. No podía explicarme la razón de aquellos celos si, a pesar de que bailaba muchas veces para mí, nunca tuvimos una conversación. Ni siquiera conocía el tono de su voz; más bien, ensuciaba unas veces mi fina corbata y otras veces mi camisa.

Luego de combinar mi camisa blanca con mi corbata; pantalón gris oscuro, zapatos Aldo y en mi muñeca un reloj Movado; acto seguido de perfumarme y recoger las llaves de mi auto, allí estaba yo, nuevamente..., esperando por ella. "Esta noche, al menos, consigue su nombre, Alex". Ya no tardaría en salir, según mis cálculos. ¡He ahí la culpable de todas mis angustias: ¡su bendita mirada!, era algo que no dejaba de repetirme, una y otra vez —susurré. De repente, ella empezó a caminar hacia mi mesa, después de no haberlo hecho las últimas dos semanas. Cada vez estaba más cerca de mí, podía ver cómo se acercaba, sin poder dominar mis emociones, la esperaba. Al llegar, pasó sus suaves manos por mi cabello, jugando un poco con sus dedos perdidos en mi pelo negro y ondulado. Sus ojos, color miel, miraron el verde de los míos, chocando así nuestras miradas. Mientras colocaba su pie izquierdo a un costado de mi asiento, llevó en un momento mi cabeza a su desnudo pecho. Pude sentir la juventud de sus senos en mi rostro. Me dejé llevar por su seducción. Ella alejó mi cabeza de su pecho, sacando sus dedos de mi pelo, para bajar su mano por mi cuello, haciéndome ligeras caricias con sus uñas y las yemas de los dedos. En el momento en que bailaba para mí, dejó una servilleta en el bolsillo de mi camisa, terminando así su actuación y, a la vez, con mi inquietud. Dando unos pasos atrás, se perdió, como cada viernes, entre el arcoíris de luces y la cortina de humo, dejándome sin aliento. Esta vez, fue más lejos que veces anteriores, al dejar esa servilleta en el bolsillo de mi camisa. "Ya no estoy seguro si solo soy parte de su función, si me ve diferente a los demás clientes del bar…". Leí el escrito en la servilleta, después de un trago bien largo: "Privado n°3 en 20 minutos". Diez minutos pasaron antes de leer su nota. Con disimulo, me dirigí al privado indicado en aquella servilleta. Al llegar allí, mi mirada la buscaba con insistencia. Habían pasado ya 27 minutos y yo seguía allí parado, sintiéndome un verdadero estúpido, mirando para todas partes. Me sentía como cualquier niño chiquito, pensando que Santa Claus bajaría por la chimenea con su bicicleta en las manos. Al minuto 30, desistí de aquel supuesto encuentro entre nosotros. Entré al baño, contiguo al privado n°3, donde arreglé mi camisa y corbata. Salí del baño cinco minutos más tarde. Di unos dos pasos fuera de aquel baño, cuando sentí cómo una mano de mujer acariciaba mi cabello. Al girar mi cabeza, queriendo ver de quién se trataba, otra mano haló mi corbata... "¡Es ella!". De un solo tirón, me dirigió al privado antes acordado. ¡No podía creer que aquello estuviese pasando! Muy suavemente, me llevó a una de las paredes de aquel privado. Arrimando su cuerpo al mío, volvió a jugar con mi cabello; insinuó besar mi boca, sin llegar siquiera a rozar mis labios. Tirando de mi corbata, llevó mi cuerpo hasta el asiento de cuero blanco de aquel cuarto. Mis sentidos estaban frisados y mi piel blanca se tornó rojiza, no sabía si era por los tirones que me daba o por los nervios que me abrumaban. La joven mantuvo su juego de seducción y de dominio sobre mí. Deslizó ambas manos por mi camisa y, en medio de su baile, fue quitándome, uno por uno, cada botón de la misma, hasta quitar el último de ellos. Al minuto, aflojó la hebilla de mi correa, logrando de esta manera sacar lo que quedaba de la camisa dentro de mi pantalón. Dividió en dos partes mi camisa, dejando mi pecho y abdomen a la vista. Con sus manos, acarició mi bien ejercitado cuerpo; colocó sus manos en mi fornido vientre, formando un corazón alrededor de mi ombligo, donde, de grado en grado, posó un beso. Yo disfruté del momento, muy sorprendido. Pasaron diez minutos, de los cuales solo ella fue la dueña de cada segundo. De nuevo, simuló besar mi boca y, en un intento desesperado, quise alcanzar sus labios, pero ella supo cómo huir de los míos. En su huida, fue a parar a mi oído izquierdo y, muy suave, deslizó sus labios por mi cuello. En los últimos quince minutos, no había podido escucharla decir una sola palabra. Solo continuaba con su juego de poder sobre mí. Despojándose de una blusa transparente y con escote en su pecho, bailó sentada en mi pene, ya erecto y a punto de estallar. En sus continuos movimientos, logré rozar con mis labios sus senos, por algunos segundos. Pude sentir su rigidez. Sus pezones eran tan punzantes como apetecibles. En algún momento... creo que impulsado por los nervios o, quizá, mi desesperación, pregunté:

—¿Puedo saber tu nombre? —fue la primera vez que escuché su voz.

Subiendo con su mano izquierda mi barbilla para ver mis ojos de frente, su boca se abrió para decirme con suavidad, sensualidad y seguridad:

—¡Silencio, relájate! ¡Solo disfruta el momento! ¡Muchacho malo!

Al finalizar su acto, después del minuto veinte y de someterme a sus juegos eróticos, todo terminó y nada pasó de ser una función privada. Caminó, con intención de marcharse y dejarme allí parado. En ese mismo instante, halé uno de sus brazos, deteniendo así sus pasos, justo cuando pasaba el marco de la puerta. Puse en sus manos un billete de $100 dólares y volví a preguntar:

—¿Ahora sí me darás tu nombre?

Ella tomó el dinero, fijando su mirada en mí; al momento, sacó de su bolso un lápiz labial. Escribió algo en el billete, apoyándolo en mi espalda, para luego dejarlo en el bolsillo izquierdo de mi pantalón. Me arrimó a ella, halando ambos bolsillos y dejando, esta vez, un beso suave en mis labios.

—¿Por qué tienes que hacer tantas preguntas? —susurró, pasando la puerta y lanzándome aquella mirada de perfil que me llevó a regresar al bar.

Se marchó, dejando su olor de mujer en mí. Quedé solo y estrujado, con mi tercera corbata sucia de pintalabios y mi segunda camisa en la misma condición. Después de recibir un privado que no buscaba, no aguantaba el dolor en mis genitales. Solo sentía un deseo intenso de tener sexo con alguna mujer. Al verla marchar, ya tenía claro que no sería con ella. "Solo soy un juego". "Sin duda, está cortada con la misma tijera que las demás", pensé, muy decepcionado de ella. No entendía por qué diablos quería que fuera diferente conmigo, si mi pretensión siempre fue tirármela y alejarme de ella lo antes posible.

Tomé la decisión, entonces, de visitar a mi novia Lisa. Pero no podía presentarme en las condiciones que me dejó aquella bailarina erótica, todo estrujado y con la ropa pintarrajeada. Así que, primero, pasé por mi departamento. Me duché y me cambié de ropa en tiempo récord. De camino, llamé a mi novia, dejándole saber que iría a visitarla.

En el momento de llamar a su puerta, ella apareció y mi deseo sexual aumentó al verla. Vestía una blusa blanca de botones, terminada en nudo a la altura de su ombligo; bragas blancas, muy ajustadas a sus nalgas; su pelo, corto y rubio, dejaba caer algunas gotas de agua sobre sus hombros y, en su cuerpo, tenía el perfume que a mí me gustaba de ella.

Nunca antes sentí tanto deseo de hacerle el amor a mi novia, como el que tenía esa noche. Preguntó como de costumbre, si quería tomar un trago antes de ir a la cama. No le di tiempo a decir nada más y posando las palmas de mis manos en sus mejillas, la llevé a una de las paredes de la sala. Besando sus labios, fui quitando cada botón de su blusa, hasta llegar al nudo. Al vuelo, noté la diferencia entre unos senos de treinta y cinco años y otros de veinte y algo. Llevé uno de sus senos a mi boca y halé su pezón con mis labios repetidas veces. Coloqué mi mano derecha rodeando su cintura con fuerza, apoyándola a mi cuerpo, y besé su cuello, acariciando su pelo mojado con mis dedos. Pude ver su blusa caer al piso, después de halarla bruscamente con mis manos y dejarla con una única prenda en su cuerpo..., sus bragas blancas. Tomé ambas piernas, montando su delgado cuerpo sobre mi cintura. Con mi pantalón y mis calzoncillos ya rodando por el suelo, luego de sacudirlos varias veces con mis piernas, hice sus bragas a un lado e introduje mi pene en su vagina, haciéndola gemir de placer, al tiempo que besaba sus labios ya humedecidos. La llevé luego a la cama dando pequeños pasos, donde la lancé con desesperación. Me aferré a su delgado cuerpo, besándola toda, sin dejar un solo espacio en el que ya no hubiera puesto un beso, después de saciar mis ganas, más que las de ella y de que ambos quedáramos rendidos. Al amanecer, me exigió más y yo accedí a su petición; así que volvimos a tener sexo, otra vez.

Tras hacer el amor por segunda vez:

—¡¿Qué pasó, amor?! —al parecer le sorprendió mi forma de hacerle el amor esa noche.

—¡No entiendo tu pregunta, Lisa! —respondí muy exhausto y mirando al techo.

—Es que tu actuación... no sé, fue diferente esta vez. ¡No parecías ser tú! Te sentí un tanto agresivo..., pero me gustó —susurró, de espalda a la cama y tan fatigada como yo.

—¡¿De verdad lo crees, amor?!

—¡Me encantó! —suspiró, con una mirada de satisfacción, acariciando mi pecho con su mano derecha.

Cuando regresaba en el coche, de vuelta a casa, me llegó a la mente el billete en el bolsillo del pantalón que me cambié, antes de salir para donde mi novia. Presioné el acelerador y en poco tiempo ya estaba abriendo la puerta de mi apartamento. Ansioso por el escrito en el billete que había olvidado, agarré desesperado mi pantalón. Al tomar el dinero, por un lado decía: "Alisha" y, por el otro lado: "diez minutos en el aparcamiento". "¡No puedo creer que esté leyendo esto!". "¿Cómo no miré antes?" —pensé, mientras estrujaba el billete de $100 dólares, dando algunos pasos de frustración, para luego romperlo en mil pedazos.

Ese sábado, solo podía lamentar lo que pudo ser y no fue. Todo ese desborde de pasión que hubo entre Lisa y yo, ahora pensaba que pudo haber sido con la nueva; aunque, tengo que confesarles que todo lo que hice con mi prometida, fue impulsado por la stripper. "¡No sé qué me pasó!". "Ese hombre que le hizo el amor a Lisa no era yo". "Por eso sus preguntas". "Parece mentira que haya actuado incitado por esa joven". "Pero, ¿por qué me pasa esto con ella?". "Apenas la he visto", pensaba, sin entender mis emociones.

Yo, que siempre era quien tomaba la iniciativa con las mujeres; ahora, me sentía manipulado por una chiquilla con poco más de veinte años. "Nunca he sentido algo así". "¿Por qué con ella?, ¿por qué ahora, cuando faltan solo meses para mi boda?". Mi cabeza no tenía ninguna lucidez, desde que conocí a aquella bailarina erótica. Solo pensaba en ella y muy poco en mi prometida. Estar con aquella mujer, se convirtió en un reto para mí; tenía claro que sería mi última aventura antes de casarme con Lisa. Sin esperarlo, todo aquello se estaba convirtiendo en un juego muy peligroso. Nunca antes invertí tanto tiempo para conseguir que una mujer me diera una noche de placer. Con ella, ni siquiera conseguía conversar cinco minutos seguidos.

Capítulo 3

Llegó el viernes, nuevamente. Esta vez, no podría ir a verla, debido a un compromiso anterior. Debía asistir a la fiesta de Luisa, mi futura cuñada, que cumplía diecinueve años ese mismo día. En esta ocasión, mi vestimenta fue algo más casual, ya que en mis planes no estaba ir al bar esa noche, así muriera de ganas por volver a verla; ahora, ya sabía su nombre. No obstante, ese era un lujo que no podía darme.

Esa noche, vestí pantalón jean, correa y zapatos Prada, reloj Bulova y una camiseta ajustada de la marca Gucci. Esta vez, escogí las llaves de mi Porsche deportivo color rojo, con asientos de cuero negro. Me dirigí al club donde se llevaría a cabo la fiesta de cumpleaños de Luisa, la hermana de mi prometida.

El reloj marcaba sobre las 8:00 pm, y yo pensaba hacia dónde debería estar conduciendo mi coche, en vez de la ruta que ya llevaba. Pero, al mismo tiempo, pensaba que no debía fallarle a Luisa y a toda su familia. Prometí estar allí a mi cuñada y a mi novia. A la celebración también iría mi familia, a excepción de mi hermano John.

Ya pasaban algunos minutos de las 9:00 pm y yo solo podía pensar en la joven y en la hora de su salida al escenario. "Estás en un ambiente familiar, Alex". "¿Qué te está pasando, por Dios?". "¡Contrólate, control mental!". "No te dejes llevar por la tentación", pensaba, hasta que escuché mi nombre.

—¡Alex, ven para tomarnos las fotos con mi hermana! ¡¡¡Alex!!!

—Bien, Lisa, ya voy —caminé de frente ella, dejando mis pensamientos atrás.

Pasó una hora más y aunque estaba allí, sentía que no era yo. Mi mente seguía en el bar y en la ágil bailarina. "Ya casi se acerca la hora de su actuación", me repetía a mí mismo, mirando mi reloj, una y otra vez. No podía evitar pensar en ella y en lo que pudo haber pasado esa noche que la dejé esperando en el estacionamiento del bar.

De repente, se me ocurrió algo para salir de la fiesta e ir a verla, así fuera unos minutos, y regresar en cuestión de una hora a la celebración. Fingí atender una llamada en mi móvil, muy cerca de mi prometida.

—Hola, John —dije, mirando a mi novia de reojo.

—¿...?

—Ahora no puedo; estoy en el cumpleaños de mi cuñada Luisa, ¿lo recuerdas? —simulaba responderle a mi hermano.

—¿...?

—¡Adiós, John! —cerré la supuesta llamada, llevando mi móvil al bolsillo.

—¿Era John? —preguntó Lisa, mirándome de perfil.

—Sí, era él, amor. Necesita unos papeles que olvidó en mi oficina.

—¿Él no piensa asistir a la fiesta de mi hermana?

—No creo que pueda, Lisa —abracé su cintura y besé su mejilla.

—¿Son tan importantes esos papeles, amor?

—Al parecer, sí.

Aproveché una llamada entrante a mi teléfono, en ese mismo instante, de mi amigo Marc. Cogí el móvil y rechacé la misma, simulando haberla atendido.

—¡Ahí está de nuevo!, es mi hermano.

—Dile que venga a buscarlos y así comparte con nosotros la fiesta —ella ignoraba por completo mi jugarreta.

—Dame un minuto, amor, y regreso. Permíteme hablar con él —dando algunos pasos me alejé de ella.

—¿Qué pasó, Alex? ¿Viene o no John?

—Amor, voy a tener que llevarle los papeles. Insiste en que son muy importantes. Por lo mismo, no va a poder venir.

—¡Pero, no puedes irte, Alex! —clavó su mirada en mí, cual si fuera un puñal amenazador.

—Solo le dejo los documentos y regreso en cosa de una hora, amor. ¡Aún es temprano! Dile a tu hermana que ya regreso —susurré, plantando un beso en sus labios y alejándome de ella.

—¡Por favor, Alex! ¡No te puedes ir! —vociferó, cuando vio que me alejaba, dejándola atrás.

—¡Solo voy y regreso! Mis padres deben estar por llegar; diles, por favor, que vuelvo pronto —también grité, girando mi cabeza y lanzándole un beso a distancia.

Yo siempre supe que mi hermano no asistiría a la fiesta de mi futura cuñada. Algo que los demás ignoraban. Por este motivo, se me ocurrió usarlo de tapadera para salir de allí.

Mi reloj, ahora, marcaba 10:20 pm y pude comprar, al menos, una hora con puras mentiras y actuación. "¿En qué te estás metiendo, Alex?". "No pareces ser tú". "¿Qué es lo que te pasa con esa muchachita?", pensaba, cuando me dirigía a mi auto. Sin perder más tiempo, salí en mi Porsche deportivo y me dirigí directamente al bar. No contaba con mucho tiempo para llegar a mi apartamento y cambiarme de ropa, así que continué mi camino, a toda prisa. Al llegar al bar, mi reloj marcaba 10:42 pm. "¡Justo a tiempo!", pensé, luego de entrar al establecimiento.

Ella empezaba su función alrededor de las 11:00 pm. Aún contaba con algo de tiempo para volver a verla. Esta vez, no me importó ocupar una mesa cualquiera, puesto que no contaba con mucho tiempo y en mis planes estaba regresar a la fiesta, después de verla algunos minutos.

Ella apareció y no podía ni creer lo que veían mis ojos. Su llegada al tubo, esta vez, fue muy diferente a las anteriores. De un solo salto, y con una sola mano, giró su cuerpo sobre él. "¡Al parecer, se ha percatado de mi presencia!", dije para mí, mientras observaba su espectáculo. Por dentro, deseaba que llegara a mi mesa

esa noche; pero, al mismo tiempo, le pedía a Dios que no lo hiciera. Mis súplicas fueron en vano. En un momento, ella ya estaba a mi lado. Lo supe por su perfume. ¿Cómo olvidar su olor de mujer? Comenzó a seducirme, como siempre. Jugaba con mi cabello, a medida que insinuaba su bello cuerpo sobre el mío.

En esa noche, yo no vestía una de mis elegantes camisas ni valiosa corbata. Tampoco ocupaba mi lugar en el vip, por lo que sus juegos conmigo serían otros. En un momento de su actuación, rodeó mi asiento, colocándose a mi espalda. Situó sus suaves y delicadas manos en mi pecho, pasando sus brazos por encima de mis hombros, susurró a mi oído:

—Faltaste a tu cita aquella noche.

En ese momento quise voltearme y disculparme, pero me fue imposible. Ella tenía todo el control de la situación y volvió a susurrar:

—¡Relájate! ¡Muchacho malo!

Prolongó su actuación, subiendo con ambas manos mi camiseta y rozando con sus labios uno de mis oídos. Dio unos pasos al ritmo de la música y ya estaba frente a mí, otra vez, mirándome con aquellos ojos color miel. Ella sabía que me tenía en sus manos, que podía hacer de mí lo que quisiera. Colocando una mano en mi pecho, movía su cuerpo con mucha sensualidad, mientras bailaba su segunda canción. En ese preciso instante, un constante repique de mi teléfono me llevó a sacarlo del bolsillo derecho de mi pantalón; ella, al ver el móvil en mi mano, lo tomó con delicadeza y rechazando la llamada, bajó su volumen, hasta quedar éste en vibrador; dejándolo, más tarde, sobre la mesa, junto a mi trago. Hizo todo esto, sin perder el ritmo. Yo pensé que la llamada perdida podría ser de Lisa. Minutos más tarde, de grado en grado, el móvil empezó a moverse sobre la mesa, de un lado a otro, debido a su vibración. Eso me indicaba que, nuevamente, alguien llamaba. Lo tomé en mis manos como pude; quería verificar si la persona que llamaba, en esos momentos, era mi prometida. De repente, ella volvió a quitármelo; esta vez, apagándolo por completo.

—¡No quiero distracción! ¡Muchacho malo! —susurró, de nuevo, en mi oído.

Otra vez, mi teléfono fue a parar a la mesa, junto al vaso. Nuevamente tomaba el control de la situación y, al cabo de unos minutos más, terminaría su dominio sobre mí.

—Te veo pronto —expresó, cuando se alejaba, dándome aquella mirada; dejando un beso entre mi mejilla y mis labios.

No comprendí lo que quiso decirme con eso. Ni siquiera tuve tiempo de buscar ninguna respuesta, puesto que ella, así de repente como llegaba, de la misma manera se esfumaba; perdiéndose entre luces, la gente y el humo del lugar. Volví en mí y cogí el móvil. El reloj, ahora, marcaba 11:23 pm. En lo único que pensaba mientras dejaba mi mesa... era en llegar lo más pronto posible a la fiesta de mi cuñada Luisa. Al vuelo me dirigí a mi auto. Encendí mi teléfono de camino al Porsche y lo primero que vi en su pantalla eran cinco llamadas perdidas... todas de mi prometida. Seguí caminando, a pasos agigantados. Mi mente y razonamiento se debatían entre llamar a mi novia o no. Tampoco quería perder tiempo pensando en lo que debía hacer, así que elegí llamar en el camino de vuelta a la fiesta.

Para mi sorpresa, el móvil volvió a vibrar en mi mano; de nuevo, en la pantalla aparecía el nombre de Lisa. No tenía ninguna excusa, en ese momento, para justificar mi tardanza. De modo que lo dejé vibrar y, luego, lo llevé hasta mi bolsillo derecho. Al querer dejarlo allí, sentí algo muy suave acariciando mis dedos. Al sacar aquello, me di cuenta de que era una servilleta exclusiva del bar. En ella, había un escrito con pintura de labios que decía: "estacionamiento en veinte...". Frené, de repente, al llegar a mi auto. Mi cabeza se complicó, aún más, luego de leer aquello. Mi decisión debía ser rápida, ya que no disponía de mucho tiempo. No sabía si llamar a mi novia y perder la oportunidad de volver a ver a la joven o aprovechar el momento con ella y casar un pleito seguro con mi prometida. "De todos modos, la pelea con Lisa ya es un hecho", analizaba mis opciones con aquella servilleta en mis manos. Después de pensarlo un poco, tomé mi decisión...; pasados cinco minutos, de los veinte propuestos por la bailarina, llegué al estacionamiento. Ahí estaba mi diosa humana, a punto de subir al auto de una de sus compañeras de baile, Rosa. Una cara ya familiar para mí. La joven Alisha estaba vestida como nunca la había visto; vestido color rojo vino, ceñido a su cuerpo con una correa negra que abrazaba su cintura; su pelo negro, en una sola trenza, pasando por encima de su hombro izquierdo y terminando en su ombligo; zapatos negros de tacón alto y fino; pintalabios rojo carmín, haciendo juego con su vestido y un bolso de color negro, que colgaba en uno de sus hombros. "¡Está hermosa!", me dije, después de gritar su nombre y ver su cara voltearse para verme. De pronto, vi a su amiga darle un beso en la mejilla y poner su coche en marcha.

"¡No puedo creerlo!", "¡se queda!". "¿Qué pretende esta joven conmigo?". "¿Por qué mis nervios?". "¿Cuál es el poder que ejerce sobre mí?". Eran algunas de las preguntas que rondaban mi cabeza, mientras se despedía de la pelirroja. Caminó hacia mí, toda imponente. Su mirada era brillante, pero dominante; su caminar, elegante. La veía y no podía creer que fuera la misma que bailaba en aquel plateado cada viernes y la única culpable de lo que me carcomía por dentro. "Quien la viera, no creería lo que es capaz de hacer en un tubo". "¿Por qué me mira así?". "¿Por qué sudan mis manos?". "¿Qué me pasa?". "Es solo una bailarina más, Alex". "Sabes que no te puedes enamorar". Supe que había llegado a mi lado por su perfume; su olor era único. Podía diferenciarla entre miles de mujeres. Al pararse frente a mí, calculé su estatura a partir de la mía: "5 pies 8 pulgadas sin sus tacos", "creo que debo tener dos pulgadas más que ella", pensé al instante. Me dio un beso que empezó en mi mejilla y terminó en la esquina de mi boca. El mismo que ya antes me dio. Era como si empezara a verme de otro modo.

—¿Tu coche dónde está? —su pregunta tenía sensualidad pero, a la vez, autoridad.

—Está al cruzar la calle —mis nervios al responderle eran notables. Aún no podía asimilar lo que estaba pasando.

—¡Vamos! —estaba segura de que seguiría su mandato.

—¿A dónde vamos?

—¿Por qué siempre tienes que hacer tantas preguntas? Solo llévame a tu auto —jugaba con sus labios, dándome aquella mirada de imposición y caminando fuera de aquel lugar.

Mientras caminábamos, no me atreví a preguntar nada más; solo me limité a seguir sus elegantes pasos.

—¿Cuál es tu auto? —preguntó, mirando a ambos lados, parada en la acera, frente al establecimiento.

—Es el Porsche de color rojo, al cruzar la calle —pretendía impresionarla con él; ella ni se inmutó. Al parecer, no era el primero que veía en su vida.

—¡Vamos! —indicó, tratándome como a cualquier niño chiquito, al que se le puede manipular.

Los demás hombres, que salían del bar, me miraban junto a ella y entre ellos murmuraban... no sé qué cosa... quizá, sobre nosotros dos, supuse. Me encontraba bien caminando a su lado y que los demás me vieran. Sentía como si ella hubiese sido el premio de una apuesta, entre los hombres que asistíamos a aquel bar y, al final, yo saliera vencedor.

Mientras yo manejaba el coche, ella se ocupaba de darme direcciones y, al mismo tiempo, el móvil no dejaba de vibrar en mi bolsillo. No me atrevía a sacarlo por razones obvias:

1) Ya imaginaba quién llamaba.

2) No quería que se diera cuenta la joven a mi lado.

3) Porque ella hubiese sido capaz hasta de tirarlo por la ventanilla.

Según mi percepción, ella no había notado que el móvil vibraba..., ¡qué equivocado estaba!

—¡Si lo coges me bajo del auto! —aclaró, girando su cabeza a la izquierda, haciéndome notar que mi móvil vibraba y que lo sabía.

Seguí al volante y ella solo abrió la boca para imponerse, reclamar y decirme dónde doblar, y nada más. "Pero, ¿qué se cree esta niña?". "No sé por qué no saco fuerzas para imponerme sobre ella". "Tomar yo el control de la situación". "¿Será por miedo a no volver a verla?". "¿A perder su atención?". "¡Si el que siempre ha puesto las reglas del juego he sido yo!". "¿Por qué diablos me dejo utilizar a su antojo?". "Solo es una chiquilla malcriada". "¡Creo que le hacen falta algunas nalgadas y que aprenda a respetar!". "Sabes que no eres el único, Alex". "Solo tíratela y aléjate de ella".

—¡Detente! —gritó, de repente.

Seguía ejerciendo control sobre mí. Así yo quisiera imponerme sobre la joven, no lograba hacerlo. No tenía el valor suficiente... quizá, por miedo a perder lo que ni siquiera era mío. A todo esto, mi móvil no dejaba de vibrar. Al bajarme del auto y pasar a su lado para abrir su puerta, como todo un caballero:

—¿Lo apagas o lo apago? —susurró, dándome un ultimátum con aquella mirada sexy pero, a la vez, muy imponente.

"Pero, ¿qué le pasa?". "Piensa que soy un monigote que puede manejar a su antojo". "Unas buenas nalgadas le vendrían muy bien". "¿Acaso no sabe que siempre consigo lo que quiero?". "¿Que se me hace fácil alejarme, después de conseguir lo que busco?". Me vi obligado a apagarlo por completo.

Entramos a un departamento, luego de subir no sé cuántos escalones, hasta llegar a un tercer piso. No era de muchos lujos, pero sí grande y muy bien decorado. Yo continuaba muy callado, por miedo a sus repentinos cambios de actitud. Esperé a que ella dijera algo, antes de decir alguna frase. La muchacha era de muy pocas palabras y cuando las usaba, era solo para imponerse. "Estoy en una casa que no conozco, con una mujer que se impone". "¿Qué busco siguiendo órdenes suyas?". "¿Por qué no puedo tomar el control?". "Estás a punto de casarte, Alex". Observaba aquel departamento, muy sorprendido y preguntándome, qué buscaba allí a solo meses de mi boda.

—¿Vives aquí? —pregunté, observando todo el lugar.

—Sí, es donde vivo.

—¡Es muy lindo tu departamento! —era poco lujoso, pero muy limpio y confortable; los cuadros combinaban con el color violeta en sus paredes y las cortinas blancas en sus ventanas. Mis nervios provocaron que tropezara con un sofá purpura; su color era un poco más oscuro que el de sus paredes, parecía muy acogedor, ¡diría que perfecto!, para lo que demandaban mis pensamientos en el momento.

—Gracias —sus respuestas siempre fueron cortantes, sin muchos detalles. Parecía temer mis preguntas.

—¿Por qué me trajiste aquí, Alisha? —mis nervios me recordaron mi primera vez. Como si todavía, a mi edad, fuera un novato con las mujeres.

—¡Solo relájate! ¡Muchacho malo! —solo la escuché susurrar eso y, de un momento a otro, la tenía encima, jugueteando con su mano izquierda entre el pelo y mi nuca. Con su mano derecha me fue llevando hacia su baño, besando mi cuello con suavidad. Según íbamos dando pasos… zapatos, medias, pantalón y correa fueron quedando atrás. El vestido se deslizó por su cuerpo, hasta rodar por el piso, junto a sus zapatos negros de tacón alto, dejando a la intemperie el cuerpo más perfecto que haya visto jamás. Solo mantenía una tanga roja ajustada a sus nalgas. En un momento, intenté deshacerme de mi camiseta, pero ella me lo impidió, empujándome dentro de la bañera. Abrió la ducha, a temperatura moderada, mojando por completo su cuerpo y el mío. Ya dentro y ambos empapados de agua… deseo, pasión y locura. Ella, por primera vez, besó mis labios con fuerza. Los mordió, pero sin llegar al dolor. Más bien, aumentando el placer y las ganas de hacerla mía. Como siempre, ella ejercía el control de la situación. Me dejé llevar y disfruté de lo que sentía en el momento. Aún con mis calzoncillos mojados y su tanga de igual manera, mi pene erecto rozó su vagina. Con las yemas de mis dedos, jugué con el pezón de uno de sus senos, aumentando su tamaño al máximo. Ella bajó suave y delicadamente su mano izquierda, llevándola dentro de mi calzoncillo, hasta empuñar mi pene a punto de estallar; luego de quitar mi calzoncillo, me despojó, por fin, de la camiseta empapada de agua; y yo, en un acto de desesperación, desgarré su última ropa interior. Ahora, podíamos rozar nuestros cuerpos libremente. El fuego interno de su cuerpo y el mío aumentó al cien por cien, sin importar el agua de la ducha que caía sobre nosotros. La estampé en la pared, poniendo mis manos en sus glúteos y presionando mi sexo al suyo, mientras tenía en mi boca su seno izquierdo; lo sentía tan rígido como sus nalgas. El roce de mi miembro en su vagina aumentó las apuestas. Justo entonces, sentí que por primera vez tenía el control de la situación. Mi control sobre ella... duró lo que duraría un algodón de azúcar en la boca de un niño en una feria, ya que, en un giro inesperado, de esos que ella conocía a la perfección, el que estaba de espalda a la pared era yo; ella tomó de nuevo el control. Agarró mis manos, subiéndolas en cruz y colocándolas en la pared, por encima de mi cabeza, hasta amarrarlas al conducto de agua con mi camiseta ya mojada. Mordió mi labio inferior y bajó suavemente por mi pecho, llegando a mi ombligo, en donde posó un beso que estremeció mis adentros. Luego de algunos segundos, poco a poco, bajó a mi pene, tomándolo con su mano izquierda y succionándolo varias veces con su boca. Con sus labios y lengua sabía muy bien lo que hacía. En tanto ella disfrutaba, yo, en cambio, sentía morir de placer. Ella lo sabía por mis gemidos cuando retorcía mi cuerpo y por su mano derecha, puesta en mi corazón. Podía sentir el latido en mi pecho y sabía que su galopeo no era normal; también supo que me tenía donde quería y se aprovechaba de ello. De pronto, hizo la pausa que yo necesitaba, para no dejar mi semen en su boca. Dejó mi pene, para subir otra vez recorriendo mi cuerpo y soltando su cabello, ya mojado, de aquella trenza que traía. Ver su pelo suelto y mojado mientras estaba atado y cómo jugaba con el agua, moviendo el cabello de un lado a otro, me excitaba de una manera increíble. Dejó sus juegos para llegar a mis labios; pero, antes, miró fijamente mis ojos, como si quisiera estar segura de que me tenía bajo su poder. Jugó con mis labios y los suyos. De repente... su lengua y la mía se encontraron. Las ataduras en mis manos me impidieron tocarla cuando quise. Hubiese podido zafarme fácilmente de aquellas ataduras de las manos, pero no lo hice... sentir que ella tenía el poder sobre mí, me gustaba. Sus labios comenzaron a recorrer mi cuello, deteniéndose en mi pezón izquierdo, mordiéndolo con sutileza. Lo dejó para tomar un preservativo. Después de ponerlo en mi pene erecto, soltó mis manos y, de inmediato, rodeé su cintura aprisionando su cuerpo al mío e introduje mi pene en su vagina. En el vaivén de nuestros sexos me dio la vuelta, quedando ella esta vez de espalda a la pared. En tanto me besaba con pequeños mordiscos, subió su cuerpo a mi cintura, entrecruzando ambas piernas a mi espalda, colocando sus manos alrededor de mi cuello. Los gritos de placer vinieron en oleadas. Apreté sus nalgas con mis manos y ella, al sentir la fuerza de mis dedos, se aferró a mi espalda, casi arañándola y mordiendo mi hombro izquierdo, me pidió no parar repetidas veces. Mordió mis labios con más fuerza que antes, era como si uno quisiera comerse al otro. Dimos tumbos por todas las paredes del baño y los cristales de sus puertas corredizas, ya empañados. Ambos gritamos por última vez, con algunos segundos de diferencia; convertidos en uno solo al crispar nuestros cuerpos. Los dos estábamos ya vencidos de placer y el agua seguía cayendo sobre nuestra piel, ya densa y sudada. Al final de todo el desborde de pasión y locura, me quedé pegado a su cuerpo, esperando pasar las últimas horas de la madrugada a su lado. Por un instante, percibí que ella quería lo mismo que yo; hasta que, sin esperarlo, sacudió su cuerpo del mío y, para mi sorpresa… ella dañó el dulce momento después del sexo:

—¡Tienes que irte! —dijo, sin mucho más.

—¿Por qué? —mi decepción era notable, al escucharla decir aquello cuando salía de la bañera.

—Solo vete y no hagas preguntas —repitió, sin ninguna explicación.

—¿Por qué eres así conmigo?

—Ya te dije que no hagas preguntas. Solo vete, ¡por favor! —volvió a decir, envolviendo su cuerpo en una toalla rosada.

—¿No quieres, al menos, saber mi nombre? —buscaba más tiempo con ella.

—Ya lo sé... ¡Alex! —me sorprendió llamándome por mi nombre.

—¿Y cómo lo sabes?

—Todas en el bar saben tu nombre. En especial, las que ya te has tirado —parecía saber todo de mí. Más de lo que yo pensaba.

—¿Quién dice eso...? —buscaba desmentir aquello y que no se quedara con un mal concepto de mí.

—A mí no tienes que darme explicaciones —enunció, vistiéndose con un pantalón pijama y una blusa blanca, hecha de seda transparente, que me dejaba ver sus pezones, como gritándome, quédate.

—Es que eso… lo que te han dicho, no es cierto.

—Ya vete, Alex.

—Me imagino que no eres de las que aceptan chocolates, ¿verdad? Deja y busco mi cartera en el pantalón y te doy algo de dinero —pretendía pagarle por una noche de sudor y placer.

—¿Por qué siempre quieres ostentar tu dinero? No te traje a mi casa por dinero ni lo he pedido. Ustedes, los ricos, piensan que pueden comprarlo todo con su dinero —al parecer, le molestó bastante mi ofrecimiento. Era como si la ofendiera de alguna manera mi actitud.

—¡Discúlpame! ¡Entonces...! ¿Te veré mañana? —pregunté, abrochando mi pantalón.

—¡Ya es mañana! Si miras tu reloj de $3,500 dólares o más, te darás cuenta.

—Puedo verte el domingo, el lunes o, quizás, el martes. Tú solo dime el día —ni yo mismo entendía por qué insistía en volver a verla.

"Ya no insistas, olvídate de ella, Alex". "Obtuviste lo que buscabas, solo vete". "Ya no tienes por qué aguantar sus malcriadeces ni sus órdenes", decía para mí.

—Siempre que vayas al bar me verás —seguía siendo sarcástica más que graciosa.

—Pero, ¿por qué no mañana?

—Para mí no existe el mañana, solo el hoy. ¡Ya vete! Es tarde y tengo que descansar. Me siento muy agotada —dijo, poniendo mi camiseta en mi pecho.

—Pero, aún está mojada. ¿Por qué mejor no tener sexo otra vez, hasta tanto seque mi ropa? —todavía buscaba quedarme a su lado, a pesar de su insistencia en que me marchara de su apartamento.

—Porque solo será cuando yo lo decida, como lo decida y donde lo decida —dijo en tono fuerte, mientras me miraba con temple de mujer decidida.

"Maldita sea, Alex, ya vete". "No tienes por qué aguantar sus desplantes ni sus niñerías", volvía a repetirme.

—¿Por qué tus cambios de actitud? Unas veces, dulce y, otras…, tan agresiva. ¿Puedo saber tu edad? —pregunté, aunque por intuición sabía que rondaba entre 22 o 23 años; pero, a su edad, no entendía tanta seguridad en ella.

—¡Solo vete! ¡Toma, ponte esto y vete ya...! —esta vez, su tono de voz era más fuerte.

—¡Pero, es una camisa de mujer! —dije, mientras ella empujaba mi cuerpo con su mano izquierda puesta en mi pecho.

Cuando pasaba por la sala, vi algo que pasé por alto al entrar... una pequeña librería en una de sus paredes. Me llamó la atención un libro en especial, de los muchos que había allí... "50 Sombras de Grey". Al parecer, era el que leía en el momento, ya que lucía fuera de orden en la estantería. Nunca fui amante de la lectura pero, por su popularidad, terminé yendo al cine a ver la película. Eso, ya me daba mucho qué pensar de ella, cuando recordé que ató mis manos a la ducha de su baño. No me dio tiempo a más preguntas. Al final, terminé con su camisa de mujer y más confundido que antes.

"No entiendo por qué juega conmigo de esa forma". "Como si yo fuese un niño chiquito". "Primero, me da lo dulce y, luego, lo amargo". "No la entiendo". "Sabe todo de mí, según sus palabras". "¿Por qué aguantar sus imposiciones?". "Solo es una chiquilla malcriada, Alex". "¡Pero bella como las diosas!". "Su oscura piel mulata, esos ojos que brillan con luz propia, su pelo y ese modo de seducción que tiene". "¡Maldita seas, Alisha! ¿Qué diablos me sucede contigo?

Capítulo 4

Mientras manejaba el auto, no podía evitar pensar en todo lo que sucedió; hasta que la verdadera realidad golpeó mi mente...: "¡Dios mío, Luisa y su fiesta!". "¿Qué le voy a decir a mi novia?". "¿Cómo salgo de esto?". Encendí mi teléfono; entre llamadas perdidas y mensajes, sumaban veintiséis, incluyendo un par de llamadas de su hermana Luisa y dos de mi hermana Sara. "Bueno, ya mañana me inventaré una excusa". No me quedaba otra.

Llegué a mi apartamento y preparé un trago fuerte. en tanto lo tomaba, buscaba acomodar mis sentimientos. "Estoy a solo meses de casarme". "¿Por qué me involucro en esto que no me deja pensar claramente?". "Y que, seguramente, no me llevará a nada bueno". "Será mejor que me aleje de la joven, de una vez por todas". "Sí, eso será lo mejor". "A fin de cuentas, ya conseguí lo que buscaba". "Creo que, ahora, será más fácil alejarme de ella". "Ya lo he hecho otras veces, ¿por qué ahora tendría que ser diferente?".

49

De nuevo, una llamada a mi móvil me devolvió a la realidad. "¡Ahí está de nuevo, es Lisa!". "Pero no puedo contestar sin ningún plan trazado". "Tengo que pensar en algo". "¡Ya mañana se me ocurrirá algo!". Pensando en lo que pasó con la stripper, me quedé dormido, abrazado a su camisa. Sobre las 11:00 de la mañana del sábado, la colgué junto a mis trofeos... perdón, mis corbatas y camisas sucias de pintalabios.

Más tarde, me dirigí a casa de mi prometida. Respiré profundo varias veces, antes de tocar a su puerta y no por el cansancio de subir dos pisos, sino por lo que se me venía encima. Encomendándome a Dios... timbré a su puerta dos veces, antes de que saliera.

—¡Hola, amor! —dije, como cualquier sinvergüenza, al aparecer.

—¿Cómo te atreves a llamarme amor, después de lo que hiciste anoche, Alex? —apuntó, posando sus manos sobre mi pecho y empujarme al pasillo junto a su puerta.

—¡Pero, amor, deja que te explique! —por suerte para mí, las mujeres nunca quieren explicaciones y prefieren sacar sus propias conclusiones. Interrumpió mis palabras y ella misma me proporcionó información que desconocía.

—Llamé a John y me dijo que nunca llegaste. ¿Dónde estuviste todo este tiempo? ¿Por qué te fuiste en realidad? —preguntaba con insistencia, sin dejar de gritar.

Su manera de pelearme, sin ninguna pausa, me iba dando tiempo a pensar. En tanto ella gritaba, yo pensaba en mi hermano. "Fue un error no llamar a John". No sabía qué le había dicho en esa llamada. Me lo jugaba todo con la respuesta que le diera".

—Sabes muy bien que salí a llevar los papeles a mi hermano.

—Pues no te creo. Le pregunté si llegaste a verlo. ¿Y qué crees que me contestó? Claramente, me dijo que nunca apareciste. ¿Qué explicación tienes para eso? —su enojo, en vez de disminuir, aumentaba como la espuma.

—Amor, es que si solo hablas tú, no te puedo explicar. Déjame entrar y te cuento, Lisa —supliqué, tratando de tomar sus manos.

—Te escucho, pero aquí en la puerta, porque dependiendo de cuánto pueda creer tu historia, vas a entrar a mi casa —gritó, muy enojada y empujando mi cuerpo al pasillo del edificio nuevamente.

De vez en cuando, veía algún vecino asomar su cabeza, tratando de ver por qué tanto alboroto en el lugar.

—Como bien sabes, salí para la oficina en busca de los papeles. Cuando me dirigía a casa de John, una joven se me cruzó en el camino y la atropellé... no de gravedad, pero tuve que llevarla al hospital, esperar a que se sintiera mejor y así dejarla sabiendo que estaría bien. Al marcharme, saldé la cuenta y dejé algo de dinero para ella. Si miras mis ojos, te darás cuenta de que no he dormido nada —expliqué, sin encontrar mejor excusa para darle y en voz baja, puesto que despertaron algunos vecinos.

—¿Y mis llamadas y mensajes a tu celular, qué? —en un tono ya más suave, me hizo la pregunta.

—A eso voy, amor... como me conoces bien, éste ya es el tercer teléfono que pierdo, al dejarlo caer al agua cuando lavaba mis manos y mi cara en el baño de aquel hospital. Sabes que soy descuidado con eso —puse mi móvil mojado en sus manos y unos papeles cualquiera.

—Amor, ¿me estás diciendo la verdad...? —preguntó, aflojando sus mejillas y cambiando la expresión fuerte de su rostro por una más apacible.

—¡Te lo juro, amor! Sabes que no te mentiría con algo tan grave como eso. Más bien, préstame tu teléfono para llamar a John y que no se preocupe debido a tus llamadas; así le llevo los papeles de una vez —acaricié sus mejillas y ceñí su cintura.

—De acuerdo, amor. Recuerda que tienes que disculparte con mi hermana Luisa —dijo, pasándome su móvil y, al parecer, aceptando mis argumentos.

—¡Claro que sí, Lisa! —puse un beso en sus labios y me alejé lo más que pude de ella, dando unos pasos hasta el fondo del pasillo. Debía tener una conversación con John y enterarme de todos los pormenores de su conversación con Lisa; contarle lo que acababa de suceder y de qué manera resolví todo.

En mi conversación con él, nunca le quité la mirada a mi novia, por si se le ocurría en algún momento acercarse a mí.

—No puedo creer que todavía te funcione eso del teléfono mojado, ¡jajajá! —dijo mi hermano, riendo a carcajadas.

—No tuve más opción que introducirlo en agua esta mañana, hasta ahogarlo, para salir de todo esto.

—Pero si sigue funcionando la estrategia, mejor así. Veámonos hoy y me lo cuentas todo con pelos y señales. Quiero saberlo todo, ¿qué te parece?

—De acuerdo. Le diré a Lisa que vienes a buscar los papeles; entretanto, trataré de dejarla bien convencida de lo que te he contado.

—Así quedamos entonces. Ya salgo para allá.

Mientras esperaba a John, me acerqué a mi novia y, al devolverle su teléfono, insistió en que me comunicara con su hermana Luisa; pero, en ese momento, mi prioridad era otra. Fui entrecortando su insistencia con pequeños besos, muy apasionados, y empujando su cuerpo hacia el interior del apartamento. Desde la sala pasamos a su baño y ella, aunque un poco arisca, se dejó llevar y toda nuestra ropa fue quedando atrás, dejando solo la blusa de color gris que traía consigo como única prenda en su cuerpo. Abrí la ducha. Claramente, yo tenía el control de todo lo que pasaba entre nosotros. Aunque, con algunas variantes, todo era muy similar a lo que acababa de vivir con la stripper; solo que, esta vez... era yo y mis reglas.

La llevé al límite cuando llegué a su vagina al recorrer su cuerpo; con mis labios la hice gemir de placer. Sus gemidos aumentaron cuando, al mismo tiempo, con mis manos presioné sus nalgas. Muy suave, besé su clítoris, llevándola a un estado emocional que hacía mucho tiempo no veía en ella. Presionó con sus manos mi cabeza hacia su vagina, mientras retorcía su cuerpo de gusto. Subí suavemente por todo su cuerpo, hasta juntar ambos sexos, sin llegar a la penetración. Al despojarla de su blusa empapada de agua intenté, de una forma inconsciente, amarrar sus manos a la ducha... desistí, dejándola caer al piso. Mientras bajaba con mis labios por todo su cuello, me detuve un segundo para morder tiernamente su hombro izquierdo. Besando uno de sus

53

senos mordí, muy suave, su pezón. En algún momento, busqué el pelo largo de Alisha, olvidando por completo lo corto que tenía mi novia su cabello. Ella ya no aguantaba la presión y pidió mi pene en su sexo. La subí a mi cintura, esperando que entrecruzara sus piernas a mi espalda y que mordiera mi hombro. Sus piernas quedaron suspendidas sobre mis brazos y sus manos alrededor de mi cuello. Mientras nos mojaba una ola de agua tibia, así mismo mojamos nuestros sexos, eyaculando al mismo tiempo y con el mismo suspiro de sensación quedaron rendidos nuestros cuerpos.

Después de haber tenido con Lisa sexo de esa forma, ella solo miraba mis ojos con una expresión de sorpresa en el rostro y sin indagar en nada de lo sucedido, pero formulándome mil preguntas con su mirada. Hizo un café y, cuando lo tomábamos juntos, digitó el número de su hermana y me tocó pedirle disculpas, con la misma excusa que le di a ella. En eso, llegó John y, despidiéndome de mi novia, salimos a un restaurante cercano. Su sonrisa entre los dientes me llevó a preguntar:

—¿De qué te ríes, John?

—Disculpa hermano... pero es que me parece mentira que Lisa todavía siga creyéndote ese cuento del teléfono en el agua, ¡jajajá! ¿Cuántas veces ya el mismo cuento? ¿Qué, cuatro, cinco, seis veces? ¿Cuántas son ya...? ¡Jajajá! —su sonrisa era un tanto burlona.

—No seas exagerado. Solo es la tercera vez. Tengo que pasar a comprar otro en cuanto salgamos de aquí.

—Cuéntamelo todo sobre la nueva víctima de tus locuras y tus misterios, a solo meses de tu boda. ¡Tú sí que estás loco, Alex! —John veía en mi comportamiento algo que yo no quería ver y que no dejaba de preguntarme desde que la conocí.

—Ahí está el detalle, John. Esta vez, ella es la de las locuras y misterios. No comprendo sus incógnitas. Si la vieras…, ¡es una diosa! Su piel oscura, su mirada y ese cuerpo tan perfecto. ¡Es única, hermano!

—Pero, me imagino que esto es solo uno de tus caprichos, Alex, y que no llegará más lejos que esto.

—La verdad... no lo sé. Es como si ella ejerciera algún poder sobre mí. Nunca antes me pasó algo semejante.

—Según te escucho hablar, te estás metiendo demasiado hondo con esa muchacha, ¿no crees, Alex? —era como si leyera mi mente.

—No lo sé, John; quizá, hasta tengas razón.

—¿Dónde la conociste? ¿Dónde trabaja? ¿Qué hace?

—¡Ahí está el problema! Aún no te he contado esa parte.

—Por eso estamos aquí, para que me cuentes —colocó ambos codos sobre la mesa, mirándome de frente, todavía con una leve sonrisa en su rostro.

—Ella trabaja en… Knights bar —enuncié, con palabras silabizadas y en voz muy baja.

—¡¿El bar al que te llevé por primera vez?! —borró su sonrisa por completo y se colocó de nuevo los lentes que había dejado sobre la mesa. Al parecer quería leer mi expresión corporal.

—Sí, el mismo.

—¿Quién es? ¿Alguna camarera nueva? ¿La que entró a limpiar el bar? ¿Qué es lo que hace? —parecía ansioso, con sus manos inquietas sobre aquella mesa.

—Es una... ella es una stripper.

—¡¿Cómo dijiste?! ¡Repite eso! —preguntó muy sorprendido, sin quitarme los ojos de encima.

—Sí, es una de las bailarinas eróticas del bar.

—Pero, ¡si ya te has tirado a casi todas en ese lugar! Me dijiste que te casabas, porque ya lo habías vivido todo y Lisa es la mujer de tu vida. De algún otro hombre aceptaría lo que me cuentas; pero, ¿de ti?, que has jugado a tu antojo con las mujeres, ¡no lo puedo creer! Tú sabes que Lisa es una buena mujer. Por algo me dijiste que dejarías el bar —indicó, recordándome las razones por las que tomé la decisión de casarme y, al parecer, olvidé.

—Ella es nueva en el lugar, llegó justo el viernes que te dije sería mi última noche allí. Pensé dejar de ir al bar, precisamente por mi matrimonio con Lisa; pero..., ahora no lo sé. Me siento muy confundido.

—¿Cuál es el problema, Alex, si ya obtuviste lo que querías? Solo aléjate y asunto terminado. Sabes que de ahí no vas a sacar nada bueno, ¿lo sabes verdad? —enunció, mirándome de frente, como si quisiera traer a colación un tema muerto entre nosotros, del que prometimos no hablar jamás y que sé, le dolería mucho recordar.

—Ese es el punto, hermano: quiero, pero no puedo. Es como si algo me empujara a ella. La verdad, no sé qué hacer, John. ¡Si la vieras! ¡Por Dios! ¡Es única, hermosa, una diosa!

—¿Si quieres un buen consejo? Solo aléjate, Alex. No vayas a terminar cometiendo una locura.

Terminó nuestra conversación y, al llegar a casa, después de detenernos en el camino y pagar $700 dólares por un nuevo móvil, solo pensaba en la conversación que acababa de tener con mi hermano: "Quizá John tenga razón y deba alejarme de ella". "Tal vez aún esté a tiempo". "¿Por qué tuvo que aparecer en mi vida, justo mi último viernes en el bar?". "¿Qué propósito hay en todo esto?". "Pienso que será mejor no regresar al bar y olvidarme de ella por completo". Días más tarde, llegué al gimnasio.

—¿Cómo estás, Rubio? ¿Qué hacemos hoy?

—¿Qué te pasa, Alex? ¡¿Se te olvida que hoy es lunes?! ¡Brazos, como siempre! ¿No me digas que la muchacha esa es la que te trae así? ¡Olvida eso ya, no conseguirás nada con ella! —ignoraba todo lo que había pasado entre ella y yo.

—Pues, para tu información, rubio Marc… el lobo ya cazó su presa —presumía mi logro con ella; aparentaba ser un triunfador.

—¡No, no, no…, eso no lo puedo creer! ¡Eres el mejor! ¡Claro, después de John!

—Sabes que cuando me propongo algo lo logro, ¿o no? —reía a carcajadas, queriendo parecer un don Juan. Pero por dentro, sabía que era solo un niño delante de ella.

—¡Sí, sí, te felicito!, pero no quiero escuchar tus historias de amores ahora. Vamos a lo que vinimos —dijo, cansado de que le contara cada vez que conseguía tener sexo con una mujer.

A todo esto, llegó el jueves y Lisa tenía planes para el viernes ir juntos al cine. Pensé que era la oportunidad perfecta para poner a prueba mis sentimientos y no asistir al bar esa noche. Así sabría si lo que sentía por la joven, de piel azabache y de tanto misterio, era solo una obsesión mía o si era algo más que eso.

El viernes, el reloj marcando 9:10 pm, llegamos Lisa y yo al cine. Entrábamos al lugar y yo solo pensaba en ella... la chiquilla del bar y la hora en que comenzaría su espectáculo. Por más que quisiera estar allá, no podía ni siquiera pensar en escapar de Lisa esa noche, después de lo sucedido el día del cumpleaños de su hermana.

La película corriendo y Lisa y yo sentados allí, como los dos enamorados que éramos, a solo meses de casarse. Aunque mi cuerpo estaba con ella, mi mente andaba en otro sitio. En algunos momentos, Lisa y yo nos besábamos, comíamos algunas palomitas de maíz y, de vez en cuando, reíamos. Aunque trataba de engañar a mi mente, no podía; ella seguía presente. El reloj marcaba 11:20 pm. Terminó la película y, en apariencia, estaba a punto de pasar la prueba de no asistir al bar, por primera vez en mucho tiempo.

Fui a casa de Lisa; quemamos las sábanas de su alcoba con nuestra pasión, quedamos vencidos por el sueño y, al despertar la mañana del sábado, me di cuenta de que fue toda una realidad la interrupción de mis visitas al bar. Pero, el que no acudiera a verla, no quería decir que no estuve allí, ya que mi mente acompañó a la joven toda la noche.

pasaron los días y estábamos a miércoles. Durante todo ese día en la oficina, pensaba en aquel viernes que no fui a verla. Sentía deseos de llamarla y explicarle por qué no pude ir esa noche a su función. "Sin su número de teléfono, ¿cómo llamarla?". "Quizá sea mejor así". "Necesito sacarla de mi cabeza". De pronto, la puerta de mi oficina se abrió.

—¡Hola, Alex!

—¿Cómo estás, John?

—Recuerda que tenemos que enviar los papeles a la aseguradora.

—Siéntate John, quiero comentarte algo —le pedí, solicitándole mostrarme los papeles que traía consigo.

—¿No me vayas a decir que volviste a salir el viernes con la stripper?

—No lo hice, pero no porque no quisiera, sino porque no pude. Estuve toda la noche con Lisa en el cine; terminé en su apartamento.

—Como tiene que ser. ¿Qué tienes que decirme?

Me quedé mirando a mi hermano y pensé en lo feliz que vivía con su esposa y su hija. En parte, la decisión de casarme la tomé por él. Desde que se casó, nunca volvió al bar conmigo. Aunque, la verdad, se podría decir que el motivo fue otro.

—Es que no he podido dejar de pensar en ella, todo el tiempo está en mi mente. Ya no sé qué hacer.

—Lo mejor será que dejes de verla, Alex.

—Es que si la vieras, no me pedirías eso.

—Pues tendrás que hacerlo, recuerda que te casas en pocos meses. Que no importa lo bella que sea esa joven… todas son una sola. Están cortadas con la misma tijera.

—Quizá tengas razón, hermano y deba dejar de ir al bar. Pero, cómo poder resistir la tentación de este viernes si, en tres años, nunca dejé de ir; el pasado fue el primero.

—Yo tengo la solución... vamos a salir juntos este fin de semana.

No podía creer lo que mi hermano me acababa de decir. Desde que se casó, nunca volvimos a visitar un bar, juntos. Solo se dedicó a engordar y a perder pelo. Creo que era uno de mis miedos a casarme. No soportaría engordar tanto como él. A sus treinta y siete años, ya parecía un viejo.

—¿Y crees que eso funcionará?

—Yo voy a estar ahí para que funcione, como en los viejos tiempos: ¡lobos en la oscuridad!, ¿lo recuerdas? Ahora me voy, hermano, tengo mucho trabajo —dando una palmada en mi espalda, dejó mi oficina, pactando un compromiso conmigo.

La verdad, no tomé muy en serio lo del grito de guerra que solíamos usar, hasta llegué a creer que no lo recordaba. Mucho menos creía en su propuesta; ni siquiera recordaba la última vez que él y yo salimos juntos a un bar. En ese momento, pensaba que seguir los consejos de mi hermano sería lo mejor. A fin de cuentas, mi primera vez en el bar se la debía a él. Solo esperaba que funcionara su estrategia, para olvidarme del bar y de esa joven malcriada.

Llegó el viernes y la primera llamada entrante a mi móvil ese día fue la de John, para recordarme el compromiso que teníamos esa noche. Con el dolor de mi alma, le dije en palabras inseguras que no lo había olvidado, que todo seguía en pie. Dijo que pasaría por mí a las 8:00 pm. "Al parecer, mi hermano va en serio", "en verdad vendrá", meditaba lo impensable. Pasaron las horas… ya mi reloj marcaba 8:13 pm y él aún no llegaba. "Ya decía yo". "No vendrá". "Me lo imaginaba", yo dudaba de que llegara. Pasados cinco minutos más, decidí abrir la puerta de mi auto, con firme intención de ir a verla. Cuando de pronto…

—Beep... beep... —escuché dos veces la bocina de un auto.

—¡Hola, John! —al verlo llegar, supe que ir a verla esa noche, ya no sería posible.

—¿Dónde crees que vas, Alex?

—Pensé salir a buscarte —pretendía engañar al más viejo de los lobos.

—¡¿Seguro que eso pensabas hacer?! Sube, nos vamos en mi coche —evidente que no me creyera. Conocía mis mañas muy bien.

—Pero, podemos ir en ambos vehículos, así no tendrías que traerme de vuelta a casa —en mi mente, navegaba una loca idea... muy loca.

—Prefiero dejarte de vuelta, a que te me pierdas de dónde vamos —ya sabía que no sería fácil evadirlo para verla esa noche. La verdad, me sorprendió que llegara.

—De acuerdo —susurré, con resignación total.

Salimos, según lo planeado. Corrimos un promedio de hora y media, no sabía si por alguna estrategia suya o por qué razón, pero me alejó lo más que pudo de mis verdaderas intenciones.

—¿Éste es el lugar, John? —al menos, el frente era muy elegante. Las personas aglomeradas en la entrada, me decía que el sitio era muy concurrido.

—Sí, Alex. ¡Bien lejos de tu dulcinea! —sonriendo, me dio una palmada en el hombro, cuando contemplaba la fachada de aquel establecimiento.

Tras pasar la seguridad del lugar, miré a todas partes y me pareció muy similar al que solía acudir cada viernes; con la variante, de que no era un bar de strippers. Hasta en eso pensó mi hermano.

—¿Crees que sea buena idea, traerme aquí para olvidarme de ella? —no dejaba de mirar sus alrededores.

—¿Has escuchado alguna vez…, ¿¡un clavo saca otro clavo!? Quizá, viendo otro ambiente, puedas olvidar a la stripper aquella. Y, ¡quién sabe!, de pronto te das cuenta de que solo es un capricho tuyo.

Ya sentados allí, las horas pasaban y, a decir verdad, me sentía muy a gusto con el ambiente. Recordaba muy poco a Alisha. Pasaba el tiempo y en un momento, sin saber por qué ni de dónde salió... llegó una joven que rondaba los veintidós años, sentándose a mi lado, tras mi hermano dejarme solo para ir al baño. Tuve la ligera impresión de que John sabía sobre la llegada de aquella mujer a nuestra mesa, ya que la joven, al sentarse, me saludó por mi nombre; diciéndome, a la vez, que su nombre era Tina. Me sorprendió bastante, ya que yo nunca antes había estado allí. Mi hermano llegó minutos más tarde y se sentó con nosotros, sin sorprenderse siquiera de la presencia de la mujer a mi vera. La verdad, la muchacha era muy bella; de pelo rubio, con un corte a lo Halle Berry; delgada, de piel blanca y nariz perfilada; ¿cómo ignorar sus voluptuosos senos y su ombligo hundido, si su pequeña blusa y sus insinuaciones me dejaban ver más de lo debido? Hasta tenía un parecido con alguien que conocía muy bien... mi novia Lisa, pero más joven. Ya me parecía mucha la coincidencia de que también se pareciera a mi prometida. Eso confirmaba, cada vez más, las sospechas de que John tenía algo que ver ahí. Tina, mientras conversábamos, no dejaba de coquetear conmigo. Yo seguí su juego, si bien me imaginé por dónde venía todo. Me invitó a bailar por segunda vez. Le dije lo pésimo que era para el baile; no obstante, insistió en que bailásemos y mi hermano, prácticamente, me empujó a bailar con la susodicha. Con tanta insistencia de ambos, accedí a bailar con ella. En tanto lo hacíamos, no dejaba de insinuar sus encantos y sensuales movimientos hacia mí. Durante el baile, de repente, besó mis labios y yo me dejé llevar por ese beso. Al terminar la canción y empezar la siguiente, yo la tomé de la mano y caminamos con dirección a nuestra mesa. De inmediato, sentí un impulso que me haló hacia atrás... ella, fue quien me dirigió a uno de los baños del bar, cerrando la puerta tras nosotros. Me besó, de nuevo; esta vez, yo la llevé a una de las paredes, respondiendo a sus besos con furor. La arrastré por toda la pared, llevando su cuerpo a uno de los lavamanos donde, posteriormente, le quité parte de su ropa. Ella, en un punto, sacó un preservativo, del que no me percaté siquiera dónde lo guardaba. Lo hizo con tal agilidad, que hasta parecía haberlo ensayado muchas veces. Me lo pasó al romper su envoltura y yo accedí a tener sexo rápido con ella. La coloqué de una forma brusca frente al espejo de aquel lavamanos. Cuando estuve detrás de ella, con mi miembro en su vagina, a mi mente... llegó Alisha, lo que me convirtió en un hombre más agresivo. Le di unas cuantas nalgadas. Apreté su cuello entre nuca y espalda buscando el pelo largo y negro de la joven de piel mulata que tenía en mi cabeza y, al ver su rostro en el espejo que nos quedaba de frente, luego de subir su barbilla cuando castigaba su vagina, supe que era otra la joven a la que tenía piernas abiertas y con mi sexo en el suyo. Aunque mi placer era evidente, ella parecía más relajada.

Soportaba mis bruscos movimientos a su espalda sin ninguna queja. Todo terminó pasados algunos minutos. El bote de la basura terminó con un condón lleno de semen y nosotros fuera del baño, luego de tener sexo. Un tipo de sexo, en el que solo el que paga pone de su parte. Sus besos siempre supieron a besos comprados. Sus caricias vagas y sin ninguna emoción. Fue como si ella cambiara de un momento a otro. Ya no era la misma chiquilla que conocí fuera del baño, la que peleaba por conseguir mi atención. Regresamos ambos a la mesa. Al cabo de unos minutos más de conversación, ella se retiró. John me miró y, a la vez, tenía en su rostro una sonrisa muy peculiar, que me decía mucho. Mi reloj ya marcaba 3:23 de la madrugada del sábado. Salimos de allí y, en apariencia, la jugada maestra del lobo mayor para alejarme de la stripper dio resultado. De vuelta a casa, me miraba, de vez en cuando, y repetía la misma sonrisa, una y otra vez. En un momento dado, le pregunté:

—¿Tú me enviaste la muchacha a la mesa, verdad?

—No, ¿por qué lo dices? —borrando su sonrisa, pretendía engañar mi inteligencia.

—No pretendas hacerte el inocente, que sabes bien por qué lo digo —solo sabía mirarme de perfil, mientras manejaba, con su barriga casi pegada al volante, por lo mucho que engordó tras su casamiento.

—¡Bueno, sí, lo hice! Pero, ¿te gustó o no? —retomó la misma sonrisa.

—Pues, para serte sincero…, ¡no! Siempre me imaginé que tú estabas detrás de todo eso y lo confirmé mientras teníamos sexo. Además de su parecido con Lisa; sus besos y caricias siempre me parecieron comprados, como el que va a la tienda a comprar un pantalón de ocasión.

—Lo importante aquí, es que no acudiste a ver a la bailarina que te trae loco —ni siquiera sospechaba que, por momentos, imaginé que con quien tenía sexo en ese baño era con ella.

—Tienes razón —sonreí, tratando de hacerme el fuerte y engañar mis verdaderos deseos.

Al llegar a casa, luego de tan larga madrugada y agitada jornada con mi hermano, solo quería dormir. Cuando desperté esa misma mañana, me di cuenta de que, en cierta forma, John tenía razón. Pasaron dos viernes seguidos sin asistir al bar, en los que no había podido ver a Alisha. Continué mi rutina semanal de trabajo, ejercicios y mis deseos por olvidar a la joven bailarina que atormentaba mi vida. "Al parecer, el veterano de mi hermano tenía razón", me decía a mí mismo el jueves siguiente. A pesar de que todavía pensaba en ella, la insistencia de mi mente en recordarla disminuyó, creo que hasta en un cincuenta por ciento, lo que ya era muy significativo para mí. Pasaron los días y con ellos semanas, desde que asistí con mi hermano a aquel bar lejano, por primera vez. Siempre escuché decir: "Quien se llena de consejos, muere de viejo"; lo que, al parecer, era muy cierto, ya que el consejo de mi hermano mayor estaba dando frutos. Todo marchaba según lo planeado. Con esto no quiero decir que olvidé por completo a la joven, pero ya no la llevaba tan constante en mi mente, haciéndome daño y sin dejar espacio para otros pensamientos en mi cabeza.

Capítulo 5

Me parecía mentira que hubiesen pasado cuatro meses desde que conocí a la joven stripper en aquel bar. Pero, lo más increíble, era que no la había vuelto a ver en semanas. Me estaba acostumbrando a no verla. Volví a ser yo. Compartía más con mi prometida y mi familia. Aún pensaba en la joven, pero sin tanta insistencia. Creo que ya estaba convirtiéndose en solo un recuerdo más en mi memoria. Sentía que todo aquello no era más que la aventura que siempre vi en ella y que mi novia y yo volvíamos a ser lo que siempre pensamos... el uno para el otro.

Era viernes y mi hermano y yo salimos otra vez. Llegué a casa de mi novia al terminar la jornada, a eso de las 2:00 de la madrugada. Apareció la luz del sol, y mi reloj marcaba sobre las 9:00 de la mañana del sábado, cuando mi prometida me despertó. Estábamos listos para ir de tiendas. Ella insistió en acompañarme a comprar un regalo para mi madre Margaret, quien celebraba ese día sus cincuenta y seis años de edad. Me acompañó, aunque sabía, por demás, que no me agradaba salir de compras con ella. Me parecía algo aburrido ir de tiendas con mi novia, ya que perdíamos tiempo extra, así supiera lo que buscaba; pero, como el regalo era para mi madre y ellas se llevaban muy bien... demasiado bien diría yo —pareciera que la hija era ella y no yo—, no tuve más remedio que aceptar su compañía.

Entonces, decidimos ir en su auto a uno de los centros comerciales más grandes de Nueva York. Buscando el obsequio para mi madre, se nos pasaron las horas sin encontrar el regalo ideal para ella. Tal y como yo había previsto. En un momento, decidí separarme de Lisa unos minutos, entretanto ella escogía algo a su gusto. Ambos nos separamos en el piso 9. Tomé el ascensor para llegar hasta el área de comida rápida, ubicada en el primer piso. Necesitaba algo para la resaca que me agobiaba, después de los tragos con mi hermano la noche anterior. Deseaba agua para mi organismo, se me hacía urgente. Al recibir una llamada de mi prometida, diciéndome que por fin tenía algo para mi madre y de pedirme que subiera a verlo, volví al ascensor otra vez. En él, solo iba una señora gorda y fea, que no paró de hablar desde que entré.

—¿A qué piso se dirige joven?

—Piso 9, por favor —apoyé mi espalda en una de las frías paredes de metal. Eso me ayudaba a refrescar el cuerpo.

—Estos elevadores no me inspiran confianza. Si no fuera por todas estas bolsas que cargo, subiría las escaleras —murmuraba sin parar ni un solo segundo.

"Solo quiero tomar mi agua tranquilo señora, ¡cállese, ya!". "¡Dios mío, cuánto habla, qué mujer!".

—Estos elevadores me dan miedo, señor. ¿A usted no?

"Coja las escaleras, entonces". "Me gustaría verla subiendo las escaleras con esa gordura suya". Asentí con la cabeza para responderle, y así no entablar ningún tipo de conversación con ella. En ese cubo de metal, mi única prioridad era mi botella de agua.

—Se imagina usted, señor, que este ascensor se detenga a mitad de camino. ¡Ay, Dios mío, no! ¡Líbranos de eso!

"Pero, por Dios, ¿dónde tiene esta señora el botón de apagado?". "Prefiero las escaleras a esta mujer, Dios mío". "No sé qué es peor, si mi malestar o ella". Al parar en el piso 4, debido a que la señora hasta ahí llegaba, yo levanté mi cabeza y empiné mi codo derecho para tomar un trago de agua. "Salud". "¡Por fin, ya voy a salir de ella!". "Salga rápido que tengo prisa". Mi mente festejaba la llegada de la señora a su destino. El ascensor abrió sus puertas y, mientras la señora gorda y fea con complejo de perico hablador salía, otra persona esperaba para hacer su entrada… su vestido era rosado claro, muy elegante y con vuelo a la altura de las rodillas, (nada que ver con la vieja gorda y fea que salía), correa del mismo color, pero un poco más oscura; zapatos altos de tacón fino, también rosados, haciendo juego con su correa y cartera; un pintalabios rosado que, al parecer, fue combinado a propósito con su vestido; su pelo era negro, todo recogido formando un moño por un gancho en forma de mariposa, piel oscura y de un caminar muy sensual. ¡Sorpresa para mí! La veía y no lo creía... la misma Alisha, en persona, caminaba al interior del elevador. Creo que fueron solo unos cuatro pasos los que dio y yo conté alrededor de diez. Esos fueron los pasos más largos que vi en mi vida. En ese momento, no me salía el habla. El trago de agua atragantó mi garganta cual fuerte zumo de limón. Creo haber tosido unas dos veces, al bajar mi jugo de limón... perdón, ¡cierto, era agua! No pensaba con claridad. Me pregunté a mí mismo, si solo estaba dormido y seguía soñando. Hasta que escuché su voz decir...

—¡Hola, Alex! —entonces, me di cuenta que todo estaba pasando en realidad. Que no era una ilusión mía.

—¿Cómo estás, Alisha? —la saludé al retomar mi respiración y de asimilar su presencia tan cerca de mí. Acabé mi agua en segundos. La botella plástica en mi mano, producía un sonido irritante, debido a los apretones que le daba con mis dedos, impulsados por mis nervios.

—Pues ya ves, aquí, de compras. ¿Y tú, qué buscas aquí? —su sorpresa al verme también era notable.

—Comprando algo que necesito —no quise entrar en detalles, puesto que andaba con mi novia y no quería que lo supiera.

Entre tanto manteníamos esa conversación, el ascensor seguía su curso, marcando números rojos hacia arriba. Llegó un momento en el que, de repente, se detuvo entre el 5º y 6º piso, sin que alcanzara la puerta, por lo que estábamos ambos solos y encerrados en esas cuatro paredes. "Pero qué acertada resultó la vieja esa". "Tanto habló del elevador y las posibilidades de que se dañara, que así fue", pensaba en medio de mi nerviosismo.

En aquel momento, sentí un poco de pánico y miré a la joven, para ver si se encontraba en la misma situación que yo. Sin embargo, su postura era muy tranquila. Algo que me parecía irregular en una mujer, dada la circunstancia. Sin esperarlo, noté su dedo índice en mis labios, haciéndome pequeñas caricias. Mi corazón empezó a latir con más fuerza, cuando ella arrimó su cuerpo al mío.

—¿Te atreverías...? —susurró, posando sus labios en mi oído derecho y reduciendo mi espacio entre sus brazos y la pared en la que descansaba mi espalda.

—¿A qué te refieres? —me hacía el inocente, no porque quisiera, sino por los nervios que ella causaba en mí.

—¿Te lo explico y perdemos tiempo? ¿O te decides y lo ganamos? —susurró, quitando la mariposa que traía en su pelo, dejando caer su cabello de golpe a sus hombros y espalda.

—¡Pero... estamos en un lugar público, Alisha! —estaba muy nervioso y sorprendido por lo que me pedía.

—Estamos en un ascensor, Alex —aclaró, en tono suave y echando su cabello al frente. Coqueteaba mi debilidad.

—Pero, alguien podría venir y encontrarnos —acepté cada beso y caricia que me daba, a pesar de mis nervios y el pánico que sentía.

—¿Entonces, Alex...? —miró, mis ojos, mordiendo su labio inferior y pausando besos en mi cuello.

—¡Quiero! Pero… no sé, pudiera llegar alguien —moría por hacerle el amor, por morder sus labios, besarla toda, pero el lugar no me parecía el más adecuado.

Aparte, pensaba en Lisa y, más que todo, tenía temor de no saber qué pasaría con el ascensor y su avería.

—Pues, entonces... será mejor que comiences..., ¡ya!

En eso, ella volvió a colocar su dedo en mi boca. Esta vez, silenciando mis labios, apresando todas mis excusas baratas y mis miedos. Sangre caliente corrió por mis venas, empujándome a tomar su cintura con fuerza y aprisionar su cuerpo al mío. Besé sus labios como un loco apasionado, olvidando por completo el pánico. Ella respondió mordiendo los míos, quedándose, a veces, con mi labio inferior en su boca y yo, con el de ella. Apretó fuerte mi nuca, con su mano izquierda, en tanto yo subía su vestido, acariciando una de sus piernas; llevándola, más tarde, a nivel de mi cadera y apretando con mis dedos sus nalgas, ganando tiempo al tiempo. Empecé a juguetear con una de mis manos dentro de sus pantaletas y pude tocar con mis dedos su vagina, percibiendo lo húmeda que estaba. Ella sollozó de placer dejando caer su cartera al piso, mientras teníamos sexo contrarreloj. Saber que, en cualquier momento, llegarían a inspeccionar la causa por la que el ascensor se detuvo, nos excitaba cada vez más. Esta vez, no hubo preservativo que intermediara entre su sexo y el mío. La llevé desde una pared a otra, dando tumbos, acorralándola en una de las cuatro esquinas de aquel cubo de metal. Como pude, saqué uno de sus senos, mordiendo su pezón con suavidad. Ella presionó más mi cabeza a su seno, pidiéndome morderlo otra vez; acarició mi cabello y gritó mi nombre sin parar. En el ir y venir de nuestros sexos, los quejidos de ambos hicieron eco en aquellas cuatro paredes. Ella notó unos finos tubos plateados alrededor de aquel ascensor, a nivel de nuestras cinturas, puestos allí, quizá, con el fin de colocar las manos. Al parecer, su debilidad y agilidad con ellos le impulsaron a subir una de sus piernas en uno de los tubos, dejándome así una mejor vista de su vagina, lo que me dio un amplio campo para mover mi cuerpo con más facilidad. Me miró a los ojos, cuando ya no le quedó más fuerza para seguir. Era evidente lo que me pedía con aquella mirada. Ambos estábamos ya vencidos de placer... cuando escuchamos ruidos fuera del ascensor. El elevador subió hasta el 6º piso, abriendo por completo sus puertas... y ahí estábamos nosotros, parados dentro, uno lejos del otro. Ella clamó perdón a los técnicos, explicándoles que fue un error suyo presionar el botón de emergencia. Ellos, aunque intuyeron lo que pasó, solo se limitaron a realizar su trabajo de inspección. Al dejarnos seguir en el mismo ascensor, uno de ellos dijo:

—¡El cuello de su camisa, señor...! Procure arreglarlo, está un poco desubicado.

"¿Cuándo será que van a poner espejos en los ascensores?". Ambos seguimos hacia donde nos dirigíamos, desde el 6º piso en adelante. Íbamos muy sonrientes, luego de actuar como lo hicimos en esa caja de metal y de arreglar nuestra vestimenta.

—¿No puedo creer que me hayas obligado a algo así, Alisha? ¿Cómo pudiste presionar ese botón? —no lograba borrar una pequeña sonrisa de mi rostro y me encantaba la suya; era una sonrisa a medias la que tenía, pero muy linda y pícara a la vez.

—¡Oh! ¿Ahora resulta que te obligué? Pudiste decir que no cuando te pregunté —me encantaba su forma de decir las cosas, cuando quería parecer graciosa.

—Nunca hubiese tenido el valor de hacerlo, si tú no me induces a ello. Siquiera, pudiste decirme lo del botón. ¡Eres increíble, Alisha! —no evitaba mostrarme satisfecho con lo ocurrido, a pesar del pánico que sentí al principio.

—¡¿De verdad lo crees, Alex?! Es que así soy, muy decidida —susurró, dándome un beso en la mejilla.

—¿Por qué eres así conmigo, Alisha? Hay algo que me inquieta. ¿Por qué me elegiste a mí esa noche, entre tantos empresarios? ¿Por qué me mandaste esa mirada tan directa, cuando otros eran los que ponían el dinero en tu cuerpo? ¿Qué pretendes conmigo, aparte de volverme loco con tus locuras y misterios...? —buscaba respuestas a mis miedos e inquietudes.

—Ya te he dicho antes que no hagas tantas preguntas. Llegará un día en que me hagas la pregunta incorrecta y la respuesta podría cambiar lo nuestro... —esa respuesta suya no me la esperaba. Me desconcertaba su forma de tratarme. Ese modo que implementaba para evadir mis preguntas.

—No sé, pero me confunden tus misterios. Quiero aclarar muchas cosas en mí, pero tú no me dejas —la miraba a los ojos, buscando algo que me indicara qué podría esconder esa mujer.

—Por favor, no me obligues a perderte en estos momentos, Alex...

En ese mismo instante, sin que nos diéramos cuenta, las puertas de aquel ascensor se abrieron en el piso noveno. No podía creer que quien estaba parada fuera de aquel elevador y a punto de entrar fuera, justo... mi prometida. Miró hacia dentro del ascensor y se dio cuenta que conversaba con la joven.

—Pero, ¡Alex! ¿Qué diablos pasó contigo? ¿No me dijiste que subirías hace ya como media hora? —vociferó en tono inquietante, con el color blanco de su piel tornándose más rojo que el vestido que llevaba puesto. Ni hablar de lo sorprendida que estaba de ver cómo conversábamos.

—Lisa, disculpa... sucede que, mientras... cuando subíamos junto a otra señora, justo llegando al piso sexto, el ascensor se detuvo y unos minutos más tarde llegaron a corregir el desperfecto. Hasta ahora no pudimos llegar aquí —respondí muy nervioso y con mi corazón en un puño.

—¡Ya iba por ti, Alex! ¡¿Y cómo es eso de que "pudimos"?! ¡¿Ella quién es?! ¿Por qué tan agradable conversación entre ustedes? —sus celos, al ver tan bella joven a mi costado, eran tan evidentes como su enojo. Mirándonos a ambos, no soltaba una de las puertas del ascensor, impidiendo su cierre.

—Mi nombre es Alisha...

Sin darle tiempo a decir algo más, jugué una carta que para bien o para mal cambió todo el panorama.

—¡Ella es Alisha! ¿Recuerdas la joven de la que te comenté? ¿La que atropellé con mi auto la noche del cumpleaños de tu hermana Luisa, lo recuerdas? —después de haber inventado tal cosa, pensaba en lo osado que fui, al involucrar a la muchacha en mi salida fácil.

—Sí, la recuerdo. Pero, ¿qué tiene esto que ver con todo ese suceso? —su enojo conmigo era evidente para mí, ya que sus ojos azules brillaban con más intensidad cuando se enojaba.

—¡Pues, es ella... ella es esa joven! —dije, jugándomelo todo, sin saber cuál sería la reacción de la muchacha. En ese instante, pensé que el mundo se me vendría encima. Solo veía la cara de sorpresa que puso la joven, al escuchar lo que inventaba para salir del paso. Pude ver más allá del brillo que emanaban sus ojos. Su rostro, más que de sorpresa, parecía de dolor. No pensé que le pudiera afectar tanto lo que dije. Mi novia y yo seguíamos conversando y ella parecía no estar allí. Fue como si se hubiese sumergido en recuerdos, como si estuviera en otro mundo.

—¡Oh, entonces ella es la joven! —escaneaba todo su cuerpo, de arriba abajo, con los ojos encendidos y las mejillas sonrojadas.

—Sí, es ella. Te presento a Alisha. —yo solo miraba el rostro de la joven y en mi mente imaginé las preguntas que pasaban por su cabeza. Esa expresión de sorpresa en su cara me preocupaba bastante. Era como si se preguntara…, ¿qué está pasando aquí?

—Hola, Lisa. Soy Alisha; después del accidente, ahora amiga de Alex —se presentó con sarcasmo, tras volver del mundo donde andaba.

—¡Gusto en conocerte! Soy Lisa, la prometida de Alex —con su saludo, quiso dejar claro quién era y qué lugar ocupaba en mi vida.

—¡Ah...! ¿Eres su novia? —seguía usando el sarcasmo en cada una de sus respuestas.

Mi respiración era lenta, como quien recibía un suero de miel de abeja, ya que ese momento, para mí, se estaba tornando eterno.

Llegado un punto, le dije adiós a la joven, saliendo del ascensor, dejándola atrás y buscando alejar a mi novia de tan peligroso encuentro. Lisa, todavía asombrada, no soltaba la puerta de aquel elevador. Cosa que, a mí, no dejaba de preocuparme.

—¿Hacia dónde te diriges, Alisha? —mi tensión ante la situación aumentaba con las preguntas de Lisa a la joven.

—Después de comprar algo que tengo pendiente en el décimo piso, termino mis compras y voy a casa.

—¿Por qué mejor no me regalas unos minutos y nos acompañas a Alex y a mí? Me gustaría saber tu opinión sobre algo que voy a mostrar a mi novio para su madre; es un regalo para su cumpleaños.

"Pero, ¡por Dios!, Lisa, ya, ¡vámonos!". Sin dar tiempo a que la joven contestara a su pregunta, yo dije:

—Amor, ya vamos, ella tiene que ir a buscar algo al décimo piso, ya te lo dijo. Después, debe ir a descansar a su casa. ¡Me imagino! Lo que tú escojas estará bien. No te preocupes tanto —buscaba alejar a mi novia del ascensor y así poder respirar más tranquilo.

Yo solo quería que aquellos minutos terminaran. Para mi sorpresa, solo comenzaban. Me di cuenta de eso, al soltar la mano de mi novia que impedía el cierre de aquel ascensor, cuando le hacía la propuesta a la muchacha. Pero... antes de que el elevador cerrara, Alisha colocó su pie izquierdo entre ambas puertas.

—¡Pensándolo bien...! ¡No me parece mala idea! Les acompaño —me miró con aquellos ojos de asombro y preguntas. Parecía incómoda con mi actitud.

Desde ese momento, ambas mujeres caminaron rumbo a la tienda, como si se conocieran de toda la vida. Yo caminaba detrás de ellas, escuchando cada palabra de su conversación.

—¿Cómo sigues después del accidente, Alisha? —cada pregunta de mi novia, era como una puñalada a mi cuerpo.

—Pues, mucho mejor; como puedes ver, no fue tan grave.

—Eres muy bella. ¿Tienes novio, Alisha?

—No tengo.

—¿Cómo es que una joven tan bella y elegante como tú no tiene novio? —esa respuesta hasta yo moría por escucharla. Fue una pregunta que siempre quise hacerle.

—Es que no creo en los hombres y sus mentiras..., sin ánimo de ofender a tu novio —respondió, volteándose para verme y con el mismo sarcasmo que utilizó antes.

La conversación entre ellas, cada vez me ponía más y más nervioso. Le pedí a Dios escoger ese regalo, lo más pronto posible, y largarnos de allí.

A todo esto, llegamos a la tienda y mi novia le mostró a la joven un jarrón de cerámica francesa de $10.000 dólares, para regalar a mi madre. Sin pensarlo, di el visto bueno, aceptando su propuesta.

—A ti, ¿qué te parece, Alisha?

—¿Puedo decir realmente lo que creo o simplemente digo lo que ustedes quieren escuchar?

—Espero que me digas lo que piensas —dijo Lisa.

—La verdad, es que a mí no me gusta para nada... pienso que es un regalo que quizá, solo vea como un adorno más, mientras camine de la sala a la cocina —no me sorprendió su respuesta. Desde que tomó el jarrón en sus manos, me di cuenta que no era de su agrado.

—Es que hemos buscado toda la mañana y ésta es la hora en que aún no tenemos regalo alguno para mi suegra Margaret.

"Pero, ¡por Dios, Lisa!, coge el bendito jarrón y vámonos ya, ¡maldición!". "Olvídate de su opinión". "Qué sabe ella de lo que es bueno", gritaba mi cabeza a punto de estallar.

—Sí, me imagino lo difícil que debe ser regalar algo a quien todo lo tiene —disfrazó con una sonrisa su sarcasmo.

—Pero, entonces, ¿qué le regalamos a tu madre, Alex?

—Yo digo que nos los llevemos. A mí me gusta y sé que a mi madre le encantará —buscaba terminar mi tensión, sin importar lo que pensará la niña malcriada.

—Si me permiten, ¿puedo sugerirles algo? —indicó la joven, mirando a Lisa de perfil.

"No más, Alisha, ¡por favor!". "Solo deja que nos llevemos ese jarrón y punto". "Por lo mismo es que no soporto salir de compras con mujeres". "Son una pérdida de tiempo", seguía pensando en lo complicada que estaba mi situación.

—¡Claro, Alisha, puedes! —respondió mi novia, clavando otra puñalada a mi desesperación.

—Pienso que ustedes solo se han concentrado en lo caro y no en lo que en realidad quieren regalar. Si prefieren, podríamos pasar por el décimo piso, en donde tengo que realizar mi última compra y escogen algo para ella, ¡quizá no tan caro!, pero sí muy valioso.

—Quizá tengas razón. ¿Qué crees, Alex?

—¿Ah...? Sí, Lisa. Creó que sí.

En todo el proceso del regalo, solo perdía yo, que mantenía mis nervios de punta, ya que a pesar de que teníamos medio día de compra, continuábamos como al principio... con las manos vacías.

"¿Quién diría que yo estaría con estas dos mujeres en un mismo lugar, buscando un regalo para mi madre?". "Cuando le cuente esto a John, no me lo va a creer".

Llegamos al piso décimo, luego de subir al ascensor los tres juntos, como si nos conociéramos de años.

—¡Alisha, pero esto es una tienda de libros! —apuntó mi novia, muy sorprendida.

—Sí, así es, Lisa.

En ese momento, me vino a la mente el librero que vi en su apartamento, la misma noche en que me amarró a su ducha.

—Pero, no me imagino a Alex y a mí llegando con un libro como regalo para su madre. ¿Cómo crees?

—Recuerda, que lo único que se le puede regalar a una persona que todo lo tiene en la vida... es conocimiento —respondió, buscando entre las estanterías y pasándole algunos títulos a mi prometida.

"Claro que sí, conocimiento". "¡Cómo no!". "El mismo conocimiento que has adquirido con los libros eróticos que tienes en la sala de tu apartamento". "Solo espero que no le vayas a recomendar uno de esos libros a mi novia". "Recuerda que mi madre cumple cincuenta y seis años", gritaba mi mente.

—Tienes razón, Alisha. Aparte de ser muy bella y joven, eres muy inteligente. A mis treinta y cinco años, nunca se me hubiese ocurrido algo así.

—¡Gracias, Lisa! ¡Tú también eres linda! Mira este libro infantil, Amelia – en busca de la cura zamanky; ¡es precioso para una madre!; o este otro, La vida es justa; o éste, Lección de vida. Todos los he leído y son muy buenos; pero, si dejas que yo te recomiende uno, te diría que compres éste, Disfruta lo mucho que tienes, así te parezca poco, me ha servido mucho.

"Por favor, Alisha, ¡ya basta!, solo dale uno cualquiera". "Constar que no se te ocurra darle nada erótico, no vaya a ser cosa que mi madre termine amarrándome al viejo", pensaba desesperado, loco por salir del mal sueño.

—De acuerdo, nos quedamos con ese. Voy a confiar en tu gusto —dijo, tomando el libro en sus manos y de camino a la caja.

Después de esa elección, solo quería pagar e irme; ya no soportaba más la presión. Quería separar a las dos mujeres que confundían mi existencia en ese momento. La mañana de compras terminó.

"Ya puedo respirar tranquilo", me dije a mí mismo, cuando bajábamos en el ascensor todos juntos, como si nos uniera una amistad de tiempo. Ellas continuaban conversando como buenas amigas, reían a carcajadas; en cambio, yo era una tumba de seriedad. Contaba los números rojos hacia abajo, como cualquier cuenta regresiva. Al llegar al primer piso, caminamos a la salida.

—¡Adiós, Alisha! —extendí mi mano y subí al auto de mi novia.

—Adiós, Alex.

Pero mi novia hizo una pregunta que lo complicaría todo. Algo con lo que nunca conté, sucedió después...

—¿Tu auto, Alisha?

—No tengo auto.

—¿Cómo piensas irte? —preguntó mi novia, muy sorprendida de que existiera una mujer en el mundo sin un auto.

"¡Por Dios, Lisa, ya, vámonos!". "En Nueva York hay miles de taxis y trenes". "¿Cómo crees que llegó aquí?".

—Yo tomaré un taxi. No se preocupen.

—No, Alisha. Permítenos que te llevemos a tu casa.

Cuando escuché a mi novia proponer tal cosa a la muchacha, me quedé atónito. No podía creer que Lisa dijera eso.

—No, Lisa. Muchas gracias —escuchar esa negativa de la joven, me dio el alivio que buscaba. Pero... mi tormento apenas empezaba.

—Tengo una mejor idea, muchacha... ya que fuiste tú quien escogió el regalo para mi futura suegra, me gustaría que nos acompañases a la reunión familiar que se llevará a cabo para su celebración.

"¿Qué dices?". "¿Cómo se le ocurre?". "¡Pero esta novia mía se volvió loca!". "¡Cómo así que a la fiesta!". "Solo esto me faltaba", hervía por dentro. Antes de que Alisha diera su respuesta:

—Ya vámonos, Lisa, llegaremos tarde. La joven debe estar cansada. —creo que fue lo que complicó más la situación. A pesar de que ya había dicho que no quería subir al auto, me miró como diciendo con sus ojos: "¡Tú no decides por mí!". Entonces, abrió su boca para decir:

—Muy bien, Lisa. Acepto, iré con ustedes —mis hombros cayeron como gelatina. "¡Trágame tierra!", pensé al escucharla.

Subió al auto con nosotros y el camino a casa de mis padres comenzó cuando el reloj marcaba la 1:23 pm. La verdad, no entendí por qué aceptó aquella invitación a casa de mis padres. Fue como si quisiera vengarse de mí, por haberla involucrado en todo ese embrollo. Podía ver en su rostro, cómo disfrutaba viendo mi cara de angustia. A todo esto, yo no pude decir nada; solamente, dejar que la corriente me llevara con ella.

Capítulo 6

Llegamos a casa de mis padres. Mi novia y Alisha caminaban delante de mí, con el regalo para mi madre. Me dediqué a cuidar que la conversación no se fuera a desviar y que la joven terminara contándolo todo. Lo poco que conocía de ella, me decía lo impulsiva y directa que era. Al entrar, mi novia empezó a presentar a la muchacha como una amiga de ambos. Alisha parecía que fuese más amiga de ella que mía.

—Ella es la señora Margaret y él, es el señor Frank, los padres de Alex. Son prácticamente como mis padres —indicó Lisa, con una esplendorosa sonrisa en sus labios.

—Mucho gusto, señora; igual a usted, señor Frank. Le deseo mucha felicidad en este día y en los días venideros, señora Margaret —expresó, extendiendo la mano a mis padres, con una sonrisa despampanante y con mucha educación.

—Mucho gusto. Es una joven muy educada y bella. Pasen, adelante Lisa. Estamos todos reunidos en el jardín, esperando ahora solo a mi hijo John y su esposa Marian con su hija Lina. Espere a que la conozca, Alisha. Es una niña preciosa, ¡un amor! Al parecer, mi hijo Alex será el siguiente en darme otro nieto. ¡Si viera la brega que le dio tomar esa decisión de casarse…! —dijo mi madre, con el glamur que la caracterizaba, extendiendo su mano a la muchacha y echándole todo un cuento de camino al jardín.

Yo, por mi parte, me mantenía al margen de todo lo que pasaba, pero muy alerta de lo que se hablaba. La presentación apenas empezaba. Pasamos al jardín, donde continuó la presentación de las amistades más cercanas a la familia. Entre ellas, se encontraba mi hermana Sara. De inmediato, surgió una buena química entre ambas; quizá, debido a la similitud de edad entre ellas, ya que mi hermana tenía veinticuatro años.

Más tarde, tuve que separarme de ellas, puesto que estaban en chismes… perdón, reunión de mujeres y ninguna de ellas me quería cerca. Pasados treinta y cinco minutos, más o menos, llegó la persona que en verdad me preocupaba... mi hermano John, junto a su esposa y su hija Lina. Luego de saludarlos y querer presentarle la muchacha a mi hermano:

—¡No veo a Lisa ni Alisha por ningún lado! ¿Dónde estarán? —pregunté a mi hermana Sara, al perderlas de vista.

—Lisa está guiando a Alisha al baño —respondió, llevándome a la preocupación con su respuesta.

—¿Por qué no la llevaste tú, Sara? —mi preocupación era notable.

—Y qué más da que fuera ella o yo quien la guiara.

—Lo digo, porque como tú eres quien vive con nuestros padres y conoces mejor la casa.

—Alex, ¿qué te pasa? ¿Por qué actúas de esa manera? Yo te conozco más que nadie. Algo te pasa, hermano. ¿No me digas que te gusta la muchacha esa? ¡Mira que a mí no me engañas!

—¡Cómo crees, Sara! No ves que es amiga de ambos —buscaba sacar tal idea de su cabeza.

—¡Yo lo sé, hermano! Es solo que juego contigo. No creo que seas capaz de hacerle eso a tu novia, estando a punto de casarte. Recuerda que ya no eres el chiquillo que acostumbraba a tener una y otra, sin medir consecuencias, ¡te vas a casar!

A fin de cuentas, tuve que alejarme de ella, para no terminar contándole lo que sospechaba. John continuaba saludando personas presentes en la celebración. En cambio, yo solo pensaba en las dos mujeres que confundían mi existir. "¿Dónde están que no llegan?". "Solo espero que a Alisha no se le haya ocurrido decirle nada a mi novia". "Juntas son un peligro para mí". "Pura dinamita", me mortificaba lo que pudiera pasar. En eso, mi hermano y yo nos separamos de la multitud. Nos sentamos en una banqueta de las muchas colocadas en el jardín, mirando hacia la puerta de la casa que daba al mismo. Mi intención en ese momento, a solas, era contarle a él todo lo que estaba aconteciendo, ya que, desde su llegada a la casa, no había visto a la joven. Cuando me disponía a contárselo todo, en el mismo instante que quise poner palabras en mi boca... cruzando la puerta, estaban Lisa y Alisha. Nosotros estábamos a unos 25 o 30 pies de ellas. John, al ver aquella mujer tan elegante, de pelo largo y caminar erguido:

—Hermano, ¿quién es esa joven tan bella que camina junto a tu novia? ¡Esa amiga de Lisa no la he visto antes! ¡¿Quién en este mundo será el dueño de semejante bombón?! —preguntó, muy impresionado por la belleza de la joven.

—Es Alisha —respondí entre dientes.

—Ya sé que es Lisa. Me refiero a quien camina a su lado, la de color oscuro y pelo largo —especificó, al confundir mi respuesta.

—Precisamente de ella es de quien te hablo. Dije... Alisha, no Lisa.

—¿Y quién es Alisha? —preguntó, con una pícara sonrisa en su rostro.

—Esa es la joven de quien te he hablado tanto... la stripper.

—¡¿La stripper del bar?! ¿La misma que te estás comiendo? —preguntó muy sorprendido, borrando aquella sonrisa por completo de su rostro.

—¡Ella es! La misma que viste y calza.

—¡Pero, ¿te volviste loco, Alex?! ¿Qué diablos busca aquí? ¿Por qué la trajiste? ¿Acaso tú no piensas? —gritó entre dientes, con mucha discreción, pero con notable enojo.

—Ahí está el detalle, hermano; yo no fui quien la trajo. La trajo Lisa.

—Ya si es verdad que no entiendo nada. ¿Me lo explicas, por favor? —se levantó de aquel banco y me miró de frente.

—Déjame y te cuento todo; pero, siéntate, para que no te caigas.

Al contarle todo lo sucedido, él no podía creer que las cosas hubieran sucedido de tal manera; aunque, me reservé lo que pasó en el ascensor. Quedó bobo del cuento que le acababa de relatar.

Mientras estaba con mi hermano, tratando de buscar solución al problema, Lisa y las demás personas nos llamaron para abrir parte de los regalos. Llegamos a la mesa donde se encontraban los obsequios, rodeados por la muchedumbre. Me di cuenta de que ya, Alisha, era toda una sensación entre las personas presentes. En ese momento, jugaba con el pelo largo de Lina, mi sobrina, parada a su lado muy a gusto con ella. John llamo a su hija para que fuera a sus brazos, de una forma descarada. Algo que, a mí, me molestó bastante.

Luego de que mi madre abriera unos cuantos regalos, llegó el turno de abrir el nuestro; entre todos, era el más pequeño. Mi madre desgarró su envoltura de papel y, al ver el libro, quedó atónita y en silencio todos los presentes, como preguntándose, por qué a Lisa y a mí se nos ocurrió regalar esa baratija a mi madre. Pero, para sorpresa de todos, ella, solo con ver el título y la portada de aquel libro, se abalanzó sobre mi prometida, agradeciendo tan bonito regalo de nuestra parte. Sin duda, asumió que no fue idea mía comprarlo. Para ser sincero, nunca tuve fe en ese regalo. Solo acepté que mi novia lo comprara por salir del paso. Siempre pensé comprar otro, tan caro o más que los antes abiertos, cuando fuéramos de camino a casa de mis padres; pero, debido a que Alisha nos acompañaba, deseché la idea. Mi novia Lisa fue muy generosa y después de tan caluroso abrazo de mi madre, le hizo saber que ese abrazo, en verdad, quien lo merecía era la joven, ya que fue la persona que sugirió y escogió el regalo para ella. Siempre vi a mi madre leer algún que otro libro, pero nunca pensé que se pondría de tal manera por un libro barato. Mi hermano, al escuchar que la muchacha fue la persona que escogió el regalo para nuestra madre, me dio una mirada de desconcierto. Dirigiéndome a un lugar más alejado de la muchedumbre, me dijo:

—¿Cómo es posible, Alex, que permitieras que esa cualquiera eligiera una baratija para nuestra madre? —expresó, muy enojado conmigo.

—Pero, a mi madre le encantó el libro, ¿cuál es el problema, entonces?

—¡Sabrá Dios cuánto pagaron ustedes por ese regalo tan ordinario! ¿Cuánto pagaron por el estúpido libro, a ver? —preguntaba muy enfadado.

—$17.99 dólares —respondí a su estúpida pregunta, queriendo darle la espalda y regresar a la multitud.

—¿Tú fuiste capaz de aceptar algo así? Esa mujer está haciendo que pierdas la noción de quién eres y lo que es ella —dijo, deteniendo mis pasos y menospreciando a la muchacha.

—Pero, dime, John, ¿cuántos de los regalos que se abrieron, antes y después del libro, mi madre disfrutó tanto? Ni el que costó $10.000 ni el de $2.200 ni siquiera el tuyo. Ella disfrutó más el de $17.99 dólares. ¿No te dice algo eso? —respondí, volviéndome frente a él.

—Alex, ¿pero no te das cuenta de que esa prostituta está metiéndose ya no solo en tu vida, sino en la de nosotros, tu familia? —su enojo era evidente, tanto con la joven como conmigo. No soportaba que ella estuviera allí. Creo que hablaba basándose más en sus recuerdos de aquel bar que en la realidad.

—¿Por qué la llamas así, John? —yo no soportaba su actitud hacia la joven, por lo que, también, mi tono de voz fue aumentando, alcanzando una nota más alta.

—¿Cómo quieres que la llamé? ¿Se te olvida en dónde trabaja, lo que hace ahí...? ¡Baila desnuda, te recuerdo!

—Ella no baila desnuda y lo sabes. Recuerda que es un bar topless.

—Para el caso da lo mismo, Alex, es igual; todas son iguales, ¡te la llevas de aquí! Mira a ver cómo lo haces, porque soy capaz... creo que sería capaz... de decirles a todos quién es y lo que hace en realidad —indicó, dándome un ultimátum.

—Pero, ¿por qué te comportas así con ella, sin siquiera conocerla, John? —nuestra discusión se acaloraba cada vez más.

—Sabes mejor que nadie que las conozco a todas, ¡No te das cuenta que es una trepadora! Mírala cómo está de contenta, ganándose a nuestra familia y a los invitados, para luego, ¡sabe Dios!, pedirles qué. ¡Pídele a Dios que no vuelva a tocar a mi hija, porque no sé de lo que sería capaz!

—Tampoco te voy a permitir que la ofendas de esa manera. No la conoces, para tener ese concepto de ella —mi defensa era algo que a él le enojaba cada vez más. Se irritaba al verla sonreír entre la multitud. Era como una fuente de alimentación para su ira.

Lo que comenzó como explicaciones, se convirtió en una discusión de hermanos. John se marchó de mi lado, dejándome con la advertencia de sacar a la joven de la celebración. Me dirigí donde se encontraban los invitados, cogí a Alisha del brazo, con mucha delicadeza y discreción, preguntándole si quería que la llevara a su casa. En ese mismo instante, llegó Sara.

—¡Vamos, Alisha, que esto apenas empieza! —gritó, muy emocionada, agarrando su brazo y halando su cuerpo con determinación.

—No, hermana, ya la voy a llevar a su casa —no podía permitir que la llevara de nuevo a la fiesta.

—Pero, ¿por qué te quieres ir, Alisha? Aún es temprano.

—Sí, es que tengo cosas que hacer en casa; solo vine un rato porque Lisa insistió en que la acompañara. ¿Me despides de ella y de los demás, por favor? —explicó, sonriéndole a Sara y dándole un beso en la mejilla.

—Hermana, ¿me prestas tu auto para llevarla? Le dices a Lisa que fui a llevar a la joven, por favor.

—De acuerdo, Alex. Acuérdate de hacernos una visita otro día, Alisha. ¡Me caes muy bien!

Me dispuse a llevar a la muchacha hasta su casa; ella, simplemente, calló todo el trayecto, como si esperara que yo le explicara algo de lo que estaba pasando y la causa por la que resultó implicada en todo eso.

—Alisha, disculpa por no haberte dicho que tenía novia y por sacarte de casa de mis padres de este modo —trataba de romper el hielo entre los dos y explicarle mi actitud.

—Uno, no tienes que disculparte por tener novia, porque a mí no me interesa si la tienes o no la tienes; dos, tú no me sacaste de allí, yo decidí irme porque me conozco muy bien y no sé por qué, pero tu hermano, de repente, comenzó a mirarme de una forma muy incómoda.

—No te preocupes por John, tengo que hablar muy seriamente con él sobre eso.

—Alex, quiero que sepas, y que te quede claro, que no miro lo que ha pasado entre nosotros más allá de lo que ha sido. Quiero saber, ¿por qué me usaste para tus mentiras? ¿Qué es eso de que me embestiste con tu auto una noche? Aún no entiendo nada. Después, no necesito explicaciones ni de tu familia ni de tu prometida ni de nadie más.

—Déjame y te explico por qué lo hice... no tuve más remedio y no pude pensar en otra cosa.

—Pues espero que no vuelvas a utilizarme para tus locuras, por favor te lo ruego.

Por más que le expliqué a la joven todo, con pelos y señales, a ella no le agradó nada todo ese embrollo; en especial, lo del supuesto accidente. Al parecer, fue lo que más le molestó. Llegamos a su casa y ella bajó del auto, sin siquiera esperar a que yo, como caballero, abriera su puerta. Caminaba y yo seguía sus pasos, pero al llegar a la puerta y pretender entrar con ella:

—Hasta aquí llegas tú —dijo, volteando a verme y poniendo una mano en mi pecho.

—¡Pero si ya te expliqué todo! —buscaba mi pase a su morada, con un deseo intenso de volver a estar con ella.

—No se trata de eso. Ya te dije que a mí no me interesan tus explicaciones, Alex. Usted ya tuvo su dosis de sexo hoy; así que, por ahora, no hay nada más que hacer entre nosotros dos, ¡adiós!

—Pero, ¿por qué, Alisha? —grité, intentando de nuevo entrar a su apartamento.

—Cuando vas a aprender a no hacer preguntas. Ya te dije que llegará el día en que hagas la incorrecta y esa pregunta podría cambiar lo nuestro... adiós, Alex.

En ese momento, ella cerró la puerta, sin darme ninguna oportunidad de arreglar todo el malentendido. Tuve que regresar a la fiesta y explicar a todos por qué la joven carismática, que conquistó a todos en la fiesta, tuvo que marcharse. Ellos no entendieron su manera de dejar la celebración. Eso era algo de lo que solo mi hermano y yo teníamos conocimiento. Convencer a Lisa y a mi hermana Sara de la retirada de Alisha, fue lo más complicado; ya que, al parecer ellas, en tan poco tiempo, tuvieron muy buena química. Busqué a John, para reclamarle su actitud contra la muchacha. Lo encontré en el jardín. Lo llamé aparte e iniciamos la conversación.

—Hermano, necesito hablarte —dije, tomándolo por un brazo con mucha discreción.

—Ya sé de qué quieres hablarme, Alex.

—¿Por qué te comportaste así con Alisha? No me gustó tu actitud, John.

—¿Acaso no te fijas en lo que te estás metiendo? Esa es igual a…

—Hola, muchachos, ¿qué buscan aquí tan solitos? —preguntó Lisa, tomándonos por sorpresa.

—Nada, amor —respondí, al verla parada frente a nosotros.

—¿Por qué tienen esas caras? ¿Qué es lo que sucede? ¿Estaban peleándose…?

—No, amor, ¿cómo crees? Estábamos hablando de la fábrica, ¿verdad John…?

—Sí, Lisa, ya sabes… cosas de trabajo —por un momento pensé que le contaría todo a mi prometida, según la mirada que me dio.

—¿Seguro que se trataba de eso? Me pareció otra cosa —al parecer no quedó muy convencida.

—Vamos, amor, no es nada. Adiós, hermano, ya hablaremos en la oficina —tuve que dar por terminada la conversación y llevarme a Lisa conmigo. Pensé que sería lo mejor, antes de que a mi hermano se le ocurriera hablar de más.

Al quedar todo en calma y pasar las horas, Lisa y yo nos marchamos a su apartamento. Trataba de no acordarme de todo lo sucedido con Alisha, pero me resultó imposible, ya que Lisa me recordaba, a cada momento, lo mucho que le agradó la joven. No paraba de enumerar cada una de sus virtudes; que si era muy inteligente, simpática, bonita, etc., sin siquiera sospechar quién era ella en mi vida. De tanto hablarme de la muchacha, terminamos teniendo sexo.

Pasaron los días. Llegó el miércoles y la relación con mi hermano ya no era la misma. No podíamos hablar, sin que en cada conversación que teníamos surgiera el nombre de Alisha. Insistía en que me olvidara de ella. El viernes estaba próximo a llegar y, a decir verdad, no sabía si resistiría la tentación de asistir al bar y verla de nuevo. No tenía claro cómo se comportaría ella, luego de lo ocurrido. Tras, prácticamente, haberme cerrado la puerta en la cara aquel día.

"No sé cuáles sean sus planes conmigo, ahora". "Me muero de deseo por volverla a ver". "Se ha metido en mi alma como una obsesión", no dejaba de memorizarla. Era como si no quisiera verla lejos de mí ni un segundo. No estaba seguro si era amor, obsesión o solamente era un capricho mío; pero sentía que quería tenerla siempre conmigo, así como estaba en mi mente.

A veces, pensaba en lo que podría pasar si Lisa llegaba a enterarse de todo y cómo reaccionaría. Para ser sincero, ya no sabía si era Lisa o Alisha, por quien suspiraba y respiraba cada día. "Mi familia nunca aceptaría mi relación con ella". "¿Qué podría pasar si en realidad supieran quién es, lo que hace para ganarse la vida?". "Me gustaría saber si Alisha, en verdad, siente algo por mí". "Si solo soy uno más en su lista, la que imagino debe ser muy larga, con el trabajo que realiza". "Quizá yo estoy ilusionado con su amor y ella solo me ve como un juego". "Pero, ¿cómo saberlo, sin arriesgar mis sentimientos?". "¡Esto me está matando!", eran las preguntas que torturaban mi mente y mi corazón.

Llegó el viernes y la relación con John seguía igual o peor que antes. Desde el día que discutimos por ella, nada iba bien entre nosotros; por lo que, ese día, ni siquiera planeamos seguir la estrategia para olvidarme de la joven. Ya no tenía caso seguir con eso.

Decidí regresar al bar. Esta vez, más que para verla, regresaba por algunas respuestas a las muchas preguntas e inquietudes que dejó en mí. Ocupé mi mesa y a mi tercer trago, esa noche, ella salió a escena y para mi sorpresa... nada cambió en su forma de actuar. Cuando bailaba alrededor del tubo, su forma de mirarme, su sensualidad y su insistencia en mi persona eran las mismas. Para ser sincero, esperaba otro tipo de reacción de ella para mí, debido a lo ocurrido. Al terminar su función, como siempre, desapareció en unos cuantos pasos. Yo la esperé en el aparcamiento, como algunas veces hacía al terminar su trabajo. Esta vez, me tocó conversar un poco con su amiga, quien la esperaba allí para llevarla a casa como cada noche.

—¿Cómo estás, Rosa? —dije, al ver a su amiga, la pelirroja.

—Bien, Alex.

—Si quieres, te puedes marchar, yo la llevaré a su casa hoy —buscaba una oportunidad a solas con Alisha.

—Discúlpame, Alex, pero eso tiene ella que decidirlo. Si ella me lo pide cuando salga, entonces lo hago —dijo, con la actitud fuerte que siempre la caracterizó, echando su pelo rojo al frente.

—Entiendo, ¿te puedo hacer una pregunta, Rosa?

—Dime, Alex.

—¿Conoces hace mucho tiempo a Alisha? —dije, buscando saber más de la mujer que robaba mi sueño.

—Sí, de hecho, fui yo quien le consiguió trabajo aquí en el bar —respondió, sin dejar de jugar con su cabello.

—¿Siempre ha sido así? ¡Tan misteriosa! ¿Por qué se empeña en jugar conmigo? Lo hace como si yo fuera uno más de los muchos hombres que me imagino ha de tener —dije, muy confundido por lo que estaba sintiendo y con celos de los hombres que cada viernes disfrutaban de su espectáculo.

—Mira, Alex, no me lo tomes a mal, pero ella es como es. Si quieres respuestas a tus preguntas, tendrás que preguntárselo a ella y no a mí. Yo no soy la persona más indicada para que te expreses así de ella. Lo que sí te puedo decir, es que es la mejor persona que he conocido en toda mi vida. Y aunque, quizá, tú tengas otro concepto de mi amiga, yo no soy quién para decirte si es equivocado o no. El mío hacia ella, es el mejor que he tenido antes por alguna persona. Y te digo más: la próxima vez, cuida tus palabras cuando te vayas a referir a ella delante de mí. Quiero que sepas que no es simplemente una amiga más. Para mí, ha sido y siempre será mi hermana —dijo, dejando su pelo y parándose de frente a mí, con una actitud defensiva que daba miedo.

—Disculpa, Rosa, pero es que esto me está matando. Sus misterios, sus cambios de actitud. Ese vivir día a día que lleva, sin que nada le importe ni le moleste, me confunde.

—Ya te dije, Alex, esas cosas solo ella puede respondértelas. Es hora de que lo averigües por ti mismo. ¡Ahí está, mírala! —señaló, mirando por encima de mi hombro.

Giré mi cabeza para mirar atrás. En efecto, ahí venía llegando al estacionamiento, como toda una diosa. "Quien la viera después de su función, nunca imaginaría que es la misma persona que baila cada viernes en ese bendito tubo". "Su vestir es tan diferente; aunque sexy, es muy cuidado". "Su caminar nunca lo he visto antes en otra mujer". "¡Dios mío, qué bella está!".

—Hola, Alex —dijo, al llegar a mi lado, dándome un beso en la mejilla.

—¿Cómo estás, Alisha?

—¿Qué haces aquí? —preguntó, muy sorprendida de verme.

—Quiero hablar contigo. ¡Por favor!

—¿Alis, te espero o te vas con Alex? —preguntó su amiga pelirroja con complejo de abogada.

—Está bien, Rosa, puedes irte. ¡Claro...! Si Alex decide llevarme —me miró con dulzura e ironía.

—Te puedes ir Rosa. Yo me ocupo de llevarla a su casa —no podía creer que no estuviese enojada conmigo. Su semblante era pasivo. ¡Es más!, la veía mucho más complaciente que las veces anteriores.

"¿Por qué vive de esa manera?". "Me gustaría entender su forma de vivir la vida". "Actúa como si nada hubiese pasado". "Solo espero que a Rosa no se le ocurra contarle todo lo que le dije".

—Te veo después, Rosa —se despidió, dándole un beso en la mejilla.

—Entonces, Alex, ¿hablamos aquí o me llevas a otro lugar? —pasó su mano izquierda por mi cabello, con mucha delicadeza. Fue como ponerle un encendedor a una vela. Me derretía cada vez que me tocaba.

—¿A qué lugar te gustaría ir?

—Vamos a tu auto y ya veremos —indicó, muy tranquila.

Nos dirigimos a mi auto y comenzamos un camino sin rumbo, en el que ninguno de los dos sabíamos dónde iríamos a parar. Al menos, eso pensaba yo... hasta que ella comenzó a guiarme, como siempre. Luego de correr un rato y algunas palabras vagas en el auto, fuimos a parar a una playa, de la que yo, no tenía ni idea de su nombre.

—Quiero que terminemos la noche aquí, Alex —dijo en tono suave y con sus dedos acariciando mi cabello por detrás de mi nuca.

—Claro, Alisha. Como digas —no dejaba de sorprenderme su actitud apacible, a pesar de todo el revuelo que armé.

—¿Por qué quieres eso, Alisha? —no tenía ni idea de lo que buscábamos allí, en tan oscura noche y solitaria playa.

—¡Cuándo aprenderás a no hacer preguntas! Pero, para tu tranquilidad, no estamos aquí por casualidad. Quise que me trajeras a ver el mar a la luz de la luna y caminar por la arena a tu lado —su plan parecía ser romántico.

—Pero, es tarde para caminar por la playa, ¿no crees?

—¿Por qué siempre tienes miedo a todo y a todos? —preguntó, dándome una mirada suave, una mirada que aún no conocía de ella.

—Alisha, quiero pedirte perdón por no contarte sobre mi novia y lo sucedido ese día. No tengo claro si me perdonaste o no. ¡Esto que siento me está matando! Es como si no pudiera sacarte de mi cabeza; así lo intente mil veces, no logro hacerlo.

—Ya te he dicho que no tengo nada que perdonarte. No me interesa si tienes o no novia. Nunca te he pedido explicación alguna ni lo haré jamás… Alex, ¿puedo pedirte algo? —cambió el tema sin inmutarse siquiera. Me tomó de la mano y caminamos juntos.

—Lo que tú quieras. No creo que haya algo en este mundo que yo pudiera negarte —no sé por qué era tan débil ante su presencia. Me hubiese pedido la luna y creo que, de alguna forma, esa noche la hubiese bajado para ella.

—Prométeme que, antes de casarte con tu prometida, no dejarás de verme —dijo, deteniendo mis pasos y mirándome a los ojos.

Sus ojos esa noche tenían un brillo diferente. No tenía esa mirada tan imponente que siempre me expelía. Ni la expresión de mando en sus palabras.

—¿Dejar de verte? No podría hacerlo, así no me lo hubieras pedido —respondí, tomándola de las manos y posando un beso en sus labios.

—Pero, ¡prométemelo! Si quieres, también puedes negarte y te juro que nada cambiará entre nosotros. ¡Te lo juro! —dijo, casi con lágrimas en los ojos y sujetando mis manos, invitándome a sentarme en la arena, a su costado.

No entendía ese cambio en ella, tan de repente. Parecía otra persona. Nunca imaginé verla así.

—Yo te prometo que así será, Alisha —le juré, acariciando sus mejillas y dándole otro beso.

—También me gustaría que esta noche cumplieras un deseo que siempre he tenido... fue mi intención al venir aquí contigo.

—¿Y cuál es tu deseo? —estaba dispuesto a todo; hasta que me amarrase a cualquier árbol e hiciera lo que quisiera de mí.

—Hoy quiero caminar contigo por la playa. Siempre ha sido uno de mis sueños, caminar en la noche por su arena, acompañada de alguien especial y mojar nuestros pies, tomados de las manos.

—¿Ese es tu sueño? ¿Esa simplicidad? —pregunté, como cualquier estúpido, pensando que era algo un poco cursi para mí. Sin tomar en cuenta siquiera que me consideraba alguien especial en su vida.

—A ti podrá parecerte simple; pero, para mí, es un sueño. Ahora, solo caminemos, Alex. No quiero que la luna desaparezca, antes de cumplir uno de mis más grandes anhelos —enunció, tomando mi mano y ambos nos levantamos de la arena. Yo sacudía la arena de mi pantalón y ella solo quería correr junto a mí.

No podía entender cómo aquella mujer fuerte y de un temperamento único, de un momento a otro, había cambiado tan radicalmente. Fue como si estuviese cubierta con algún tipo de caparazón que no soportara y, al ver aquella luna, cayera de golpe a la arena. En ese instante, apareció una Alisha que nunca antes vislumbré. Nunca pensé que vería algo así en ella; me desarmó por completo. Recuerdo que me tomó del brazo y corrimos juntos por la orilla de la playa, mojando nuestros pies y nuestra ropa, como dos enamorados. Les confieso que, por momentos, me sentí cursi, como si ese tipo de escenas no fueran para mí; como si no cupiera en mi mundo tal ridiculez. Veía cómo acomodaba su cabeza en mi hombro y, al hacerlo, confundía cada vez más la mía, ya que en vez de reclamarme todo lo que hice, envolviendo su nombre en mis mentiras, estaba muy relajada y dándome una noche que no esperaba. Esa debilidad que mostraba ante mí, confundía mis sentimientos.

Después de nuestra carrera por la playa, caminábamos de vuelta al punto de partida. Ya con nuestra ropa toda mojada y llena de arena, caímos rendidos uno al lado del otro; ella, con su pelo enarenado, jugaba a mi lado sin que le importara. Abrazándome, beso mis labios y ese fue el detonante para que tuviéramos sexo, pero no ese sexo agresivo ni de tantos sobresaltos, sino uno más relajado, con más caricias y delicadeza.

Más tarde, nos quedamos dormidos en la arena, a la luz de la luna, tal y como ella deseaba, hasta que nos sorprendió la luz del sol, anunciando su mañana. Al despertar, fue cuando me di cuenta de lo sucia que estaba nuestra ropa. Sacamos la sal de nuestro cuerpo con agua dulce y llegamos a mi coche. Nos dirigimos a su casa y después de que me pidiera, por favor, que la dejara sola, escribió su número de teléfono en mi corbata, con pintalabios rojo. Me sorprendió que lo hiciera, sin yo siquiera pedírselo.

Regresé a mi auto y me encontré con los asientos mojados, debido a la humedad de nuestra ropa. Lo que en otro caso me hubiese molestado bastante, esta vez, más bien me causaba risa. Iba de camino a mi departamento, pensando en todo lo que me confundía su actitud. Ésta ya era la corbata número cuatro que ensuciaba con su pintalabios. "¡Es la mejor mancha que he visto en una de mis prendas de vestir!". Al llegar a mi apartamento, decidí conservar la corbata con su número y colgarla en mi armario, junto a su blusa, como mi único trofeo en la vida. "¡Es la mejor noche que he pasado en mucho tiempo!". "¡Se veía preciosa con su pelo mojado y lleno de arena!", sonreía pensándolo.

En ese mismo instante, sonó mi móvil, para recordarme que tenía novia y que estaba a punto de casarme; cosa que, al parecer, ya había olvidado.

—Hola, amor.

—¿Cómo estás, Lisa?

—No viniste anoche. ¿Qué sucedió? —preguntó, muy sorprendida.

—Me sentí muy cansado y me quedé dormido.

—Recuerda que el lunes tenemos que ir a confirmar la reserva del club para nuestra boda —dijo, recordándome algo que ya tenía arrinconado en el baúl de mi memoria.

—¡Ah…! Sí, claro, amor.

Capítulo 7

Por culpa de la joven, ya mi boda no formaba parte de mis prioridades. La verdad, ya no estaba seguro de si casarme con Lisa era lo correcto. Pero, ¿cómo podía arriesgar mi matrimonio, por algo que aún no sabía dónde iba? Algo que no tenía dirección, que no sabía si tenía futuro siquiera.

Llegué a casa de mi novia el lunes y fuimos a terminar el contrato del club para nuestra boda. Terminado todo eso, me dirigí a la oficina de la empresa y las discusiones y consejos de John no cesaban. Solo deseaba que terminara el día, para irme a casa y no tener que soportar las peleas y consejos de mi hermano. Saliendo de mi trabajo, de camino, decidí llamar a Alisha.

—¡Hola!, ¿cómo estás, Alisha?

—¡Alex! ¿Cómo estás? —respondió, con una ligera sonrisa, pero muy extrañada de escuchar mi voz. Era como si no recordara que me había dado su número.

—Estoy saliendo de mi trabajo y quise llamar para saber de ti.

—Estoy bien. ¿Y tú?

—Pensando mucho en ti —dije, impulsado por mi corazón y sin temor a que lo supiera.

—No lo hagas.

—¿Qué hago entonces? No logro apartarte de mi mente.

—No es conveniente para ti pensar tanto en mí —era como si quisiera evitar mis sentimientos hacia ella.

—¿Por qué me dices eso, Alisha?

—Es que... no, ¡olvídalo!

—¿Qué me ibas a decir? —quedé muy intrigado. Buscaba saber más de ella y sus misterios.

—¿Se te olvida que en unos meses te casas?

—¿De verdad eso era lo que querías decirme? Me dio la impresión de que me ibas a decir otra cosa —estaba seguro de que había algo más.

—Era eso solamente —me recordó lo cerca que estaba de casarme.

—No se me olvida, pero si tú...

—No lo digas, Alex. ¡Por favor, no! —clamó, deteniendo mi impulso.

—Pero, ¿por qué eres así? ¿Sientes miedo a algo o a alguien? ¿Por qué tanto misterio a tu alrededor?

—Solo disfruta a mi lado mientras dure. No me pidas más, ¡por favor!, ni te enamores de mí —la escuchaba hablar y era como si tuviera un nudo en la garganta. Como si quisiera tenerme cerca de ella; pero, a la vez, alejarme de su amor. Noté que lloraba. Al menos, me daba esa impresión al escucharla.

—Ahí está el problema, creo que ya lo estoy —mi cabeza quería estallar de tanta confusión—. ¿Puedo llegar a tu casa ahora? —me arriesgué a preguntarle, con un noventa y nueve por ciento en mi cabeza de que me diría que no.

—¿Crees que llegar a mi apartamento cambiaría algo?

—¡Es que quiero verte!

—Pues, aunque no lo creas… yo también quiero verte.

—¡¿De verdad?! —pregunté muy sorprendido y con mi corazón palpitando a mil. Nunca esperé esa respuesta de su parte.

—Sí —volvió a decir sin titubear ni un solo segundo.

No podía creer que de sus labios saliera tal frase: ¡quiero verte! Eso fue algo que me emocionó por completo. Cambié el rumbo que llevaba a mi casa, para llegar a la de ella.

La puerta de su departamento se abrió y frente a mí... la mujer más bella del mundo. ¡Estaba tan hermosa!

—Hola, Alex.

—Hola, mi amor —dije, cual esposo a su esposa, detrás de una larga jornada de trabajo.

De repente, ahí estaba acariciando mi cabello. Su mano izquierda tomó mi derecha para llevarme hacia la sala y, sin mucho más, empezó a besar mi cuello, para luego empujar mi cuerpo al mueble. Al tiempo que me besaba, aflojó mi corbata y camisa con bruscos movimientos, rompiendo algunos botones. Era como si quisiera borrar la imagen de la joven débil y frágil que conocí en la playa, aquella noche de luna. Me desvistió por completo y otra vez volví a ver a la joven de antes, la que tomaba el control, la que mordía y dominaba todos mis sentidos. Esa Alisha, a quien le gustaba sentir que tenía toda mi atención, la que me miraba a los ojos, dejándome saber quién tenía el dominio y ponía las reglas. En definitiva... la mujer que conocí, llena de sensualidad y misterio. En pocas palabras, la mujer que me transportaba a otro mundo. Ya a su disposición, ella bajó por todo mi pecho, poco a poco, hasta llegar a mi pene, haciendo estremecer todo mi cuerpo, mientras succionaba mi sexo, haciéndome gemir de placer. Mi sensación era única; yo tocaba su cabello mirando al techo; mi cuerpo experimentaba retorcijones muy placenteros. Dejó mi pene para subir a mi cintura, como si se tratara de una función privada. Le quité la blusa, dejándola en bragas, las que más tarde le quité al levantarme del mueble, cargando su cuerpo y poniendo mi sexo en el suyo. Caminando toda la sala, dando tumbos, llegamos hasta la cocina. Ambos gritábamos de placer intenso. La acomodé en la repisa, echando a un lado algunos trastes y abrí sus piernas para perderme en medio de ellas. Puse mis labios en su vagina, haciéndola clamar de placer. La fuerza que ejercían sus piernas en mi espalda, me dejaba saber que sus gritos eran tan ciertos como los míos. Subí a su cuello, rozando nuestros sexos. Bajé por su cuello, hasta llegar al pezón de su seno izquierdo y lo mordí suavemente, consciente de que ella se enloquecía cada vez que lo hacía. Desesperada, introdujo mi pene en su vagina; gritando mi nombre, me pedía no parar. Se aferró por completo a mi cuerpo como una estampa, mordiendo mis labios. Puso sus piernas en mis hombros, pidiéndome castigarla, sin apartar su mirada de la mía ni por un segundo. En esos momentos, yo abarcaba su cintura y le sostenía la mirada. La coloqué de espalda y mientras sentía el vaivén de mi pene dentro de su vagina, agarré su pelo y sus gritos subieron de tono. Me pidió darle alguna que otra nalgada. Mi cuerpo sudaba y sus quejidos eran el motor de los míos. Me pedía más y más y yo no paraba de complacer sus deseos. Sentí la sensación de que tenía conmigo a una ninfómana en potencia.

—¡Dios mío, me encanta, Alex! Sigue así, no pares, por favor, no lo hagas —gritaba sin parar, apoyando sus manos en el filo de la repisa, mirándome de perfil por encima de su hombro derecho.

Sujeté su pelo, después de algunas nalgadas y acercándome a su oído derecho, le susurré lo mucho que disfrutaba el momento. Se excitaba, cada vez más, al escuchar mi voz suave en su oído. Mis venas querían salir del cuerpo en ese momento. Estallamos en un grito de sensación espléndido. Nuestros cuerpos quedaron sudorosos y agotados en un solo suspiro.

Tras saciar nuestras ansias y ducharnos cada cual por su lado, ella decidió cocinar algo para mí. Eso no me lo podía ni creer, puesto que siempre que teníamos sexo, insistía en que me marchara. Almorzamos juntos como dos enamorados. Aproveché, cuando tomábamos un poco de agua en la misma mesa, para preguntarle algo que la desconcertó por completo...

—Alisha, ¿por qué trabajas en el bar?

—¿Por qué insistes en preguntar tantas cosas sobre mí? —me miró de reojo, mostrándose un poco incómoda por mi pregunta.

—Es que tus misterios me intrigan. Nunca hablas de ti ni de tu familia —no podía evitar querer saber más de ella. Quería tener claro todo lo que estaba viviendo y tomar una decisión en mi vida.

En aquellos momentos, me sentía con la fuerza para acabar mi boda con Lisa y correr a sus brazos, sin miedo a nada. Al hacerle esa pregunta, hizo una pausa antes de responderme.

—Es que... todavía no quiero que te alejes de mí —enunció, cambiando su semblante.

—¿Y por qué me alejaría de ti? —no entendía su cambio de actitud. Esa indecisión suya era la que no me permitía terminar con mi novia y dar el paso a su lado.

—Ya tienes que irte, Alex. Por favor, ¡vete! —volvía a usar la salida fácil a la que siempre recurría, cuando se veía acorralada por mis preguntas.

—¿Por qué cada vez que te enfrento y quiero saber más de tu vida, me sales con esto de que me vaya? ¿Acaso vives con alguien?

—Te dije que te vayas, Alex, por favor, hazlo. Algún día lo entenderás, pero no ahora. ¡Vete! Si quieres, me puedes llamar mañana —dijo, muy agitada y levantándose de la mesa para abrir la puerta de su apartamento, buscando que me marchara.

Otra vez acabó por echarme de su lado. "¿Por qué diablos siempre me sale con lo mismo?". "No entiendo su misterio". "¿Qué demonios, pasa con esta chica?". "Ya no sé cómo actuar frente a ella". "Cada vez que

quiero saber más, es como poner una daga en su pecho",
mi mente se quebraba en mil pedazos, buscando una
razón lógica a su forma de actuar.

Al día siguiente, llegué como siempre al gimnasio.

—Hola, Marc.

—¿Qué tal, Alex? —respondió como siempre,
dándome una palmada en la espalda.

—Marc, quiero comentarte algo… no, mejor
olvídalo.

—Dime. No importa, sabes que para algo somos
amigos.

—Olvídalo, no tiene importancia.

Decidí, a última hora, no contarle lo que pasaba a
Marc, porque desde que estuve con la stripper por
primera vez, para él yo ya no seguía yendo al bar: según
obtuve lo que buscaba, me alejé, tal y como le dije que
haría cuando la conocí. Preferí dejarlo así y que no se
enterara de lo empecinado que estaba con la chica.
Llegué a la empresa más tarde y ya sentado en mi
oficina…

—Alex, tenemos que hablar.

—Ya te he dicho, John, que no sigas insistiendo con
lo de Alisha.

—No es sobre ella de lo que quiero hablarte... mira
esos papeles —puso en mis manos un fólder de color
amarillo, lleno de recibos y documentos referentes a
nuestra compañía.

—¿Qué pasa con estos papeles? —respondí,
mirándolo a la cara, sin entender lo que quería decirme.

—Ya no podemos seguir fingiendo que nada pasa,
Alex. Mira esos números, nuestra empresa ya no es la

misma. No está solventando sus gastos —explicó muy angustiado, dando palmadas en los documentos.

—Pero, si me dijiste que Jimmy estaba trabajando en eso de la financiación. ¿Qué pasó?

—Tienes razón pero, al parecer, no es tan fácil como pensábamos. Si seguimos así, vamos a terminar muy mal.

—¿Qué podemos hacer, entonces? —pregunté muy confundido, ya que el más experimentado en todo lo referente a la fábrica era mi hermano.

—Por el momento, creo que hacer menos gastos en la empresa y hasta personales. Los clientes ya no quieren invertir su dinero en nuestros productos para la piel —su expresión al mirar, cuando me decía cada palabra, era de preocupación. Dejando el folder en mi oficina y pidiéndome revisar los documentos, se marchó.

Luego de terminar tan agitado día de trabajo y preocupaciones, me dirigí a casa como cada día; pero, al recibir tan desalentadora noticia de mi empresa, mi mente era un rompecabezas en potencia. Sonó mi teléfono cuando manejaba mi coche.

—Hola, amor —dijo Lisa, al otro lado del auricular. Su tono de voz era de felicidad.

—Hola, Lisa —dije, sin ninguna emoción y hostigado por el mal día que vivía.

—Amor, te llamo para decirte que la confirmación del club para nuestra boda me llegó hoy. La tengo en mis manos en este momento, está firmada por el presidente... ¡Es genial, amor! ¡Ya el club es nuestro! —gritaba, muy emocionada. Podía imaginar su cara de felicidad con solo escucharla.

—Sí, Lisa, es genial —dije, sin inmutarme siquiera, de una forma fría y evidente desánimo.

—Pero, ¿por qué lo dices así tan apagado, Alex? ¿Es que no te alegra la noticia?

—Sí, amor, claro que sí. Es solo que John acaba de darme una muy mala noticia. Pero me alegro que hayas recibido la confirmación para nuestra boda.

—Pero, ¿qué fue lo que te dijo? ¿Ya llegaste a tu departamento, Alex? —se notaba muy preocupada luego de mi comentario.

—Sí, acabo de llegar.

—Estoy cerca de tu casa. Nos vemos en unos minutos, voy para allá y hablamos. ¡Te veo allá, amor! —dijo, colgando la llamada.

Apareció Lisa, mientras yo la esperaba tomando un trago.

—Hola, amor, ¿qué es lo que pasa? —dijo, rodeando mi cuello de frente y plantando un beso en mis labios.

—Ya sabes, lo mismo, la empresa aún no sale a flote. Las financieras no quieren trabajar con nosotros. La fábrica, posiblemente, termine vendiéndose o, en el peor de los casos, perdiéndose.

—No te preocupes, amor, verás que todo saldrá bien. ¡Cálmate, por favor! —con sus manos en mis hombros, trataba de animarme.

Caminamos hasta mi sofá. Ella, en esos momentos, intentaba todo por hacerme sentir mejor. Minutos más tarde, mejoré, a tal punto, que de un momento a otro, nuestra ropa rodaba por el piso, al lado del mueble. Terminamos teniendo sexo, empezando en el sofá y terminando en la cocina. Ella se quedó conmigo y amanecimos ambos tirados en el mueble.

Al despertar en la mañana, me dirigí al baño para tomar una ducha, mientras ella aún dormía. En tanto me duchaba, pensaba en los problemas de la fábrica. En ese transcurso, lo más lejos que tenía era a la joven Alisha. Solo me preocupaba el patrimonio de la familia, la fábrica donde crecí jugando, cada vez que mis padres me llevaban con ellos y donde hice más de una travesura junto a mi hermano John. Esa fábrica significaba mucho para mí. Aparte, era el único trabajo que sabía hacer; el único que conocía.

Solté mis nostálgicos pensamientos para tomar una toalla y enrollarla en mi cintura. Salí de la bañera y al pasar la puerta del baño, me encontré de frente con mi novia. Sostenía una de mis corbatas. Para ser más específico... la misma que guardé como trofeo en el ropero y que contenía el número de la joven Alisha, escrito en pintalabios rojo. Al parecer, la encontró cuando intentaba colgar la ropa tirada en el piso. Ya que, en vez de mi pantalón y camisa, era otra la prenda de vestir que rodaba; estaba toda estrujada, como si hubiese soportado un baile flamenco de taconeo y castañuelas españolas.

—¿Me puedes explicar qué significa esto, Alex? ¿Por qué aparece este número en tu corbata y con pintalabios? ¿Y qué me dices de esa blusa de mujer? —preguntó, con notable enojo, parada frente a mí y señalando una blusa que rodaba por el suelo.

Mi mente estaba en blanco, solo de ver cómo colgaba mi corbata en uno de sus dedos, mostrando el número que en ella había. Pero todo se complicó cuando empezó a marcar aquel número en mi celular. Al marcar el último dígito, la pantalla presentó... Alisha.

—¿Quién es Alisha? ¡Me parece haber escuchado ese nombre antes! —dijo muy enojada y toda colorada de la rabia. Al parecer, no recordaba a la joven o, al menos, olvidó su nombre.

Yo, en ese instante, no tenía ninguna coartada. No podía siquiera pensar claramente. Seguí tratando de descifrar todo en mi cabeza, buscando cómo salir del paso. Fui muy confiado al mantener esa blusa y la corbata en mi ropero. Creo que lo hice, por lo poco frecuentes que eran las visitas de mi prometida a mi departamento. Entonces, corrí a quitarle el móvil y, luego, intentar darle cualquier excusa... fue muy tarde para mí; ella alejó el móvil, presionando el botón de marcado, esperando de alguna manera encontrar respuesta al otro lado.

—¿...?

—No es Alex quien te habla —dijo, después de escuchar... no sé qué cosa, al otro lado del auricular.

—¿...?

—¡¿Así que tú eres la tal Alisha?! —se movía de un lado a otro, muy agitada.

—¿...?

—¡Oh...! Pero... ya te recuerdo. ¡Claro...! Eres la joven del accidente. ¡Sí, claro! Alisha, ahora te recuerdo. ¡No puedo creer esto! ¿Quién eres en realidad, me lo explicas, por favor...?

En ese momento, corrí de nuevo hacia ella, quitándole esta vez el teléfono, que cayó al piso, después de recibir en mi rostro una cachetada de mi novia.

—¡Alex, explícame, por favor! ¿Por qué tienes el número de la joven que llevaste a casa de tus padres en tu corbata y por qué esa blusa colgaba junto a ella? Y que, evidentemente, es la misma talla de la muchacha —me gritaba muy enojada, pasando de su color de piel blanca a un color rojizo, mucho más encendido que minutos antes y adquiriendo aquel brillo en sus ojos azules, el mismo que me dejaba saber el grado de su enojo.

—¿Se te olvida que fuiste tú quien la llevó? —respondí, en defensa barata, sin que se me ocurriera nada más.

—¡No importa quién fuera, solo explícamelo! ¿Tú te estás cogiendo a la muchacha esa, verdad? ¡Claro, la del libro, ella es! La recuerdo bien. Ahora las cosas tienen sentido para mí: el ascensor, ese famoso accidente entre ustedes y demás cuentos —con lágrimas en sus ojos, no dejaba de golpear mi pecho.

—Las cosas no son como tú piensas, Lisa —tomé sus manos de las muñecas, intentando explicarle todo.

—¡Claro que sí lo son! Ella respondió al teléfono, convencida de que eras tú —explicó, sacudiendo sus brazos y soltándose de mis manos, volviendo a golpear mi pecho con más fuerza que antes.

—Sucedió que… cuando la llevé a su casa, ella no tenía otra forma de anotarme su número en caso de cualquier complicación que tuviera —sin tiempo para pensar, todas mis excusas eran tan baratas como absurdas.

—Alex, ya no creo más tus mentiras. ¡Ya basta de tus engaños!, bien pudo anotar el número directamente en tu móvil. ¡Eres un estúpido! ¡Adiós...! —dijo, hecha un mar

116

de lágrimas y dejando otra cachetada en mi mejilla izquierda.

Mi novia salió corriendo, con la corbata en sus manos y aunque quise detenerla, no pude, ya que solo cubría mi cuerpo con una toalla. "Nunca la vi actuar de ese modo". "No así, tan agresiva". Al verla salir, corrí a ponerme ropa. De inmediato salí, con la esperanza de que aún estuviera cerca. Al no verla por ningún lado, tomé mi teléfono del piso y subí a mi auto. Llamé a Alisha varias veces. Por más que sonó el timbre de su móvil, ella no contestó mis llamadas. Traté nuevamente de comunicarme con ella, pero nada, no respondía. Decidí, entonces, llamar a Lisa y tampoco pude comunicarla. Al vuelo, me vino a la mente que podían estar hablando entre ellas, puesto que Lisa llevaba consigo mi corbata con su número. Solo se me ocurrió ir en búsqueda de mi novia y tratar de calmarla. Cuando conducía a casa de mi novia, donde imaginaba que estaría, de repente, sonó mi móvil.

—Alex, ¿qué sucedió con tu novia? —preguntó Alisha, al otro lado del teléfono, en tono medio, un poco agitada pero, sin ningún sobresalto.

—¿Qué pasa, Alisha?

—Tu novia acaba de hablar conmigo... bueno, no..., mejor dicho, de insultarme hasta más no poder —me decía todo aquello sin ningún reclamo.

—Pero, ¿qué te dijo? —estaba muy ansioso por saber lo que hablaron entre ellas.

—Qué no me dijo, querrás decir.

—Espérame y llego a tu casa. Te veo en unos minutos —dije, muy preocupado y sin dar tiempo a que se negara.

Desvíe mi ruta hacia donde la joven vivía y, al llegar a su apartamento, imaginé encontrar una mujer muy preocupada y alterada por lo sucedido. Entré desesperado e inquieto por saber exactamente lo que hablaron entre ellas, para así tener alguna idea de cómo enfrentar a mi novia.

—¿Qué te dijo Lisa con exactitud? —pregunté, sin saludarla siquiera, pasando por alto hasta lo preciosa que estaba en ese momento.

—Ella solo me gritaba cosas muy desagradables. Me dijo perra; que sabía que yo tenía algo que ver contigo. Prácticamente, no me dejó hablar. Que sabía todo lo que estaba pasando entre nosotros, entre otras cosas...

—¿Y qué le respondiste? —pregunté, colocando mis manos en mi cabeza, caminando de un lado para otro.

—Pues, de todas sus preguntas... las que pude responder, las respondí con verdades. Me preguntó quién era yo, en realidad; cómo te conocí. Dijo que ya no creía el cuento del accidente ni esa coincidencia en el ascensor. Terminé contándole de qué trabajo y cómo me conociste; pero también le dije que no se preocupara por mí, que a quien en realidad amas es a ella, que no soy más que un mal paso en tu vida. Que esa corbata con mi número y esa blusa no cambiarían tu amor por ella.

—¿Por qué le dijiste eso, Alisha? ¿Y cómo sabes que la pelea fue por eso? Ella te lo dijo, ¿verdad?

—Alex, yo lo escuché todo. La llamada todavía seguía en línea. No tenía caso seguir mintiéndole a tu prometida. Nosotras, las mujeres, no somos bobas; sabemos cuándo la verdad es una sola, así queramos confirmarla con ustedes los hombres. Una cosa es saber la verdad y otra aceptarla —explicó, con mucha serenidad.

—Pero, ¿por qué diablos le contaste todo sobre ti? ¿Bien pudiste inventarle algo? No sé, darle cualquier excusa.

—Yo te dije que no voy a formar parte de tus mentiras ni de las de nadie en este mundo. Ya la vida me ha enseñado mucho, de un tiempo aquí. Si te seguí el juego esa vez, fue porque no tenía ni idea de lo que estaba sucediendo. Sé que mi última mentira la voy a pagar muy cara… pero es algo con lo que tendré que cargar mientras viva.

—Pero, ¿y ahora qué hago? ¿Cómo salgo de esto?

—Ya se te ocurrirá algo. Aquí, el experto en mentir eres tú. Búscala y dile la verdad. No sé… invéntale algo, pero no la pierdas. ¡Vete ya! —dijo, prácticamente empujándome a mi novia y caminando hacia la puerta.

—Es que, si te soy sincero, ya no sé ni qué pensar. Solo sé que tú has pasado a ser más que un mal paso para mí. ¡Estoy tan confundido! ¡Tanto, que ya no tengo claro si casarme o no...! —buscaba que me pidiera no casarme. Estaba dispuesto a todo por ella.

—Seguramente es solo eso, una confusión. Vete ya y búscala —no entendía por qué no dejaba de insistir en que me alejara de ella. ¿Por qué no me quería a su lado?

—No quiero irme ahora, quiero quedarme aquí, contigo —mi necedad era algo que no podía evitar. Solo deseaba estar con ella, a pesar de lo que estaba sucediendo.

—Quieres, pero no puedes, Alex. Así que, por favor, vete y resuelve tus diferencias con tu novia. Trata, por

119

favor, de no involucrarme en tus asuntos otra vez. Adiós —dijo, sosteniendo la puerta con su mano izquierda y echándome de allí, como siempre hacía.

Al final, no tuve otra opción que irme y tratar de buscar a Lisa. Llegué a casa de mi novia y por más que llamé, ella nunca salió. Solo podía imaginarme que no estaba, que quizá fue a casa de sus padres. Me refugie en mi apartamento, esperando a que ella se comunicara conmigo o que llegase a buscarme. Por más que intenté localizarla, no lo conseguí. Mientras pensaba en tantas cosas que me habían pasado en un solo día, me quedé dormido, ya con algunos tragos en mi organismo. Desperté al día siguiente, con la misma realidad de que todo aquello no era un sueño. Ese día no asistí al gimnasio ni a mi trabajo, con el único fin de buscar la forma de arreglar todo el embrollo que formé. Pasaban las horas y aún no lograba comunicarme con mi novia, por lo que fui a casa de mis padres y pregunté por ella. Para mi sorpresa, mi familia ya se había enterado de todo lo sucedido.

—Hijo, ¿qué diablos pasa contigo? —gritó mi madre, muy enojada conmigo; en tanto, Sara y mi padre solo escuchaban.

—Mamá, esto es cosa de nosotros dos, no te metas por fav… —una bofetada suya me impidió terminar mi última frase.

—A mí no me respondes de esa forma. ¿Acaso crees que porque eres un hombre puedes faltarme al respeto? —dijo parada frente a mí, con aquella fuerza de mujer madura y temperamento único.

Mi padre y Sara no movieron un solo dedo para detener a mi madre. Ellos le temían tanto como yo.

Sentíamos un respeto por ella y su forma de decir las cosas, que era difícil contradecirla. Incluso mi padre, no daba un paso sin su aprobación.

—Tienes razón mamá, discúlpame —dije, agachando la cabeza.

—No voy a permitir que un hijo mío eche a perder su vida por una cualquiera. Primero muerta que ver eso —gritó, muy convencida de sus palabras.

Entonces, mi padre cogió mi hombro y me apartó de ella, llevándome hasta la salida, cuando mi madre gritó que me fuera de su casa, que no quería verme hasta tanto no dejara de ver a la mocosa esa.

—Pero hijo, ¿cómo fuiste capaz de involucrarte con esa muchacha? —dijo mi padre, con sus pasos ya cansados y su voz a medio tono.

El regaño por parte de mi madre fue muy duro; tanto, que terminó echándome de su casa. No podía creer que me hablara de tal forma. Pareciera que fuera la madre de Lisa con quien acababa de hablar.

"¿Por qué Alisha tuvo que confirmarle todo a Lisa?". "¿Por qué no negarlo todo?". Traté otra vez de comunicarme, sin éxito, con Lisa. Me dirigí a un bar y entonces me puse a tomar alcohol como loco, sin tener con quién hablar. Quise llamar a mi amigo Marc y contarle todo, pero luego me detuve a pensar en lo poco que le había contado de la muchacha. Lo que me estaba pasando, no se lo quería contar ni a mi mejor amigo. Así que decidí emborracharme solo. Ahogar mis penas, pensando en todo lo que estaba viviendo. Ni Lisa ni su familia ni la mía querían escuchar mis argumentos.

Al día siguiente, tocaron la puerta de mi oficina. Esta vez tuve que aguantar los regaños de mi hermano John. Desde que Lisa armó todo ese revuelo con Alisha, yo me convertí en el malo de la película. No conseguía el perdón de nadie. Mi madre resultó más ofendida que mi novia. Sus regaños no cesaban. Sus llamadas eran constantes, solo insultos y consejos recibía de ella. Resultó más defensora de Lisa que su propia madre. Llegué a pensar que ella era su hija y yo el degenerado que le causó dolor.

A todo esto, pasaron los días y llegó el viernes. Seguía insistiendo en comunicarme con mi novia. Después de tanto insistirle, atendió mi última llamada, lo que ya significaba algo para mí.

—¿Qué quieres, Alex? —dijo en tono fuerte y muy intimidante.

—Quiero que hablemos, Lisa. Por favor, permíteme explicarte todo.

—¿Para qué…? ¿Para llenarme de mentiras otra vez? ¿Para que vuelva a caer en tus brazos como si nada hubiera pasado? No, Alex, ya me cansé de que me mientas.

—Quiero pedirte perdón, Lisa. ¡Escúchame, te lo ruego!

—Tú y yo no tenemos nada de qué hablar. Si quieres, puedes quedarte con esa prostituta barata. No me busques más, ¡adiós! —cortó la llamada. Parecía muy decidida a terminar con lo nuestro.

Esa fue mi última conversación con ella, antes de que pasaran unas cuantas semanas más.

Capítulo 8

Durante el último mes, yo, a pesar de todo, seguía viéndome con la joven Alisha; solo hubiese bastado una palabra suya para mandar todo al demonio y quedarme a su lado… nunca la dijo. De todos modos, yo seguía empecinado con ella. Las noches de pasión entre ella y yo seguían siendo confusas para mí. Pero yo seguía aceptando sus migajas, como a quien le daban medicamento cada cuatro horas para calmar su fiebre. Mi familia seguía renuente a mi relación con la joven. Mi madre no dejaba de insistir con sus llamadas. Según ella, yo no podía dejar a Lisa por la mocosa del bar. Mi hermano era la persona que se encargaba de contarle que aún seguía viéndome con ella. Yo no entendía por qué mi hermano se comportaba de tal manera conmigo. A veces, cuando discutíamos en la oficina, me daban ganas de recordarle su pasado; pero, eso hubiese sido echarle más leña al fuego. Él aún no sabía de quién era amiga Alisha.

La única persona que, al menos, no me regañaba y atendía alguna de mis llamadas, era mi hermana Sara que, aunque no estaba de acuerdo con lo que hacía, al menos, no me juzgaba con tanta dureza. Ya no tenía ningún argumento para convencer a Lisa y que volviera a mi lado. Lo intenté todo, hasta quedar sin esperanza de que me perdonara. Decidí, entonces, ya cansado de rogar e insistirle que volviera conmigo... no buscarla más.

Mi deseo por la joven del bar seguía tan firme como cuando la vi aquel primer día. Regresé al bar como cada viernes. Al terminar su espectáculo, la recogí en el estacionamiento, como había venido haciendo en las últimas semanas. Recuerdo que era una noche fría y con mucha niebla. ¡Se veía tan bella con su bufanda alrededor del cuello! Cuando íbamos en el auto, rumbo a su apartamento, ella me hizo cambiar la ruta que llevábamos, para llegar a una tienda y tomar un té. Caminamos a la tienda y, a decir verdad, caminar junto ella era un lujo. Todos se volteaban a vernos…, ¡perdón!, a verla, a pesar de que su cuerpo estaba cubierto por una chaqueta de color marrón, haciendo juego con una bufanda del mismo color, con cuadros blancos que resaltaban el brillo de sus ojos color miel, ¡estaba preciosa! Al salir de allí y subir al auto, arrojamos nuestras chaquetas al asiento trasero. Culpando la hora de la madrugada y la oscuridad que reinaba esa noche en aquel estacionamiento... ella tocó con su mano izquierda mi muslo derecho, haciéndome pequeñas caricias, con una peculiar mirada. A pesar de sus caricias, encendí el motor del coche, buscando salir del lugar y llegar a su apartamento. De pronto... ella soltó mi muslo, para tomar las llaves del encendido de mi vehículo, apagando su motor. Por lo que seguíamos allí, sin movernos ni un solo centímetro.

—¿Te atreverías...? —susurró, mirándome de perfil.

—¡Pero, Alisha, estamos en un aparcamiento!, podría salir alguien de la tienda y vernos… o llegar alguien —sabía con exactitud a qué se refería. Era una de las pocas cosas que entendía de ella, esa forma de pedirme tener sexo.

—Son las dos de la madrugada, Alex. Entonces, ¿eso es un no? —susurró, mientras jugaba con las llaves de mi auto en su dedo índice y echando su cuerpo hacia mí, para besar mis labios una y otra vez, de forma pausada; disfrutaba chantajeando mis sentimientos.

Miré los alrededores del lugar y, al ver lo desolado que estaba y lo alejados que estábamos de la tienda, ocupando una de las últimas plazas en el área más oscura y de más niebla, su insistencia obligó a mi debilidad a tomarla entre mis brazos y morder su carnoso labio inferior. Ella, de inmediato, comenzó a quitar la hebilla de mi correa, después de haber quitado cada botón de mi camisa blanca y de besar todo mi pecho. Bajó la cremallera de mi pantalón, tomando mi miembro en su mano derecha y llevando su boca hasta él. Yo acariciaba su pelo con mi mano derecha y, de vez en cuando, sus nalgas, levantando su vestido ceñido al cuerpo, entrando mi mano por su tanga, mientras ella no dejaba de acariciar y succionar mi pene. Una sensación corrió por mis venas, que me obligó a dejar su cabello para posar mis manos en el volante y apretarlo con fuerza. Ella, como siempre, controlaba todo entre nosotros. Me atrevería a decir que controlaba su orgasmo y el mío, porque dejó mi pene justo a tiempo. Cruzando su pierna derecha por encima de mi cuerpo, se colocó de frente a mí. Logré, como pude, echar el asiento hacia atrás, acomodándome y subiendo su vestido un poco más arriba de su cintura. Ella llevó mis manos hasta la cabecera de mi asiento, susurrando a mi oído:

—No te muevas, ¡muchacho malo!

Agarró mi cinturón, amarrándome las manos allí, tal y como hizo aquella vez en su baño. Podía soltar mis manos cuando yo quisiera, ya que sus amarres eran muy débiles. Con su bufanda, rodeó mis ojos, dejándome en la oscuridad. Todo esto, dio tiempo a mi sangre a que se calmara un poco. Sus juegos eróticos me producían miedo; ya que, para mí, era evidente que había leído el libro de las "50 sombras de Grey", pero a la vez confiaba tanto en ella, que no me importó jugar a sus 50 sombras. Ella, con su mano izquierda, tomó mi pene para hundirlo por un lado de su tanga, en la vagina ya humedecida por mis caricias. Sus movimientos sobre mí, arrancaron todo tipo de quejidos y frases de mis adentros. En tanto aumentaba nuestro placer, ella mordía mi hombro, apoyando sus manos en el asiento. Minutos más tarde, pareciera que mi desesperación la obligó a soltar mis manos. Envolví su cintura, sin perder tiempo, contorsionando su cuerpo con el mío y mordí su pezón izquierdo, en constante pero limitados movimientos de cinturas. Quitó la venda de mi rostro, para ver mis ojos y envolverme con su mirada; con ella me decía que el momento clímax estaba cerca. Mordió sus labios para, luego, morder los míos y gritar mi nombre, repetidas veces; obligándome, con su chantaje, a gritar el suyo. Con mis manos en su cintura, por debajo del vestido y desgastando nuestros labios, dejamos escapar de nuestros adentros un prolongado suspiro, que acabó con su fuerza y la mía. El loco placer entre nosotros, me hizo olvidar el lugar donde estábamos. Solo lo supe al terminar, todo agotado, después de jugar un juego que nunca antes jugué y en el que, perdiendo parte de tus fluidos, puedes resultar un feliz ganador.

—Alisha, tú me vas a volver loco con tus locuras —tenía la misma expresión de aquella vez en el ascensor.

—¿Siempre será mi culpa, entonces, Alex? —susurró, con la misma mirada que la caracterizaba y con ese sarcasmo que me gustaba tanto de ella. Esa sonrisa a medias que le costaba tanto completar, quizá con miedo a decirme con ella que estaba loca por mí... no sé, pero me gustaba pensarlo así.

—¡Por Dios, Alisha... creo..., es que si me pidieras hacerlo en una iglesia, podría...; lo pensaría, al menos, para no aceptar tal locura tuya —estaba consciente del poder que ella ejercía sobre mí.

—No te preocupes, lo tendré presente —dijo, mirándome de perfil, ya de camino a su casa.

—¿De verdad te atreverías a proponerme eso? No juegues así —la miré, también de perfil, con las manos en el volante.

—Siempre puedes negarte. No es mi culpa que no tengas decisión —ahí estaba disfrazando su ironía con esa mirada y sonrisa única.

Después de mi dosis de sexo, como ella llamaba a nuestros encuentros, la dejé en su casa, luego de mi insistencia en querer entrar para quedarme con ella. Era algo que, aunque nunca prosperaba, yo no dejaba de intentar. Unos días después, sonó mi teléfono una mañana.

—¿Qué pasa contigo, Alex? No has vuelto más al gym —preguntó el Rubio.

—Es que he estado muy ocupado, Marc. Pero no te preocupes. Me visto y llego por allá en unos minutos; tengo que retomar mis ejercicios —dije, sacudiendo mi cuerpo al tirarme de la cama, con los ojos todavía parpadeando entre mis manos.

—Hola Rubio, ¿cómo estás?

—¿Qué tal, Alex? Estás perdiendo peso. Esa boda te está consumiendo antes de casarte. Espera a que lo hagas y sabrás lo que es engordar en grande. Para muestra un botón: tu hermano, ¡jajaja! —gritó, tirándome un gancho de izquierda al hígado, a manera de saludo, con la típica carcajada.

—Marc, tengo que contarte algo…: no habrá boda —dije, sentado en la banqueta, cuando me colocaba los guantes para ejercitar mi cuerpo.

—¡¿Cómo es eso de que no habrá boda, Alex?! Barájamela más despacio.

—Hay muchas cosas que aún no sabes, Rubio.

—A ver, ¡dime qué pasa! ¿Qué es eso que no sé? —preguntaba con curiosidad.

Entre rutinas de ejercicios le conté todo a mi amigo. ¡Claro!, omitiendo algunos detalles que no venían al caso.

—Esa joven ha revuelto mi vida. Ahora, todo gira en torno a ella. Como puedes ver, ya hasta he olvidado mis ejercicios.

—Pero, Alex, ¿cuantas veces te llenaste la boca diciéndome que ya no la verías más y que ella no dejaba de llamarte y buscarte? Pensé que confiabas más en mí.

—Es que, como decías que te tenía cansado con mis aventuras y no quería que me vieras como el lobo viejo y sin mañas que dijiste que ya era, me inventaba todas esas historias baratas y me hacía el fuerte delante de ti.

—La verdad, Alex, no sé qué decirte; pero, mi consejo como amigo, es que te alejes de ella en cuanto puedas. Recuerda el poder que tienen esas mujeres; es como si hicieran una maestría en lo que hacen. Sabes que no soy el mejor amigo de tu novia, pero tampoco quiero que eches a perder tu vida. Recuerda lo que estuvo a punto de suceder tiempo atrás.

—Todavía hay más, Rubio… ella es amiga de la pelirroja. Te imaginas que mi hermano sepa eso. Sería colocar yo mismo la cuerda en mi cuello. Para mi hermano, Rosa ni siquiera trabaja en el bar.

—¡¿No me digas que es amiga de Rosa?! ¿Me cuentas una novela o es tu vida, Alex? —quedó con la boca abierta, cuando mencioné el nombre de la pelirroja.

—No quise decirte nada sobre Rosa, por lo que pasó entre mi hermano y tú.

—Lo sé, Alex, pero sabes que yo nunca tuve nada con Rosa; por ella dejé de ir al bar, para conservar mi amistad con tu hermano y la relación con mi novia, aunque de nada valió tratar de convencer a John de lo contrario.

—Lo sé, Marc; eso no tienes que probármelo, no te preocupes. Por algo sigue siendo mi amigo de infancia. Bueno, vamos a lo que vinimos; ya veré cómo arreglo el drama de mi vida. No vale la pena recordar ese pasado ni la pelea entre ustedes.

Dejamos el gym y guiaba rumbo a mi oficina. No podía negar que, haberle contado todo al Rubio, dejó en mí un gran alivio, fue reconfortante. "Creo que el Rubio tiene razón, debería alejarme de ella". "Pero, ¿cómo demonios lo consigo". "Lisa no se merece esto". "Me duele estar peleado con mi madre". "¡Estás perdiendo tu familia, Alex!". "¿Qué diablos pasa contigo?". Seguía dándole a mi mente el peor trato. En eso, un repique de dos tonos en el móvil llamó mi atención:

Mensaje recibido:

[Hola, Alex, quiero hablar contigo]

Leí en la pantalla de mi móvil. "¡Oh, por Dios, Lisa!". Fue una sorpresa para mí ver aquel mensaje, después de tantas negativas suya. A pesar del tiempo transcurrido, yo no había podido descifrar lo que significaba para la joven del bar; ya que, cada vez más, confundía mi mente con sus altas y sus bajas. Era una relación sin pies ni cabeza lo que había entre nosotros. Así que, ese mensaje de Lisa me hizo meditar muchas cosas. Con solo una palabra de la joven del bar, me hubiese atrevido a ignorar aquel mensaje. Tomé en mis manos el teléfono y marqué el número de Lisa.

—Necesito que hablemos, Alex —dijo, al otro lado de la línea.

—De acuerdo, amor. Si quieres, puedo llegar a tu casa ahora.

—Hoy no, mañana nos vemos por la tarde.

—Pero puedo llegar ahora a tu departamento, amor —dije, dispuesto a empezar de nuevo y olvidarme de la stripper, decidido a retomar mi vida.

—Prefiero que sea mañana —recalcó, dejándome en la penumbra, sin saber de qué quería hablarme, aunque intuí que quería volver conmigo, por el tono suave de su voz.

—Bien, amor, te veo mañana —dije, muy cariñoso y con la esperanza de volver a empezar, acatando el consejo de mi amigo Marc.

Después de esa llamada, quedé muy pensativo. A decir verdad, ya había perdido toda esperanza con ella. Llegó el día en que tenía que hablar con Lisa y remediar nuestras diferencias.

—Hola, amor —me sorprendí al verla abrir la puerta de su apartamento. Vestía un babydoll de color rosado con vuelo en las caderas y escote en el pecho. Eso me indicaba que quería volver conmigo.

—¿Cómo estás, Alex? Pasa y siéntate —asió mi mano izquierda para llevarme a su sofá, donde yacían dos copas y una vela aromática en la mesita frente a él.

—Sabes, Lisa, que no estoy bien sin ti. Quiero pedirte perdón por mi error…

—No quiero escuchar nada, Alex. Ahora solo quiero estar contigo —silenció mis labios y yo no pude controlar más mi deseo de hacerla mía; busqué en ella el olvido de aquella stripper y que todo volviera a ser como antes de que apareciera en nuestra vida; regresar a mi perfecta vida, de donde nunca debí salir.

—¡Brindemos por este momento, Alex!

Tomamos nuestras copas y mojamos nuestros labios con vino tinto francés. La envolví en mis brazos, queriendo demostrarle lo arrepentido que estaba de mis actos. Besé sus labios como nunca y ella besó los míos de la misma forma. Su ligero cuerpo se acomodó en el mueble y mis caricias recorrieron toda su piel. Ella, tan desesperada como yo, quitó los botones de mi camisa y todo lo demás, en tanto que yo solo quité sus bragas. De frente a mí y con sus piernas montadas en mis hombros, el juego de mi cintura era constante y sus gritos también. Tomé sus pantorrillas con mis manos, para ver la función que ejercía mi pene en su vagina. Ella me mirada con los ojos casi cerrados y apretando con sus manos el mueble. Yo miraba como su cabeza se retorcía hacia atrás. Nuestro deseo fue tanto, que no dimos para más; terminé vencido sobre su cuerpo lánguido y con una larga respiración que agitó mis pulmones.

—Alex, quiero que dejes de ver a la muchacha esa y que sigamos con nuestra boda —dijo, tomando mis manos y mirándome de frente.

—Amor, te prometo que así será, no debes preocuparte por ella. Afortunadamente, me he dado cuenta de mi error a tiempo. Quiero prometerte que ya no regresaré al bar y que, desde hoy, solo tendré ojos para ti.

—Eso espero, Alex; recuerda que nuestra familia también sufre —me dio un beso suave en los labios.

Pasaron las horas y volvimos a tener sexo durante la madrugada, dejando en su cama nuestro segundo aliento. Corrí temprano a mi casa para cambiarme de ropa y llegar a mi trabajo. No creí necesario ir al gimnasio ese día, ya que, con lo que había hecho, quemé más calorías de lo que por costumbre quemaba en el gym.

Pasaron las horas y los días… llegó el viernes. Me dirigí al gimnasio por la mañana; más que para mi rutina de ejercicio, para contarle a Marc que seguiría su consejo.

—¿Qué tal, Alex?

—Marc, tengo que contarte algo —dije, invitándolo a sentarse en la banqueta, junto a mí.

—No me vayas a salir que te casas con la joven del bar. ¡Por favor, déjame ser el padrino de tu boda, jajaja! —dijo, burlándose de mí, al verme sonriendo.

—¡No, no es eso, hombre! Quiero decirte que voy a seguir tu consejo. Pude arreglar las cosas con mi novia, de tal manera, que nuestra boda sigue en pie —me sentía muy seguro de querer olvidar a la bailarina y dispuesto a darlo todo por mi relación con Lisa y mi familia.

—Entonces, ¡bórrame de la lista de los padrinos! —dijo todo charlatán, seguro de que Lisa no lo querría en nuestra boda.

—Te estoy hablando en serio, Rubio.

—Ya, Alex. Discúlpame, de verdad me alegro por ti. Creo que es la mejor decisión que has tomado. Así no pueda estar en tu boda, te deseo lo mejor.

—Lo sé, Marc. Estoy muy seguro de eso.

—Alex, ya está bien de tus cuentos, aquí vinimos a sudar. Así que, levántate de ese asiento y toma esas pesas —al Rubio le encantaba el olor a sudor: no por nada era uno de los cuerpos más definidos en el gym; tomaba muy en serio nuestra rutina.

Terminé con mi mañana de gimnasia. Al llegar a mi trabajo, le conté a mi hermano, todo sobre Lisa y yo; de mi decisión con respecto a terminar mi relación con la muchacha del bar y lo dispuesto que estaba a seguir con mis planes de boda.

Tal y como me lo juré a mí mismo, pasaron dos viernes sin asistir al bar. Todo marchaba bien entre mi novia, nuestra familia y yo. No puedo negar que, a veces, me sentía tentado de llamar o escribirle algún mensaje a la stripper, como también esperaba que ella hiciera. Pero mi empeño en olvidarla y de no volver a fallarle a mi novia y a mi madre, esta vez era más fuerte que volver a verla.

Alisha, a pesar de tener mi número de móvil, nunca me llamó ni envió ningún mensaje de texto a mi teléfono. Algo que me desconcertó de ella, pero que, a la vez, le agradecí por razones obvias.

Capítulo 9

Era el tercer viernes, después de mi reconciliación con Lisa. Seguía tan convencido de no buscar a Alisha, como los dos viernes anteriores. Ese día, después de salir de mi trabajo, tenía tan claro no asistir al bar como el día en que la conocí. Manejaba mi coche con destino a mi apartamento; pero, esta vez, decidí pasar por un ramo de flores y un buen vino para mi prometida. Aunque no teníamos ningún plan de juntarnos esa noche, quería sorprenderla. Salí de mi ruta para obtener lo que buscaba. Cuando regresaba de comprar el vino, me desconcertó ver algo al dirigirme a mi BMW…, "¡no puedo creerlo!", "¡tiene que ser una broma!". Entraban a un restaurante de nombre Roma Rose, al otro lado de la calle…; coloqué las flores y la botella de vino en el asiento trasero de mi auto, subí en él y, al dar la vuelta, me detuve frente al establecimiento, confirmando con mis propios ojos lo que no podía creer. Desde mi coche observé cómo ocupaba una de las mesas

135

del restaurante… un hombre apuesto, de pelo rubio y muy bien vestido. Desde mi coche, fue toda la descripción visual que conseguí de él. Quise saltar de mi asiento y golpearlo sin parar, lo veía y no podía asimilarlo… Alisha estaba sentada frente a él. "¡¿Es una maldita broma o es cierto?!". "¡¿Cómo es posible?!". Tomó sus manos, pude verlo. Mi mente generaba todo tipo de conjeturas. Presioné el acelerador de mi auto hasta el fondo, para salir quemando las llantas del mismo. No sabía si ella pudo reconocer mi coche parado frente al restaurante. "¡Maldición, era ella!". "¡Qué diablos, Alex, olvídala, ¡ya!". Mi cerebro era una bomba de tiempo. Llegué a mi casa y preparé un trago fuerte y sin nada de hielo; deseaba que me pelara la garganta y ver si así lograba olvidar lo que vieron mis ojos. Eran sobre las 10:00 de la noche y seguía tomando alcohol, en la sala de mi casa, martirizando mi mente; olvidando, también, la sorpresa que planeaba darle a Lisa. "Quizá no sea nada y solo sean amigos". "Podrían ser imaginaciones mías". "¡Acaso se está acostando con él!". "Quizá deba pedirle alguna explicación". "¿Por qué diablos me importa, si ya tomé la decisión de olvidarla?". La veía en cada uno de mis tragos. "¡Tengo que salir de la duda!" Empuñé mis llaves y me dirigí al bar. Llegué allá faltando solo minutos para su actuación. Escuché cómo anunciaban su presentación. Tomé la decisión de esperar en el aparcamiento y no ver su espectáculo esa noche, debía calmar mi ansiedad. Respiré profundo y calmé mis emociones. Decidí no decirle nada de lo que vi, solo quería comprobar qué reacción tenía ella hacia mí y hasta dónde podía llegar su hipocresía. "Tengo que salir de dudas y olvidarme de ella". "Concentrarme en mi relación con Lisa". "No puedo tirar por la borda mi matrimonio por su culpa", pensaba, mientras la esperaba en el aparcamiento. Me sorprendió mucho no ver el auto de Rosa en el lugar habitual, pero no le di mucha importancia al detalle, ya que tenía la certeza de que a quien quería ver estaba allí. Me dispuse a esperar, determinado a decirle todo lo que pensaba si confirmaba mi sospecha. La vi llegar al parking. "¡Uff!, está preciosa!", suspiré al verla caminar frente a mí. Estaba más bella que nunca. "No sé cómo voy a hacer para aclarar mis dudas". "¡¿Se habrá vestido así para él?!", me atormentaba.

—¿Qué haces aquí, Alex? —le sorprendió mucho verme allí esperándola, después de no llamarla ni verla en más de dos semanas.

—¿Esperabas a alguien más? —pregunté, fingiendo una sonrisa.

—No, ¿por qué? —seguía sorprendida. Lo noté en su voz.

—Es que, como no veo el auto de Rosa y me imagino que no me esperabas a mí… —no sabía si ella podía percibir mi ironía al hablar o si mi actuación era muy buena.

—Bueno, sí, sí espero a alguien… un taxi, el que ya debería estar aquí —dijo con pausadas palabras y mirando para todas partes.

Por un momento, pensé que mencionaría al hombre que la acompañaba en aquel restaurante del que quisiera olvidar su nombre. Desde ese momento, el Roma Rose entró en la lista de los lugares que no visitaría mientras vida tuviera.

—¿Qué ocurrió con Rosa? ¿Por qué no veo su auto? —intentaba parecer lo más tranquilo posible y creo que lo estaba logrando, aunque por dentro, hervía mi sangre.

—Está resolviendo algo para mí. Cogió la noche libre —era una de las conversaciones más extensa que sostenía con ella. Me sorprendió que respondiera a todas mis preguntas, sin alegar nada.

—Yo puedo llevarte —no podía evitar imaginar que el supuesto taxista que esperaba, no fuera otro que aquel hombre. De otra forma, no hubiese podido dormir en toda la noche, pensando que estaría con él.

Ella, sin ninguna queja, aceptó mi propuesta. Mientras íbamos en el coche, intenté buscar el modo de preguntarle por el hombre que la acompañaba en el Roma Rose; cuando, de repente y quizá sin sospechar mis verdaderas intenciones, ella, mirándome a los ojos dijo:

—Alex, mañana será un día muy especial para mí. Me gustaría que estuvieses conmigo. Que me acompañaras… estuve a punto de enviarte un mensaje —dijo, sorprendiéndome por completo.

"No, ahora no, Alisha, por favor". "No puedo caer en tu juego otra vez".

En ese momento, ella miró hacia atrás y al ver el ramo de flores en mi auto:

—¿Es para mí, Alex? —dijo, volteando a verme de perfil y tomándolo en sus manos.

—¡Ah…, sí, son para ti, Alisha! Quise sorprenderte esta noche y resultó que el sorprendido he sido yo.

—¡Muchas gracias, que lindo detalle! ¡Me encantan! ¡Están preciosas! Y, a ver, ¿por qué dices que el sorprendido eres tú?

—No…, ¡es que estás tan bella! Esas gardenias no son nada, comparadas con lo hermosa que estás hoy —ciertamente, empezaba a olvidar la promesa que le hice a mi novia y a mi familia.

—Gracias Alex.

—¿Y qué será eso tan especial para mañana, Alisha? —no quise borrar su sonrisa, mientras me pedía aquello y olía las flores. ¡Estaba tan bella! ¡Oh, Dios!

—Será un día que, posiblemente, no volveré a vivir jamás. En su momento lo sabrás —quedé muy intrigado y sin entender eso del jamás.

"Estaré equivocado". "¿Por qué quiere estar conmigo en un día especial?". "Solo déjala y vete, Alex", pensé al parar frente al edificio donde vivía.

No podía irme sin aclarar mis dudas. Bajamos del auto. Ella llevaba las flores en sus manos y yo la botella de vino tinto. A pesar de que en ningún instante mostró indicios de rechazo hacia mí y más bien lucía complaciente conmigo, antes de que se complicara más mi decisión:

—Alisha, quiero hablar algo contigo —dije, cuando caminábamos pasando la puerta de su apartamento.

En ese momento, puso su mano en mis labios y en voz muy suave y mirándome a los ojos dijo:

—¡¿Por qué tan perdido?! ¡Muchacho malo!

—Quise responder a su inquietud, pero volvió a silenciar mis labios, besándome después.

139

Yo, en su presencia, siempre fui un hombre muy débil. ¡Era como una barra de chocolate bajo el sol! ¡Una vela encendida donde no había luz! Me dejé llevar por el beso y lo bella que estaba esa noche. Cuando intenté hablarle del tema, de pronto, ella comenzó a quitarme la corbata y a acariciar mi pelo. En esos momentos, no pude pensar en nada más que en hacerla mía. Atrás quedaron las razones por las que fui a verla esa noche. Procedí a quitar cada prenda de su cuerpo, dejándola desnuda por completo. Ella, en mi cuerpo, tampoco dejó prenda alguna, por lo que ambos estábamos ya envueltos en un juego de pasión y deseo. En un instante, me llevó hacia el mueble y recostó su cuerpo sobre el mío. El sofá se hizo más pequeño con cada caricia nuestra. Mientras estaba hincada sobre mi cintura, con mi pene en su vagina, moviendo su cintura con estilo y sensualidad única, en ese clímax de intenso placer, la cargué sobre mi cintura e intenté llevarla a lo que, a mi parecer, era la habitación, estampando su cuerpo en la puerta. Intenté abrir la misma con mi mano derecha, en tanto la besaba y mordía sus labios; lo intenté, una y otra vez... fue inútil, ya que estaba cerrada con llave. Ella, en un giro, me llevó de regreso al mueble, donde empezó todo. Se acomodó en una esquina del mismo, con las manos sobre uno de los brazos del sofá. Detrás de ella, con mi pene en su vagina estaba yo. Sus gemidos eran los más agradables que me haya dado. Tomé su cintura con mi mano izquierda y su suave cabello con mi derecha. Mientras tiraba de su pelo, sus gritos eran música para mis oídos. Escuché salir de su boca junto a sus quejidos...

—¡Más duro, mi amor! —la misma frase, repetidas veces. Escuchar ese "mi amor", por primera vez, salir de sus labios, en vez de Alex, fue como hacer su último pago, por un corazón que venía pagando a pequeñas cuotas y llevárselo con ella esa noche. Resultó muy especial para mí escuchar eso, fue como si supiera la razón por la que fui a verla. No sabía si era el deseo reprimido que teníamos por no habernos visto en semanas pero, ese día, echamos toda la carne al asador. Llevamos nuestros cuerpos al límite, no quedó un rincón de la sala en el que no jugáramos a ser Dios; dándole vida a nuestro deseo carnal. Con nuestros cuerpos, ya sudados y gemidos, convertidos en suspiros, terminamos rendidos en el mueble, uno al lado del otro, abrazados como un solo cuerpo. Esa niña caprichosa ya no era la misma. ¡Por primera vez me dijo "mi amor"! Algo que, en todo el tiempo que llevaba viéndola, nunca dijo. Sin embargo, estando recostados, después de tan satisfactorio momento, llegó a mi pensamiento el motivo por el que en realidad llegué esa noche a verla; ¡aclarar mis dudas! Quizá, ¡decirle adiós para siempre!

—Mi amor, tomo un baño y regreso —susurró, mientras caminaba dejando un último beso en mi pecho.

Me dijo "amor", otra vez. Era como si supiera la razón por la que estaba allí y no quisiera escucharla.

"¿Habrá reconocido mi coche frente al restaurante?", "¿Sabrá que los vi?".

—Mi amor, ¿quieres que te prepare algo? —fue su frase, al salir del baño.

"¡Otra vez la misma frase!"

—Me caería bien un café, mientras descorcho la botella de vino y brindamos juntos —dije, también, sin pensarlo siquiera.

—Yo no tomo alcohol, cariño —vociferó, entrando a la cocina.

"¿Qué diablos pasa con esta mujer?, ¡cariño!". "¡¿Así me dijo?!". "Trabaja en un bar y no toma alcohol". "Definitivamente, es digna de estudio científico", mi mente era todo un ajedrez.

Durante mi ducha, ¡pasaron tantas cosas por mi cabeza…! "No sé si podré vivir sin volver a verla". "No puedo fallarle a mi novia ahora". "Mi familia, la de ella…". "¿Cómo enfrentaré todo esto?". Ya ni siquiera pensaba en el hombre aquel, después del momento que me estaba dando. No podía pensar que algo pasaba entre ellos. Salí del baño y el café ya estaba en la mesa. Busqué el momento propicio para decirle que me casaría con Lisa y que no volvería a verla. Mi prioridad ya no era saber sobre aquel individuo, sino buscar la forma de alejarme de ella. Llené mis pulmones con aire para comunicarle mi decisión; pero, como siempre pasaba conmigo... se me ocurrió preguntar.

—Alisha, me asalta una duda. ¿Por qué, a pesar de que hemos hecho el amor en tantos lugares de tu apartamento y fuera de él, nunca hemos terminado en tu habitación? ¿Por qué nunca allí...?

—¿Recuerdas, Alex, algo que te dije muchas veces? —miró mis ojos y colocó, de nuevo, un vaso con agua que tomaba sobre la mesa.

—¿A qué te refieres, Alisha?

—A lo de que algún día me harías la pregunta incorrecta... pues esta pregunta que acabas de hacerme, Alex, es la incorrecta. El que tú sepas la respuesta, implica muchas cosas. En verdad, ¿quieres saber por qué no hemos hecho el amor en esa habitación? —preguntó, sin dejar de mirarme.

—Sí, quiero —dije, sin pensarlo dos veces. Ella cambió su semblante. Ya no era la misma mujer de horas antes. Para decir o aclararme algo, hacía tantas pausas que me provocaba temor.

—Primero, tengo que dejarte muy claras unas cuantas cosas, Alex.

—Me asustas con tus misterios. ¿Qué de raro o especial puede tener una habitación? —ignoraba sus miedos.

—Primero, si entramos allí, te surgirán preguntas que me veré en la obligación de responder. Después de que sepas las respuestas, quizá te marches y lo nuestro llegue hasta ese momento. También entenderías muchas de mis actitudes y cambios de humor, de los que ya me has preguntado muchas veces. Si estás dispuesto a afrontar toda mi verdad y mi realidad, abriré esa puerta, aunque tienes la opción de que sigamos tal y como lo hemos hecho hasta ahora: teniendo sexo y continuando con lo nuestro hasta el día que te cases o yo ya no esté; pero será difícil que no me preguntes por algo si entramos a ese cuarto; la verdad, no creo que te abstengas —dijo muy inquieta y con ambas manos sobre la mesa.

Todo ese misterio de la muchacha me complicaba cada vez más. Ya no sabía si, en realidad, quería que todo acabara. Mi cabeza generaba todo tipo de pensamientos, pero mi curiosidad pudo más que mi razonamiento y terminé diciendo:

—Quiero entrar y saber por qué, según tú, escondes tu vida detrás de esa puerta.

—Disculpa... dame un minuto, por favor —al parecer esperaba un no de mi parte.

En ese minuto, ella se vino abajo, por completo, abrazando el picaporte de aquella puerta.

—¿Qué te pasa, Alisha…? ¿Por qué te pones así? ¡Si lo prefieres, mejor no entramos! No quiero que esto sea un sacrificio para ti. Prefiero no saber nada —me asustó ver cómo su piel cambió de color y su rostro ya era otro.

—Ya pasó, Alex, discúlpame. Tarde o temprano te irás de mi lado; es mejor que sea temprano. Será mejor para los dos.

—Pero, ¿por qué te pones así...? Si no quieres, no tienes por qué abrir esa puerta. Olvida mi pregunta. Abrió de repente aquella puerta, dio unos pasos hacia adelante y ya estaba dentro de la habitación. Yo tuve que dar dos pasos más que ella, para llegar a su lado. Al subir el interruptor de la luz... les juro que nunca vi algo igual en mi vida. Solo ver aquel aposento, en los primeros minutos, me dejó perplejo. Mi cabeza comenzó a generar todo tipo de inquietudes, al ver todos aquellos recortes de periódicos pegados en las paredes. Entre tanto despertaba de mi sorpresa, caminé por todo el cuarto. Sus cuatro paredes formaban una sola, de tantos recortes de periódicos y revistas. Colgaban... no sé, cuántos trajes de bailarina de ballet clásico, trofeos con primeros premios y fotos personales. Pero hubo algo que me llamó la atención de manera inquietante; una de las paredes, solo tenía cuatro recortes de periódicos noticiarios. Al acercarme a esa pared, noté que esos recortes en concreto, hablaban de un accidente en el que estaban envueltas tres personas, dos mujeres y un hombre. Una de las dos mujeres era... Alisha. Ante mi sorpresa al ver todo aquello, olvidé por completo a la joven. Al girar mi cabeza, la vi destrozada, hecha un mar de lágrimas, sentada a un costado de la cama, con ambos brazos en las rodillas y la cara apoyada en las palmas de las manos. Me acerqué a ella, tratando de consolarla. Tal y como me dijo, surgieron tantas preguntas en mí, que no sabía cómo empezar ni por dónde. Puse mi mano en su hombro al sentarme a su lado, sin poder preguntar nada. Simplemente, quería aplacar su llanto en un santiamén. Todavía no podía creer lo que mis ojos veían, después de unos quince minutos en la habitación. Ya con la joven más calmada y sin lágrimas en los ojos, comenzaron mis inquietudes a cobrar vida propia.

—Pero, ¿qué es todo esto, Alisha? —pregunté, rodeando con mis ojos todo el lugar.

—¡Éste es mi espacio personal! De alegrías, a veces, por todos los triunfos conseguidos como bailarina. Muchas veces, de dolor por el accidente. Hay días en los que puedo pasarme horas aquí, llorando y sonriendo por momentos.

—Explícame todo eso de los trajes de bailarina. Esos trofeos, ¿qué significan? —seguía muy confundido.

—Es una historia muy larga, Alex. Por eso siempre temí traerte a mi casa. No quería que llegara el momento en que me preguntaras todo esto.

—No importa, Alisha, quiero saberlo todo. Te veo vestida de bailarina y con trofeos en tus manos. Todo esto me interesa —buscaba respuestas a mis inquietudes.

Vi cómo empezaron a sudar sus manos, antes de comenzar su historia.

—Alex, quiero que sepas antes de nada, que esto que te voy a contar, para mí, es muy difícil. Y no importa si después de saber esto no quieres saber más de mí y, por tanto, decidas marcharte. Si así lo deseas, yo lo asumiré con resignación y consciente de mi responsabilidad.

—No digas eso, Alisha, por favor —estaba seguro de que después de todo ese acontecimiento, no sería capaz de alejarme de ella.

—Esos trajes de bailarina, medallas y trofeos que ves ahí... son parte de mi sueño. Yo fui bailarina de ballet; fue mi deseo desde muy niña. Mi mayor ambición estaba a punto de cumplirse este año, ya que se llevaría a cabo una obra de teatro muy importante, en la que estaba prevista mi participación. Una tragedia llegó a mi vida, truncando mi oportunidad. Me diagnosticaron insuficiencia renal, por lo que siempre tengo que asistir a diálisis para mi tratamiento sanguíneo. Caí en una depresión tan grande, que intenté suicidarme cortando mis muñecas; aunque solo logré cortar la derecha y antes de que me desangrara hasta morir, mi amiga Rosa llegó, salvando así mi vida —ella no paraba de llorar mientras me contaba todo.

—Lo siento tanto, mi amor, no sé ni qué decirte, después de esto que acabas de contarme. Pero, ese accidente, ¿qué significa?

—¿Ves la mujer junto a mí, en ese accidente? Era mi madre adoptiva. La mujer que me crió desde los trece años.

Al preguntar por el accidente, me di cuenta que le costó mucho comenzar a hablar de su madre. Respiró profundo antes de continuar con su historia.

—Mi madre fue una persona decidida a donar uno de sus riñones para mí, para ver cómo yo cumplía mi sueño, participando en esa obra de teatro en Broadway. Después de todo el esfuerzo hecho para traer a mi madre, desde mi país, con el fin de que fuera mi donante, el destino me hizo una segunda mala jugada. Tras los análisis de compatibilidad, y por desgracia dar negativo para ser mi donante, ya que no era mi madre biológica, nos dirigíamos a casa cuando, de repente, una persona embistió el taxi donde íbamos, dejando al taxista muerto y a mi madre, Clara, en coma… perdón, Alex. Al tiempo que yo, a quien debió Dios dejar en coma, y no a ella, resulté con leves rasguños. Mi madre llevaba ya una semana en estado de coma y tras realizar unos estudios, el doctor me comunicó que necesitaría una operación, si lograba despertar del coma, debido al daño sufrido en su hígado por el accidente. Yo renegaba de Dios, tanto por la muerte de ese taxista, como por el estado en el que quedó mi madre. Pasaron los días y mi madre seguía sin mejorar; y yo continuaba con los tratamientos impuestos por mi enfermedad. Mi amiga Rosa me convenció de dejar mi trabajo como recepcionista de un hotel y trabajar en el bar, solo por un tiempo, para poder solventar los gastos médicos de mi madre y los míos. Yo no podía pensar siquiera en mi operación de riñón, únicamente pensaba en la salud de mi madre. Debido a mi salud, no pude trabajar en el bar más de un día por semana y mantuve mi trabajo en el hotel tres días a la semana.

Un día, cuando visitaba a mi madre, mientras yo rezaba a Dios por su salud, después de haber renegado de Él, estando arrodillada al pie de su cama, tomé su

147

mano y, sorprendentemente, despertó del coma. Luego de algunas revisiones médicas y de pasar unas cuantas semanas en las que su recuperación parecía ir bien, mi madre habló conmigo, a pesar de su estado crítico. Me partió el alma cuando me dijo:

—Hija mía, lo siento mucho…

—No hables mami, descansa —le dije, temiendo que volviera a empeorar su estado.

—Mi amor, ya tendré suficiente tiempo para descansar. Quiero pedirte perdón por no poder darte mi riñón.

—Perdóname tú a mí, mami. De no haberte traído a este país, no te hubiese pasado esto. Por favor, discúlpame...

—Jamás vuelvas a decir eso, Alisha. Nunca lo pienses siquiera, ¡te lo prohíbo! Todos tenemos un destino marcado en esta vida y éste es el mío. Sé que voy a morir, pero lo haré tranquila, si mi Alisha vive su vida en paz con ella misma.

—Ya verás que te vas a poner bien, mami. Estaremos juntas otra vez, como antes.

—Mi hija, no trates de engañarme ni te engañes. Ambas sabemos que no viviré para estar ahí contigo. Alisha, mi hija, solo quiero pedirte algo y quiero que lo hagas por mí.

—Mami, por favor, no hables —le dije llorando, sin poder darle ningún consuelo, consciente de lo grave que era su estado de salud.

—Quiero que me prometas que vivirás cada día de tu vida, cual si fuera tu último en el mundo. Disfruta la vida mientras la tengas. No dejes que nadie te diga qué hacer y qué no hacer. Sé tú misma. Prométeme que vivirás tu vida al máximo, que tu enfermedad no será una excusa para deprimirte, sintiendo compasión de ti misma. No quiero que otra vez intentes quitarte la vida. Recuerda que si sigues aquí con vida, después de intentarlo la primera vez, es porque alguna misión tienes que cumplir en este mundo. Ya llegará quien done ese riñón para ti, cuando menos te lo esperes. ¡Júramelo, por favor!

—Te lo prometo, mami, te juro que mi vida será tal y como yo quiero que sea. Ya no importa si llega ese donante o no. Cada segundo de cada uno de mis días será especial. Lo viviré al máximo, mami, ¡te lo juro!

—Recuerda, Alisha, que así no sea tu madre biológica, siempre fuiste la hija que nunca tuve. La que siempre busqué y la que mi vientre me negó. Tanto le pedí a Dios por ella, que trajo hasta mí la mejor hija del mundo por otra vía. Nunca imaginé que la niña que tanto buscaba en mis entrañas, llegaría de la forma en que llegó.

—Pero, ¿qué sucedió con tu madre biológica, Alisha? —tenía mis ojos, aguados, cuando interrumpí su relato.

—Eso es algo que no quiero recordar, por favor. No me hagas hablar de ella, te lo pido. Te lo ruego, no me preguntes por ella.

—Discúlpame, mi amor. Pero, y con la señora que te crió, ¿qué pasó?

—Alex, esa conversación con mi madre fue la última que tuvimos ella y yo. Aún la recuerdo como ahora. Mi madre despertó del coma ese día, tan solo para decirme y enseñarme cómo debo valorar y vivir mi vida. Ella murió tomando mi mano... perdón, Alex; nunca podré olvidar que, en cierta forma, dio su vida por mí. Siempre me he sentido culpable de la muerte de mi madre, por haberla traído a morir aquí. Aparte de Rosa, que tampoco pudo darme un riñón por incompatibilidad. Mi madre viajó desde la República Dominicana, mi país natal, para darme lo que nadie más ha querido darme... una nueva oportunidad de vida. Y eso fue lo que más me hizo creer en las últimas palabras de mi madre. Cuando me dijo, "vive como si fuera tu último día", me hizo pensar que el destino no quería que yo viviera más de lo necesario. Por eso, perdí toda esperanza de conseguir un donante; pero, también, gracias a esa lección de vida de mi madre, hoy aprecio cada segundo del día que amanezco con vida.

—Lo siento mucho, Alisha —no encontraba un modo de consolarla, más que abrigar su cuerpo con el mío y secar sus lágrimas, cada vez que lloraba.

Sentado a su lado y sin saber cómo actuar ante su revelación, esperé a que recuperara fuerzas y pregunté al verla más calmada.

—La verdad, todavía no entiendo. ¿Por qué dices que dejaré de verte, alejándome de ti, Alisha?

—Es que aún no te he dicho... —expresó, poniendo una pausa en sus labios, como si dudara de contarme lo siguiente.

—¿Qué, Alisha? —no veía en su historia una razón para dejar de verla.

—Es que no llegué a ti por coincidencia, Alex... no fue casualidad buscarte.

—No entiendo, mi amor, ¿qué quieres decir con eso?

—Rosa ya me había hablado de ti y de tu dinero.

—Entonces, ¿todo fue por dinero? —no entendía su confesión, ya que nunca aceptó un centavo mío.

—Sí, lo fue, Alex.

—¿Por qué yo? ¿Por qué a mí? ¿Por qué no otro empresario de los que ya te ponían dinero y más ricos que yo? Hay algo que no entiendo. Si todo fue por dinero, entonces, ¿por qué nunca aceptaste un dólar mío? —quedé muy sorprendido por lo que acababa de decirme así que solté su cuerpo al levantarme de la cama.

—Porque, según Rosa, tú nunca faltabas al bar los viernes y coincidía con mi día de trabajo —se levantó de la cama y coloco sus manos en mi pecho.

—¿A qué viene todo esto, entonces?.

—Solo te busqué para aprovecharme de ti, conseguir el dinero para la operación de mi madre y, así, poder salvar su vida. También, porque te veía como el empresario rico que nos atropelló y que salió días después de la cárcel. Pensé que todos ustedes eran iguales y que con su dinero e influencias lo conseguían todo. También, porque dejé de creer en los hombres y comencé a odiar a cada uno de ellos en el mundo. Pero... días después, cuando estaba a punto de entrar en el tema de dinero contigo, mi madre murió, dándome aquel consejo que cambió mi vida. Por lo mismo, ya no tenía caso hablarte de dinero.

—No puedo creer, Alisha, que todo este tiempo te hayas estado burlando de mis sentimientos. Es increíble que me hayas visto como una salida a tus problemas... que me buscaras para vengar en mí tu rencor hacia otra persona. Y mis sentimientos, ¿qué? ¿No valen? —quité sus manos de mi pecho, en un movimiento brusco.

—Sé que tienes derecho a decir todo eso y más. Sé que no merezco tu perdón, mi amor; pero, luego de que mi madre muriera, ya nada de eso importaba para mí; fui enamorándome de ti, de tus atenciones conmigo, de tu manera de ser, tu insistencia en verme... me fui dando cuenta de que no eras como los demás. Pude ver en ti algo especial —trató de convencerme de que me amaba.

—No te creo nada, Alisha. Tú solo cuentas las cosas como te conviene. Después de haber querido manipularme para tus fines, ¡ahora resulta que me amas! ¿Sabes lo que pienso?… que eres una mujer calculadora y solo te has acercado a mí por mi dinero y tu sed de venganza, esperando dar el zarpazo, tal y como dijo mi hermano —grité, arrojándole mi verdad y mi concepto sobre ella.

—No espero que me perdones, mi amor. Sé que yo tuve mis motivos, pero eso no justifica que te buscara para ese fin. Pero te juro que en verdad me enamoré de ti, ¡te lo juro! Te amo y hoy ya no me duele confesarlo, mi amor, así sepa que voy a perderte.

—Tú has dañado mi vida. Quizá tengas razón en lo de tu madre, tu baile y todo ese rollo de tu sueño de participar en esa obra de teatro... pero lo que sí te puedo decir, es que tenías razón cuando dijiste que me iría de tu vida cuando me contaras tu supuesta verdad. ¡Sabe Dios a cuántos hombres has traído hasta aquí con el mismo cuento! Apuesto que ni siquiera sabes qué número soy en tu vida ni siquiera en tu cama. Eres una cualquiera, eso es lo que tú eres. Solo a mí se me ocurre pensar que una mujer que se desnuda por dinero, pueda servir para formar un hogar.

En ese momento, ella intentó darme una bofetada. En una reacción rápida, detuve su mano, aguantando su muñeca.

—O, ¿también me vas a negar lo que vi en el Roma Rose? —sostenía sus muñecas y la miraba de frente.

—¿A qué te refieres? —dijo, muy sorprendida.

—Alisha, si estoy aquí hoy es porque te vi en el restaurante con ese hombre de pelo rubio.

—Alex, no es lo que piensas, mi vida, ¡te lo juro! —soltó sus manos de las mías y trató de abrazarme.

—¡Ya basta, basta de tus mentiras! Eres igual a Rosa. ¡Qué suerte tuvo mi hermano de no cometer el mismo error que yo!

—Por favor, déjame explicarte, ese hombre…, no significa nada en mi vida, por favor, deja que te lo explique.

—¿Qué me vas a explicar? ¿Me vas a negar que te has acostado con él? ¿Podrías negarlo mirándome de frente? —volví a tomar sus muñecas y sacudí su cuerpo con fuerza.

—No…, no puedo negarte que sí, sí me he acostado con él. ¡No puedo, maldición, no puedo! Pero deja que te lo explique, por amor de Dios. Todo tiene una explicación. ¡Por favor, ya basta, basta, Alex! —no paraba de llorar con la cabeza baja, pidiéndome tiempo para explicarme algo que yo no quería escuchar.

—No, ya basta tú, Alisha. Yo te voy a explicar lo que va a pasar… voy a salir por esa puerta y no me volverás a ver más. Me voy a casar con Lisa y volveré a mi mundo, el mundo que nunca debí dejar, del que no debí salir jamás. Eso voy a hacer, así me cueste lágrimas de sangre olvidarte. Te juro que lo voy a lograr.

—Por favor, deja que te explique, no importa si después te vas y te casas con tu novia, pero quiero que me escuches. Te lo pido por Dios…

—¡Qué iluso fui contigo! ¡Y pensar que me enamoré de ti! —le dije en tono alto y empujándola a su cama bruscamente, para salir de allí dando un portazo, dejando todo su cuento de película barata en su conciencia.

Al día siguiente, visité a mi novia.

—Hola, amor. ¿Qué te pasa? Te veo un poco afligido.

—Nada, amor. ¡Estás preciosa, Lisa! —dije, besando sus labios.

Después de conversar un rato, me preguntó si seguía viendo a la joven del bar. Yo le dije que no tenía de qué preocuparse por la muchacha esa. Le dije que en mi vida sabría de esa mujer, que al final entendí lo ciego que estuve y, pidiéndole perdón por aquello, volví a jurarle que no sabría más de ella. Le hice el amor y noté que, aunque en apariencia quedó satisfecha, yo sentía un vacío en mi interior al estar con ella ese día. Pensé que, quizá, había sido por el mal momento que pasé antes con la farsante de Alisha. Desde ese día, estaba convencido de seguir con mi vida, tenía plena convicción de eso.

Capítulo 10

Pasó el tiempo y mi boda con Lisa estaba a solo dos meses de celebrarse. En el tiempo que transcurrió, tanto su familia como la mía, estaban felices con nuestra decisión. Mi hermano volvió a ser el mismo de antes conmigo y mis padres también. Aunque volvieron a confiar en mí, yo seguía pensando en esa mala mujer. Mi vida, por dentro, se estaba acabando, a pesar de que lo disimulaba muy bien. Cada vez que tenía sexo con Lisa, mi mente estaba en blanco. Volvimos a caer en la rutina. Era como si hiciera falta el ingrediente... Alisha, en mi cerebro. Como si todo solo saliera bien cuando ella me seducía; como si yo dependiera de sus migajas para ser feliz con otra mujer. La verdad, no pude olvidarla. Seguía en mi cabeza, tanto o más que la primera vez que la vi. A veces, sentía deseos de regresar al bar y verla de nuevo, así fuera un instante. Pero las imágenes en mi cabeza de ella y el tipo con quien se acostaba, me obligaban a no buscarla. Me preguntaba a menudo si fui muy duro con ella o, en realidad, se merecía todo lo que le dije. La angustia no me dejaba tranquilo, como si me sintiera mal por todo lo que le dije. "Quizás a quien ame sea a Alisha y no a Lisa". "Ella jugó conmigo". "No puedo perdonarla". "Sabe Dios qué número era yo en su vida". "¡Maldición, Alisha!". "¡Maldita seas mil veces!".

Seguían pasando los días y mi boda ya estaba a solo cinco semanas para realizarse. "Tengo unas ganas inmensas de buscarla, saber de ella, hacerle el amor otra vez". "Dios mío, ¿por qué me atormentas así?", pensaba el viernes, mientras estaba en mi oficina. De pronto, mi hermano entró y me dijo:

—Hola, Alex. Necesitamos hablar...

—Dime, John.

—Yo sé que tienes que concentrarte en lo de tu boda, pero tenemos que tomar una decisión sobre el futuro de la compañía. También consultar a nuestros padres, para que den su aprobación y declararnos en quiebra o la última opción, vender —sus palabras, no pudieron ser más claras y precisas.

—Tú, ¿cuál piensas que es la mejor decisión, John —esperaba que su repuesta fuera, no vender.

—Pienso que vender sería la mejor opción. No creo que las ventas vuelvan a subir. Ya, cada día, menos personas usan nuestros productos.

—¿Por qué mejor no lo consultamos con nuestros padres y dependiendo de lo que ellos digan, entonces, tomamos una decisión? La verdad, no me gusta la idea de vender la fábrica —dije con preocupación.

—De acuerdo, Alex. Hablaremos con ellos y que lo decidan; al fin y al cabo, son los dueños del 50% —dijo, mientras caminaba dando la vuelta para marcharse.

—John, ¿puedo comentarte algo...? No, olvídalo.

—Dime, Alex, ¿qué pasa?

—No, hermano, olvídalo. Después hablamos, es solo una tontería.

Al terminar mi conversación con John, me dirigí a casa. Preparé un trago, en tanto veía televisión; preparé un segundo y, al preparar mi tercer trago, mi reloj marcando 9:23 pm..., ¡ahí estaba ella, no podía apartarla de mi mente! En verdad, pensé que sería más fácil para mí olvidarla, después de todo lo que me dijo y de verla con él. "¡No sé qué me sucede!". "¿Por qué este maldito recuerdo suyo me persigue?". "¡Estas locas ansias de verla me dominan!". "No puedo creer en sus argumentos por más que quiera". "Alex, estás a punto de casarte". "No juegues con tu futuro, ¡olvídate de ella!". "Solo acepta que está con otro". En ese tercer trago, ¡pensé tantas cosas! Pensaba que, en un par de horas más, ella saldría a escena. Decidí, a mi quinto trago, tomar un baño y acostarme. Cuando me duchaba... la vi a ella y pensé en la primera vez que hicimos el amor. ¡Bueno...!, que ella me hizo el amor a mí. El agua sobre mi espalda me recordó esa pasión con la que me sedujo. En un momento, escapé de mis pensamientos y salí de la ducha dispuesto a acostarme y dormir hasta el amanecer. Me eché en la cama y tratando de conciliar el sueño, solo logré engañarme a mí mismo. Cuanto más trataba de olvidarla, más la recordaba. Salté de mi cama eludiendo mi engaño. Me puse mi traje negro, lo combiné con mi corbata y uno de mis mejores relojes y zapatos caros.

Empuñé las llaves de mi auto y, tal como hice antes... decidí impresionarla. Aunque no estaba seguro si estaba haciendo bien o mal, tomé camino al bar, sin pensar en las consecuencias que pudiera traerme. Simplemente, no soportaba quedarme en casa, sabiendo que ella estaría bailando en ese bendito tubo, quizá buscando su próxima víctima o, bailando para él. "¡Quiero verla!". "¡Maldita seas, Alisha!". "¡Maldita seas mil veces!". "¡No puedo olvidarte!". "¿Qué diablos me diste a tomar?". "¿Por qué tuviste que aparecer en mi vida?". Esos eran parte de mis pensamientos durante el tiempo que estuve en el auto. Hacer el amor con ella, siempre fue diferente. Ya no podía adaptarme a Lisa. "¡Has devastado mi mundo, Alisha!".

Al llegar allí, mi reloj marcaba 10:38 pm. Entré y no me importó sentarme en cualquier lugar; quería verla sin que ella lo hiciera. Todos en la barra me saludaron muy sorprendidos de mi presencia allí, después de no haber ido por allá las últimas semanas. Tomé asiento en la misma barra y pedí lo acostumbrado. Esperaba su salida a escena... "quiero ver cuál es su próxima víctima". "Ver su cara de fiera callada". Observé a las demás strippers bailar, mientras tomaba mi bebida, despechado por una mala mujer.

Cuando tomaba mi segundo trago en la barra, apareció en escena... su amiga Rosa. Mientras bailaba, después de unos minutos de su función, miró en mi dirección, muy lejos del vip. Al notar mi presencia, me lanzó una mirada de desprecio que solo yo pude notar. Fue como una flecha, dirigida con las más claras intenciones de hacer daño, y su objetivo, en este caso, era yo. No entendí la razón de su mirada, cuando el ofendido debería ser yo. Me llegó a la mente que, quizás, Alisha le contó todo a su manera y que ella solo tomaba la defensa de su amiga en sus manos. No le di mucha importancia a esa mirada de desprecio. Seguí esperando a su amiga y su espectáculo. Pero, en su horario habitual, anunciaron a Megan. Entonces, fue cuando supe que ella no saldría a escena esa noche. Muy sorprendido e inquieto por no saber qué pasaba, me dirigí al estacionamiento, tratando de alcanzar a su amiga Rosa y despejar mis dudas sobre lo que ocurría. "¿Qué diablos haces, Alex; solo vete, no te das cuenta de que está con otro hombre?". "¡Olvídala ya!". Al llegar allí, no logré ver a Rosa por ningún lado. Sin embargo, al ver su auto en el espacio acostumbrado, pude deducir que aún seguía dentro. Esperé, más o menos, unos veinte minutos, recostado en su coche. Apareció por la puerta y al caminar con dirección a él, me lanzó la misma mirada despectiva. Se acercó a mí y, sin más, dijo:

—¡Estúpido! —echándome a un lado, abrió la puerta de su auto.

Yo traté de evitar que subiera y se alejara de mí. La tomé por un brazo y dije:

—¿Qué pasa, Rosa? ¿Por qué esa actitud conmigo?

—¿Todavía lo preguntas? ¡Salvaje! —gritó muy enojada, sacudiendo su brazo del mío y sosteniendo aquella mirada.

—¿Solo quiero saber por qué Alisha no salió a su función hoy? —pregunté, poniendo mis manos en sus hombros, esta vez.

—Yo no tengo ninguna obligación de responder tus preguntas. ¡Egoísta! —quitó mis manos de sus hombros con rapidez.

—¡Claro que sí tienes! Acaso, ¿no fuiste tú quien ideó todo el plan de Alisha contra mí, para sacarme dinero?, ¿también para saciar su sed de venganza?

—¡Estúpido egoísta! Déjame pasar que tengo prisa. Piensa lo que quieras —gritó, abriendo de nuevo la puerta de su coche y cerrándola tras de sí.

—¿Por qué no vino a trabajar esta noche? ¡Te quedas callada...! Pues yo mismo te lo voy a decir, Rosa: ¿no será que está con su nueva víctima, escogiendo al siguiente en su lista o, quizá, planeando su próxima estrategia, como prostituta al fin? ¡Oh…, no, perdón, quizás está con el de siempre! El hombre con quien la vi en ese restaurante, con el que se acostaba a mi espalda; la muy descarada me lo confesó. Ni siquiera tuvo el valor de negarlo. No lo soñé, ese hombre existe. No pueden negar que las dos están cortadas con la misma tijera. ¡Suerte tuvo mi hermano contigo! —le grité, al verla encender el motor de su coche; pretendía marcharse y dejarme allí parado.

Salió de su auto, acercándose de frente a mí.

—¡Estúpido, prepotente...! —esas frases le hicieron compañía a una bofetada que no vi llegar. No fueron las únicas palabras que salieron de su boca, solo formaban parte de una paliza verbal...

—¿Qué te pasa, pelirroja malcriada? —dije, al volver mi cara frente a ella, con una mano en la mejilla.

—Te dije una vez, que cuidaras tus palabras para referirte a ella delante de mí; tú y tu hermano son la misma porquería; piensan que todo gira en torno a ustedes porque tienen dos dólares en sus bolsillos. Alisha, allí, enferma, postrada en la cama de un hospital por tu maldita culpa y a ti solo se te ocurre decir algo

160

estúpido. Ya quisieras tú encontrar una mujer como ella en este mundo. Quizá, para ti, sea una prostituta, pero en este mundo no hay ninguna mujer con más valor que ella, por haber aceptado mi propuesta de trabajar como stripper, aún en contra de su voluntad, con el único propósito de salvar una vida... la de su madre. ¡Permiso que llevo prisa, tengo que ir a amanecer con una amiga, al pie de su cama! ¡Oh...!, una cosa más, si quieres llamarla prostituta, bien puedes mirarla del modo que tú quieras, pero sí te voy a decir algo que no debería: ese hombre con el que la viste en el Roma Rose sí existe, no lo soñaste. Ella sí, se acostó con él; no una vez ni dos ni tres..., muchas veces. ¿Quieres que te diga por qué?, porque era su novio, otro estúpido igual que tú y tu hermano. Que desde que supo de su enfermedad, se cansó de acompañarla a diálisis y la abandonó, embarazando a otra. El mismo que ahora vuelve a buscarla, ese al que Alisha le dejó claro en el restaurante esa noche que no quería volver a verlo jamás. ¿Y sabes, por qué...?, porque quería estar contigo. Ya lo había decidido y al día siguiente te lo diría. ¡Sí, Alex! Si hay una mujer en este mundo que se haya enamorado de ti hasta los huesos, te aseguro que esa no es la "pisa fino" de tu novia, ésa con la que te vas a casar. Así no lo creas... esa persona se llama Alisha. Y sobre tu hermano John... sí, tuvo suerte, lo confieso, la misma suerte que tuve yo al no aceptar su propuesta, ¡¿o acaso no te lo dijo?! ¡Estúpido! ¡Adiós! —expuso muy enojada y dejando en confusión todo mi mundo.

En ese momento, no pude detenerla. Abrió la puerta de su auto, marchándose a toda prisa y dejándome allí parado, con más preguntas que repuestas. Aún no podía creer que Rosa me dijera todo lo que me dijo. "Alisha está en un hospital por mi culpa". "Que ella me ama". "¿Cómo es posible todo esto?". Sin saber qué hacer, caminé hasta mi auto y aunque intenté seguirla, no pude verla. Saqué mi teléfono y marqué el número de Alisha. Después de tanto tiempo, lógicamente, ya no estaba en la memoria de mi móvil, pero sí en la de mi cabeza. Al otro lado solo escuché…: "el número que usted ha marcado ya no está en servicio". Decidí entrar al bar y preguntar por Alisha a Carlos, mi amigo el barman.

—Alisha hace unos cuantos días que ya no trabaja aquí, debido a su salud. Según tengo entendido, está ingresada en un hospital —dijo en tono muy bajo y como si le doliera su ausencia.

Al no poder averiguar el nombre de la clínica donde estaba internada, hice mi última jugada, preguntándole por el nombre completo de ella y el número de Rosa. Me dio el número y, al final, me anotó el nombre y apellido de Alisha. Fue todo lo que pude conseguir con Carlos. Al salir del bar y subir a mi coche, marqué el número de Rosa, intentando conseguir información sobre el hospital. Después de marcar dos veces:

—¡Hola! —respondió, sin imaginar a quién pertenecía el número en su pantalla.

—Por favor, no me cierres.

—¿Quién es...? ¡¿Oh, Alex?! ¿Qué buscas llamando a mi teléfono? ¿Quién te dio mi número? —dijo, más enojada que sorprendida.

—Discúlpame todo lo que dije hace un rato. No fue mi intención ofender a Alisha ni a ti —buscaba reivindicarme con ella.

—¡Adiós! No me interesan tus explicaciones.

—¡No cierres, por favor! Solo quiero saber en qué hospital está... —al otro lado de la línea noté un profundo silencio... había cortado la llamada.

La desesperación me hizo marcar su número varias veces, sin ningún éxito. Quedándome con solo el nombre completo de Alisha, como única forma de búsqueda para dar con ella. De pronto... mi móvil sonó mientras conducía. Tomé la llamada, sin ninguna precaución; llevándolo a mi oído, respondí la llamada entrante, asumiendo quién llamaba:

—¡Hola, Rosa! —dije, muy agitado.

—¿Quién es Rosa? —preguntaron.

Por la rapidez de llevar el teléfono a mi oído, no pude ver el número ni el nombre de quién llamaba en ese momento. Pude pensar rápido y salir de la situación, utilizando el viejo truco de duda razonable.

—Dije, hola, Lisa; no Rosa.

—Escuché bien. No me quieras confundir. Sé que dijiste Rosa —respondió mi novia muy segura de lo que escuchó

—Mi amor, en toda mi vida no he conocido una mujer con ese nombre. Te podría jurar que dije Lisa. Quizás escuchaste mal.

—Alex, solo espero que, esta vez, no se te vaya a ocurrir engañarme, a pocos días de nuestra boda. ¡No se te vaya a ocurrir!

—¡No, amor, ¿cómo crees?

—Ya bastante hice con pasarte lo de la prostituta esa del bar.

—Ni siquiera he regresado al bar, Lisa.

—Eso espero. Te llamé porque hoy no me has dicho si vienes. ¡Me gustaría verte!

—Claro que sí, Lisa, ya voy de camino. ¡Un beso! —cerré la llamada para dedicarme a pensar.

"Rosa me ha dejado muy mal con todo esto de Alisha". "¿Cómo que en el hospital por mi culpa?". "¿Por qué siempre tengo que ser tan estúpido?". "No puedo creerlo, era su novio, un maldito que la engañó".

Me dirigí a casa de mi novia y al llegar a su apartamento, abrió la puerta vestida con una blusa transparente, que dejaba ver toda su sensualidad. Era como si estuviera dispuesta a no perderme, a luchar por mi amor. Me invitó a un trago, tomó el suyo y, después del primer sorbo... besó mis labios con mucha pasión. Si bien respondí a cada uno de sus besos y caricias, sentí que mi mente estaba en otro lado. Entramos a su habitación y ella me empujó a la cama, procediendo a desvestirme. Dejé que Lisa tomara el control sobre mí, esperando que nuestra relación diera un giro que me hiciera volver a sentir lo mismo que sentía antes por ella… nada parecía funcionar. Solo el hecho de ver su pelo rubio y corto, me dejaba ver que no era aquella joven la que estaba conmigo. Lisa, en todo momento tuvo el control, pero no mi total atención. Cubrió mi cuerpo de caricias y besos, al mismo tiempo que yo el suyo. Mis caricias sobre ella, fueron tan vagas, como a quien obligan a trabajo forzado, sin ninguna otra alternativa. Intenté complacerla, así me costara sentir el mismo placer que ella, juro que puse todo de mi parte. Terminamos teniendo sexo vano, tal y como lo veníamos teniendo en anteriores ocasiones; ni más ni menos. Nos quedamos dormidos y, al despertar, ella seguía abrazada a mí. De una forma repentina, soltó mi cuerpo y preguntó:

—Alex, ¿por qué siento que en los últimos encuentros que hemos tenido te has comportado diferente? Ya no llegas como antes, imponiéndote sobre mí; ahora, todo es distinto. Extraño esa forma de hacerme el amor que tenías tiempo atrás. ¿Es que ya no sientes nada por mí? —expuso, dejándome tan frío como nuestra relación.

—¿Cómo puedes decir eso, amor, si sabes que te amo? Quizá tengas esa impresión, porque en los últimos días he estado saliendo agotado de mi trabajo. Ya sabes que mi hermano y yo estamos haciendo lo imposible para no vender la fábrica. No es nada, amor. No pienses cosas que no son —intenté justificar lo evidente.

—Desde que terminaste la relación con la mocosa esa, tu actitud es otra conmigo. Puedo sentirlo —dijo muy convencida, levantándose de la cama, muy confundida.

Tuve que convencerla de lo contrario. Al dejarla un poco más tranquila, me marché. Pensé mucho en los reclamos de mi novia y hasta qué punto tenía razón. Aunque me negaba a reconocer lo que sentía por la joven, una parte de mí sabía que era amor, más que obsesión. Alisha ocupaba la mayor parte de mis pensamientos y el mejor lugar en mi corazón. "Al parecer, no funciono sin ella, sin su sonrisa, su mirada". Tomé mi móvil y marqué de nuevo el número de Rosa. Lo intenté, una y otra vez, sin lograr contactarla. Me llegó a la mente el papel con el nombre completo de Alisha. Me dediqué a llamar a los hospitales y preguntar por su nombre completo en información. Estaba decidido a dar con ella a como diera lugar. Después de pasarme toda la mañana preguntando, encontré por fin un hospital en el que me dijeron que sí tenían registrada a una mujer con el nombre de Alisha Aller. Empuñé las llaves de mi auto y me dirigí, sin perder tiempo, a confirmar que fuera ella.

Al llegar y preguntar por su nombre completo... en efecto, sí aparecía su nombre en la lista de los ingresados allí. Pedí verla, aparentando ser amigo de la familia y llegar hasta la habitación donde se encontraba. Al pretender entrar a verla, Rosa me sorprendió mientras iba saliendo, empujándome fuera del cuarto, sin que Alisha siquiera notara mi presencia.

—¿Qué busca aquí, Alex? —dijo, gritándome entre los dientes.

—Quiero ver a Alisha —respondí, mientras ella detenía mis pasos.

—¿Quién te dice a ti que ella quiere verte? ¡Por Dios, déjala tranquila!

—Solo quiero saber cómo está.

—¿Qué quieres? ¡Acabar lo que empezaste! Matarla con tus palabras y prepotencia. Pues no, mientras yo esté con ella, no la verás. Así que, lo mejor que puedes hacer, es irte por donde viniste y no regresar jamás —indicó, muy incómoda con mi presencia en la clínica.

Por más que insistí en verla, Rosa no me lo permitió y, aunque para mí era algo esencial, me di por vencido, ya que no se podía formar ningún escándalo allí. Entonces, le di la espalda, marchándome. Llegué a información, de nuevo, y pregunté a la encargada si podía ponerme al tanto del estado de salud de Alisha. No pudo darme más datos que los que ya me dio antes. Para mi buena suerte, ella me hizo girar la cabeza, señalando al doctor que en esos momentos estaba a cargo de su atención. Caminaba por el mismo pasillo en el que yo estaba. Di unos cuantos pasos, alcanzando los suyos.

—Hola, doctor. ¿Es usted quien está a cargo de la paciente de la habitación número 6? —dije, tocando su hombro derecho, buscando saber más sobre la salud de ella.

—Hola, señor —respondió, girándose para verme.

—Mi nombre es Alex Brown y me gustaría, si es posible, saber más sobre la salud de Alisha Aller.

—Mucho gusto, señor Alex. Soy el doctor Martínez. ¿Usted es familiar de la paciente?

—No, doctor, soy su novio. Estuve fuera de la ciudad por cuestión de negocios y me acabo de enterar que está aquí; me gustaría saber cómo se encuentra. ¿Cómo sigue de salud?

—Bueno, señor... la verdad es que ella está en apariencia muy bien, pero si no se consigue un donante pronto, el desgaste de su salud es algo inminente —su preocupación era evidente.

—¿Cree doctor que si consigue ese trasplante puede llevar una vida estable? —yo ignoraba por completo toda información sobre el tema.

—Pues verá, con un trasplante, ella podría llevar una vida normal, igual que cualquier otra persona. Y quien done uno de sus riñones también —dijo, dándome una pequeña explicación.

—Muchas gracias por su información, doctor Martínez. Por favor, no le diga a mi novia que tuvimos esta conversación, no le gusta que yo me preocupe tanto por su salud. No quiero que se altere.

—De acuerdo, señor Alex.

—Doctor, gracias por todo.

Terminada mi conversación con él. Me dirigí a casa, ya que mientras Rosa estuviese con Alisha, mis posibilidades de verla eran mínimas. No pude dejar de preocuparme por ella y su estado. "Creo que fui muy duro con ella, no debí tratarla de esa forma". "Estos malditos celos, me cegaron". Me llegó a la mente volverla a ver y pedirle perdón por no haber creído todo lo que me dijo; por no querer escucharla cuando quiso hablarme del desgraciado de su novio. "Tengo que regresar a ese hospital y verla". "Quiero ver cómo está, pero con Rosa allá, no voy a poder". "¡No la pienso dejar morir!". "¡Esta vez no te voy a perder Alisha!".

Pasó el día y sin dudarlo, al día siguiente llegué al hospital. Caminé rumbo a su cuarto. Para mi suerte, me encontré con el doctor Martínez cuando salía de allí. Sin notar la presencia de la pelirroja, le pregunté al doctor si mi amiga Rosa se encontraba dentro y me respondió que acababa de salir para regresar más tarde. Pensé en mi buena suerte en ese momento. Después de preguntarle por la salud de mi supuesta novia. Dejé al doctor y me apresuré a entrar para verla, antes de que Rosa regresara. Al entrar a ese cuarto, fue como si me volvieran las ganas de estar a su lado. A pesar de que estaba dormida y sin ningún maquillaje, vi la mujer más preciosa del mundo, una belleza natural. Sentí que mi corazón quería salir de mi pecho. Me acerqué a ella, tomando su mano derecha, con mucho cuidado de no perturbar su sueño. La observé, sin que se percatase de mi presencia. En un instante, me dejé llevar por mi corazón, que me impulsó a tocar suavemente su rostro. Cuando acariciaba su mejilla...

—¿Qué busca aquí? ¿Dónde está Rosa? No puedo creer que ella me esté haciendo esto. Le dije que no quería verlo, que no le dijera dónde estaba. ¿Por qué vino? —estaba alterada como nunca la había visto.

En esos momentos, no entendía razones. Me dijo cosas en tono medio, pero dejándome ver y sentir que le molestaba mi presencia allí. Estaba muy enojada.

—Alisha, vine a verte. Quiero hablarte, mi amor — mis impulsos eran incontrolables a su lado.

—¡¿Cómo que su amor?! ¡Yo no soy su amor! ¡Oh!, ya se le olvidó todos los insultos que me dijo. Cómo se regocijó en cada una de las palabras que utilizó. ¡¿Su amor?! ¿Después de llamarme cualquiera, prostituta y no sé cuántas cosas más? —en verdad, estaba dolida conmigo.

—Perdóname, Alisha, por favor. Déjame remediar mi error. Tienes razón. Soy un estúpido, prepotente, lo admito. Pero entiende, estaba cegado por los celos. De solo pensarte con él, sentía morir.

—No necesito explicaciones. Váyase, por favor, no quiero verlo aquí. Aléjese de mí —sus lágrimas me decían cuánto deseaba que me marchara.

—Yo sé que tú me quieres. Sé que me amas — buscaba recordarle su amor por mí.

—¿Quién le dijo eso? Eso es mentira, yo no lo amo y nunca lo he amado. Usted mismo lo dijo. Se dio cuenta de eso.

—No lo niegues. Rosa me lo confirmó. ¿Por qué tan dura conmigo? No me gusta que me trates de usted.

Estoy dispuesto a dejarlo todo por ti, mi amor —dije, con plena convicción y dispuesto a pelearme con el mundo entero por ella.

—Esa mala amiga. ¿Ella fue quien lo trajo aquí, verdad?

—No, Alisha, ni siquiera sabe que estoy aquí. Si se entera de que estoy aquí, volvería a pegarme, como ya hizo.

—¡¿Rosa le pegó?! —preguntó, muy sorprendida.

—Sí, fui a buscarte al bar y me dio una bofetada.

—Entonces, ¿cómo llegó hasta aquí?

—Esa es una historia muy larga. Ahora solo quiero estar contigo —dije, tomando una de sus manos.

—Retírese, por favor, y no regrese. ¡Apártese o grito! —sacudió su mano de las mías.

—Pero, Alisha, por favor, déjame hablar contigo.

—No quiero hablarle. ¡Márchese ya! —gritó, apartando su rostro del mío.

—De acuerdo, me voy, pero te puedo asegurar que volveré. Quiero que sepas que tú no te vas a morir y que lucharé por nuestro amor.

—Aléjese y no vuelva a buscarme. No me atormente más. Olvídese de mí y de mi salud, Alex. No quiero nada que venga de usted, recuérdelo bien, ¡nada!

Capítulo 11

Al marcharme de la clínica, Alisha quedó con algunas lágrimas en su rostro y muy enojada conmigo. "¡Pude verla, mi Dios!". "Pude tocarla, vi sus ojos de nuevo". "¡Se ve bella cuando está enojada!". Salí del hospital y mientras iba en el coche, pensaba en lo hermosa que estaba. Revivieron mis ganas de tenerla otra vez al ver su rostro. Estar a su lado, era como si no necesitara nada más para vivir. "¡Ella no se puede morir, eso nunca!". "Tengo que recuperar su amor y confianza". Mientras estaba sumergido en ese mundo de reflexiones, sonó mi teléfono, desbaratando todo lo bonito.

—Hola, Lisa —aparenté estar feliz por su llamada.

—¿Dónde estás, Alex? Quiero que esta noche nos juntemos, amor; necesito que hablemos algo sobre nuestra boda.

—Está bien, amor; paso esta noche.

—Te amo, Alex. Eres mi vida. Adiós.

Durante el tiempo que estuve con Alisha, olvidé hasta mi boda. "Ya solo faltan días para casarme". "¡¿Qué voy hacer con Lisa?!". ¡Si ella llegase a enterarse en lo que ando, me mataría!". "Siento que, en verdad, a la mujer que amo es Alisha". "Estoy a punto de casarme con Lisa". "¿Qué voy a hacer, Dios mío?" "¿Cómo salgo de todo esto?". "Mi familia me mataría si vuelvo a fallarle a mi novia". "Pero no puedo dejar escapar a Alisha". "¡No esta vez!"

Pasó el día y no acudí a mi trabajo la mañana siguiente. Regresé a la clínica, esperando que Alisha me perdonara. Entré allí, y a la primera persona que vi fue a la pelirroja. Por suerte, no se percató de mi presencia. Ella caminaba a la habitación de su amiga y yo me mantuve a distancia. Me detuve al ver al doctor Martínez.

—Hola, doctor.

—Hola señor... perdón, Alex, ¿verdad?

—Sí, el novio de Alisha. ¿Me puede decir cómo sigue ella, doctor?

—Hoy deja la clínica —dijo, ojeando algunos papeles.

—Pero esa es muy buena noticia, doctor. Entonces, está mejor su salud.

—Pero, ¿usted no sabía nada? ¿No me dijo usted que es su novio? —dijo muy sorprendido.

—Sí, doctor. Es que como a ella no le gusta preocuparme, quizá por eso no me dijo nada, para que no saliera de mi trabajo.

—Pero no me refiero solo a eso —expresó con cara de preocupación.

—No entiendo, doctor.

—Es que ella no se marcha porque esté bien de salud. Pienso, incluso, que no debería irse. Lo ideal sería que se quedara. Al parecer, en sus últimas semanas ha descuidado su alimentación y eso ha causado en ella anemia ferropénica, que aún estamos tratando.

—Y entonces, doctor...

—Sucede que no quiere estar aquí. No puede pagar la clínica, parece estar resignada a morir; se cansó de esperar lo que no sabe si llegará algún día. Además, usted sabe que los gastos que implica quedarse aquí son muchos y ella no tiene un seguro que pueda cubrirlos.

—Doctor, pero usted no puede dejarla ir así —mi angustia era notable por lo que acababa de escuchar.

—No es mi decisión, ella lo hizo. Estamos trabajando para ver si le conseguimos un seguro, pero hasta ahora, nada sucede. Será cuestión de esperar.

—Doctor, por favor, no le firme la salida todavía. Déjeme hablar con ella primero, por favor —corrí a su cuarto lo más rápido que pude.

Entré allí, a pesar de saber que me encontraría con Rosa, pero no me importó. Al entrar, vi que estaban preparándolo todo para su salida de la clínica. Me acerqué a ellas, lo que causó en su amiga más ira que a la misma Alisha. Insistió en que saliera.

—Por favor, tengo que hablar algo muy importante con Alisha.

—Ella no quiere hablar contigo. Vete por donde llegaste.

—Alisha!, te lo ruego, permíteme unos minutos. Tengo algo que decirte —clamaba, soportando los empujones de la pelirroja.

—No, Alex. Usted y yo no tenemos nada de qué hablar. Mi amiga ya se lo dijo: ¡márchese, por favor! Nosotras ya estamos listas para irnos. No me interesa escucharlo.

—Alisha, pero no puedes irte. El doctor dice que todavía no estás en condiciones de hacerlo.

—¿Cómo que el doctor dijo? ¿Usted cómo sabe eso?

—Me lo contó todo.

—¿Cómo es eso que le contó todo? Él, ¿por qué haría algo así?

—No lo culpes. Es que le aseguré que era tu novio. Me dijo que te vas porque no puedes pagar la clínica.

—Pues para su información, no me marcho por eso.

—No te engañes, Alisha. Déjame y yo asumiré los gastos para que te quedes aquí, en tanto aparezca tu donante. No te vayas —dije, echando a un lado a su amiga y tomando su mano.

—Ya le dije que no me voy por eso. Y mucho menos voy a aceptar su dinero. Adiós. Que quede bien, Alex —respondió, saliendo de la habitación.

—¡No te vayas, Alisha, por favor!

—Alex, ya te dijo ella que no quiere tu dinero. Adiós —dijo Rosa, echándome a un lado y siguiendo sus pasos.

—¡Pero, Rosa...!

La verdad es que no pude detenerla por más que traté. No me quedó más que irme, después de hablar con el doctor y prometerle que yo buscaría la forma de llevarla de vuelta al hospital. Me dirigí a mi oficina y John al verme llegar me saltó como liebre.

—Alex, ¿qué es lo que te pasa, que has dejado de llegar a tu trabajo a tiempo? ¿Acaso se te olvida en el hoyo que está la fábrica?

—Nada, hermano.

—No me digas que te estás viendo de nuevo con la prostituta.

—John, no te voy a permitir por el hecho de que seas mi hermano mayor, que la estés ofendiendo de esa manera —dije, en modo defensor.

—¡Ah! Entonces, sí la estás viendo de nuevo.

—No la he vuelto a ver, para tu información. Pero eso no quiere decir que tengas derecho a ofenderla, cada vez que te refieres a ella.

—Entonces, ¿por qué la defiendes tanto, Alex? ¿Tú no te das cuenta de que te vas a casar en solo días? Y, aparte, descuidas tu trabajo, sabiendo en las condiciones que está la compañía —dijo, bajando el tono de su voz.

—Te dije que no la he vuelto a ver más.

—Discúlpame, hermano. Es que me preocupa que vuelvas a caer en las garras de esa oportunista.

—A propósito de la compañía, ¿qué te dijeron nuestros padres de la situación? —no quería seguir escuchando su modo de expresarse con respecto a Alisha; en cualquier momento explotaría, diciéndole que la amaba.

—Ellos no quieren que se venda; pero, finalmente, entendieron que si continúa así, lo mejor será hacerlo.

—Yo también quería decirte que sería mejor vender y no dejar que se pierda todo. Ya que, si seguimos así, acabaremos sin nada.

—También pienso que sería lo mejor, hermano, pero tengo una duda; ¿por qué si tú antes eras el que más insistía en que no se vendiera la fábrica, ahora te veo, de pronto, tan decidido —dijo con asombro.

—Me di cuenta de que tú tenías razón y que si no lo hacemos de esa manera, podríamos perderlo todo.

—Hay alguien que está interesado en comprar; pero, la verdad, no es mucho lo que ofrecen por la fábrica. Así que no sé si aceptar su oferta. Aunque, para ser honesto, no tenemos muchas opciones, ya que nadie más que ellos están interesados en comprar.

—Bueno, hermano, si no hay más opciones y todos estamos de acuerdo en vender, no lo pensemos más, antes de que sea demasiado tarde.

—De acuerdo, Alex, voy a tratar con los interesados y te hago saber.

—Bien, John.

—¿Por qué te veo tan entusiasmado, Alex? ¿Cómo tan ansioso? —susurró cuando salía.

Esa misma noche, pensaba en Alisha y por todo lo que estaba pasando. En un momento, marqué el número de su amiga Rosa y por más que lo intenté, nunca respondió. Pasaban los días y mi preocupación por Alisha era más fuerte que la de mi boda con Lisa. Cada vez estaba más cerca de casarme. "Tengo que verla y que vuelva a la clínica". "Pero, ¿cómo convencerla, si ni siquiera tiene móvil?". Llegué a su casa. Traté de que abriera su puerta, pero no daba señales de que estuviera. Intenté comunicarme con Rosa por teléfono y ver si ella me decía algo. Todo fue en vano. Volví a mi departamento y medité... "Quizá no quiso abrir la puerta".

Transcurrieron unos días más. Al levantarme una mañana, sonó mi teléfono y era mi hermano, comunicándome que la negociación con los empresarios para comprar la fábrica ya era un hecho. Aceptaron pagar el precio. Pidió presentarme en la oficina para cuadrar todo lo de la venta con los compradores y sus abogados y, de esta manera, poder cerrar el negocio lo antes posible.

Trabajé en mi oficina y tras cuadrar los términos de la venta, analizaba cómo ver a Alisha. Se me ocurrió que Rosa podría ayudarme. Me dirigí al bar esa misma noche, para ver si de alguna manera podía convencerla y, con su mediación, hablar con Alisha, para que regresara a la clínica. Ya en el bar, esperé la actuación de la pelirroja. Cuando acabó, me dirigí rápido a su encuentro y la esperé recostado en su coche. La vi salir y noté que venía con los guantes puestos, gritándome cosas ofensivas.

—Solo quiero hablar contigo —dije, levantando mis manos y pidiendo paz para la guerra.

—¿Cuántas veces te voy a decir que no tenemos nada de qué hablar?

Al igual que la vez anterior, intentó echarme a un lado de su auto para marcharse. Pero, esta vez, yo no iba a dejar que se me escapara así, tan fácil. La tomé con autoridad por ambas manos y le dije:

—Pues aunque no tengas nada de qué hablar, me vas a escuchar, al menos.

—Yo no tengo nada que escuchar. ¡Estúpido, prepotente!, sigue con tu vida y deja vivir —dijo, sacudiendo sus manos de las mías.

—Cálmate y escúchame, por favor. Si quieres, no lo hagas por mí, hazlo por tu amiga. Tú sabes mejor que nadie que ella necesita estar en la clínica hasta encontrar el donante. Eres la única persona con la que ella cuenta y mi único medio para ayudarla. Tú eres consciente de que si no consigue ese donante, ella podría vivir una vida muy angustiosa —expliqué, tratando de hacerla entrar en razón.

—Pero, Alex, ¿es que no entiendes que ella no quiere volver a verte, después del daño que le causaste, diciéndole tantas barbaridades? Ahora, tú buscas la oportunidad que no le diste aquel día.

—Lo sé, Rosa, pero de verdad estoy muy arrepentido. Ahora solo quiero ayudarle a salir de esto. Yo puedo pagar la clínica entretanto. Por favor, déjame hacerlo.

—Pero sabes bien que no aceptará tu dinero. ¿Qué vas a hacer para que ella acepte tu ayuda? Yo la conozco lo suficiente como para saber que no aceptará nada tuyo. Es demasiado orgullosa para aceptar dinero tuyo.

—Pero... dinero tuyo sí, Rosa —dije, llamando su atención.

—¿Qué quieres decir con eso? ¿Qué me preste a mentirle a mi amiga? ¡Eso nunca, ni lo pienses! —me dio la espalda y caminó hacia su auto.

—¿No dices que eres su mejor amiga? —grité, buscando su atención nuevamente.

—Claro que sí lo soy y de eso no hay duda. Ya intenté darle mi riñón y no somos compatibles. Y si tuviese que darle la vida, también lo haría sin pensarlo dos veces. Sé que si ella tuviese que hacerlo por mí, lo haría igualmente. ¿Se te olvida que te dije que más que amigas somos hermanas?

—Entonces, si estás dispuesta a salvar su vida dando la tuya, ¿por qué rechazas mi oferta?

—¡Mi amiga no me perdonaría! —encendió su auto para marcharse.

Yo, al ver lo decidida que estaba a marcharse sin lograr mi objetivo, decidí jugar una carta de la que no estaba seguro, pero no podía dejarla ir, sin que se decidiera a ayudarme con su amiga. Salió de mi boca un grito del corazón...

—¡Pues si tú no piensas hacer nada para ayudarla, yo sí estoy dispuesto a dar todo por ella...! ¡Seré su donante! —dije, sin medir consecuencias.

Ella, al escuchar eso, dejó su auto para acercarse a mí. Con una mirada de sorpresa, colocó su mano derecha en mi pecho:

—¿Qué fue lo que dijiste, Alex? ¿Escuché bien...? —su cara era de sorpresa.

—Sí, escuchaste bien. Yo estoy dispuesto a dar ese riñón para ella.

—¿Estás hablando en serio? No juegues con algo así, por favor —no daba crédito a mis palabras.

A decir verdad, ni yo mismo estaba seguro de aquellas palabras que salieron de mis adentros.

—Sí, lo voy a hacer, pero tú tienes que ayudarme a que ella regrese a ese hospital.

—Es que no es solo eso, Alex. Tú no has entendido nada.

179

—Qué más, si eso es lo que ella necesita para una vida mejor.

—Tú podrías estar hablando en serio con eso de ser un posible donante. Pero, la verdadera razón por la que dejó la clínica no es solo esa...

—¿Qué otra razón podría tener?

—Tú no entiendes. Ella tampoco tiene el dinero para la operación y eso no lo va a soportar tu chequera. Para ustedes los ricos, solo el dinero importa. ¿Ahora lo entiendes? —dijo, dando vuelta de regreso a su auto.

—Pues en eso también te equivocas, Rosa. Porque sí estoy dispuesto a pagar todo lo que haga falta, con tal de que ella siga siendo la joven llena de vida que conocí. Ya te lo dije..., ¡todo por ella!

—¿Estás hablando en serio, Alex?, esto no es un juego. Esto es serio y delicado, es más que solo decirlo.

—Muy en serio y si de veras la quieres, me vas a ayudar. También estoy dispuesto a desbaratar mi boda para estar junto a ella.

—Si es en serio todo lo que me acabas de decir, ¡bien!, estoy dispuesta a ayudarte. Pero, ahora, explícame, ¿cómo haremos para que ella acepte todo esto de ti? ¿Cómo lo haríamos, según tú?

—Lo primero, es convencerla de que se interne de nuevo en la clínica. Le haremos pensar que una institución que conseguiste pagará todo. Lo demás, veremos cómo lo hacemos.

—La verdad, no creo que ella se coma ese cuento, pero lo voy a intentar, al menos.

—De acuerdo, Rosa. Muchas gracias por ayudarme en esto. Te llamo para estar en contacto. Voy a arreglar todo lo referente a la clínica para que la reciban y, de paso, hablo con el doctor Martínez para lo del trasplante y explicarle unas cuantas cosas para que no se las cuente a Alisha.

—Confío en ti, Alex. No le vayas a fallar otra vez. ¡Por favor! También quiero que te quede claro algo. Esto que hago no es por ti. Lo hago por mi amiga —expresó, mirándome fijamente a los ojos antes de marcharse.

—Entonces, ambos lo hacemos por ella —dije, sellando un compromiso entre nosotros.

Me fui de allí. Cuando conducía mi auto, fue cuando me di cuenta de la gravedad de la decisión tomada y las consecuencias que aquello implicaba para mí. Ahora, pensaba que haberle dicho todo eso a Rosa, fue una verdadera locura mía. "No sé lo que estaba pensando en ese momento, pero era la única forma de detenerla". "Ahora, ¿qué hago con mi familia, con mi novia?". "¿Cómo voy a enfrentar esto?". "Tengo que cumplir con lo que le prometí a Rosa". "No puedo fallarle otra vez a Alisha". "Eso sería tanto como perderla para siempre". "¡Dios mío, aclara mis pensamientos!". "Ayúdame a salir de todo este embrollo en el que estoy". "¿Cómo es eso de que todo por ella?". "¿De dónde me salió decir tal cosa?". "Solo espero que todo esto sea obra tuya, Señor". "No me dejes solo en esto, por favor, te lo ruego".

Al día siguiente, me duchaba meditando: "Tengo que ir a poner la cara al hospital". Cuando me vestía, recibí una llamada de mi novia. En resumen, era para recordarme lo poco que faltaba para nuestra boda. Quería que yo fuera a verla, pero me tocó inventar otra mentira, como siempre. Me fui a la clínica y hablé con el doctor Martínez para ponerme a su disposición para el trasplante de Alisha y pagar los honorarios de la clínica. Tras explicarle todo, expuso:

—Señor Alex, hay algunos procedimientos que seguir antes de nada. Lo primero, es que tiene usted que recibir toda la información que necesita saber para esto. Una vez tomada su decisión, lo segundo, será realizarle unos exámenes de compatibilidad con ella.

Llegó el momento de la charla, donde se me informó de todos los pormenores. Una vez informado, tomé la decisión de ser el donante. Me mantuve en contacto con Rosa, para saber cómo iba su parte con Alisha. Me dijo que, aunque ya le había explicado todo tal y como lo planeamos, Alisha cuestionaba lo de la institución que correría con todos los gastos médicos. Sin embargo, pensaba que, en algún instante, la convencería de regresar a la clínica.

Recibí una llamada de mi hermano, informándome que ya todo estaba listo para hacer el cierre de la venta de la empresa. Era una buena noticia para mí, ya que adquirí un compromiso para asumir los gastos de la joven y su operación, por lo que necesitaba mi parte del dinero, lo antes posible.

Capítulo 12

Pasaron unos días y ya solo estaba a quince de mi boda con Lisa. En esos días, Rosa pudo convencer a Alisha de que regresara al hospital. También le dijo que apareció un donante y, según ella, su semblante cambió por completo. Su deseo de seguir viviendo estaba a flor de piel. Pagué parte de los gastos de la clínica, al recibir mi parte del dinero por la venta de la fábrica. Por otra parte, Lisa seguía ilusionada con nuestra boda.

Faltando solo días para mi matrimonio, tuve que acudir a la clínica para realizarme los exámenes de compatibilidad con Alisha. Los realicé, sin que siquiera mi familia supiera lo que hacía. Hasta el momento, solo lo sabíamos la pelirroja y yo. Ni siquiera Alisha estaba al tanto de lo que estaba pasando a su espalda. Confieso que tenía algo de miedo al hacer todo eso, sin que mi familia supiera el riesgo que corría. Pero era la única manera; ellos nunca aceptarían tal locura mía. Ni siquiera tenía el valor de detener mi boda con Lisa, ¿cómo iba a ser capaz de decirles algo como eso a mis padres? Reconozco que, aunque estaba mal todo lo que hacía a escondidas de ellos, ya había dejado de amar a Lisa. Aún no tenía claro si para bien o para mal, pero así era. Sentía que a quien amaba era a Alisha. Así significara enfrentarme al mundo entero, tenía la fuerza suficiente para hacerlo. Pero no lo haría, sin antes saber si era compatible mi riñón con la joven más hermosa del mundo.

Ya en la clínica y hecho todo lo necesario, solo quedaba aguardar, para ver si era o no ese donante que ella tanto esperaba. Tras salir de la clínica, mi mente solo podía jugar con un sí o un no. Una parte de mí quería que todo saliera bien y poder donar; otra parte de mí, deseaba lo contrario, por miedo al enfrentamiento con mi familia.

"¿Cómo lo haré si todo sale bien?". "¿Cómo deshacer mi boda?". "Esta angustia me está matando, ¡Dios!". Hablé con Rosa sobre lo acontecido el día de mis análisis.

Ya solo quedaba esperar los resultados. Ella, a pesar de todo lo que me dijo antes y de la bofetada que me propinó aquel día, no se cansaba de agradecerme lo que estaba haciendo por su amiga. Lo malo de todo eso era que, cada vez que me daba las gracias, me sentía más comprometido con la causa. En esos momentos, es cuando quería llamar a mi novia y mandar todo al diablo; mi supuesto amor por ella y mi absurda boda. Solo quería correr hacia la mujer que amaba; la que en verdad me hacía sentir vivo, con ganas de hacerle el amor, una y otra vez. La verdad... no sabía cómo terminaría todo. Pero debía correr ese riesgo.

Seguían pasando los días y con ellos algunas cosas. Mi boda ya estaba a la vuelta de la esquina. Ya no contaba con mi empresa y la mujer a la que en realidad amaba, estaba en la cama de una clínica, esperando ganarle la partida a su enfermedad. Mis padres ignoraban mis verdaderos sentimientos y todo el enredo en el que estaba. Cada vez que pensaba en mi supuesto último viernes en ese bar, me reía de mí mismo. Solo me preguntaba dos cosas, "Dios, ¿me está empujando a mi destino con Alisha o está jugando con mis sentimientos?".

Llegué a casa de mis padres para una reunión familiar, en la que hablaríamos sobre unos proyectos futuros. En la misma conversación, mi madre insistió en que me asociara con John, en un proyecto empresarial que tenía pensado realizar. En ese momento, quise decirle que sí, porque el proyecto me gustaba, según lo que mi hermano alcanzó a explicarme. A pesar de lo tentado que me vi, terminé rechazando la propuesta, ya que una gran parte de mi dinero serviría para la operación de Alisha. Algo que, a solo días de mi boda, aún mis padres ignoraban, al igual que mis hermanos y mi novia.

Al terminar nuestra reunión, conversé con mi hermana Sara, muy aparte de los demás. Pensaba decirle todo lo que me estaba agobiando. No soportaba más la presión de ese secreto con mi familia. Necesitaba contárselo a alguien y desahogarme. Con la persona que más confianza siempre había tenido era con mi hermano John, quizá por aquello de ser hombres, nos llevábamos tan bien. Pero, tal como estaban las cosas, no podía confiar en él, después de todo lo que pasó entre nosotros. Mi hermana Sara, era mi segunda opción. Siempre fue mi confidente, en algunas de mis locuras. Mientras hablaba con ella:

—No sé si es impresión mía o te veo un poco preocupado, Alex. ¿Qué es lo que te pasa, hermano?

—No hermana, no es nada. No te preocupes.

—Te veo muy raro. Sabes que cuentas conmigo —puso sus manos en mis hombros e insistió en que me pasaba algo.

—No te preocupes, Sara, solo son cosas mías.

—No me digas... es por tu boda con Lisa, ¿verdad? No te preocupes por eso hermano, ya le daré algunos consejos para que pueda soportar todo un día a tu lado ¡jajajá! —dijo, moviendo su cabeza y echando su pelo rubio a su espalda, para más tarde sacudir mi hombro derecho, siendo bromista.

—La verdad, sí, Sara. Es por mi boda.

—¿Qué pasa, no me digas que te da miedo el matrimonio? O lo que es peor, te quieres echar para atrás —preguntó, colocándose de frente a mí y borrando su sonrisa.

Era como si ella estuviese leyendo mi mente. Yo miraba alrededor y veía a mi madre caminar, de un lado a otro, y a John hablar con mi padre, mientras Sara y yo conversábamos en el jardín, a unos veinte pies de ellos. Me preocupaba el rumbo que estaba tomando nuestra conversación, pero ella me inducía cada vez más a desahogarme.

—Sara, no sé qué hacer. La verdad, es que no quiero casarme con Lisa —dije, en susurro.

Al escucharme, ella me agarró de un brazo y me llevó hacia un lugar más apartado del jardín. No podía creer lo que le acababa de confesar.

—Hermano, ¿cómo puedes decir algo así a solo días de tu matrimonio? ¿Tú estás loco? —me miró de frente, muy sorprendida.

—Sara, sabes que si te lo cuento a ti, es porque no puedo contárselo a John, después de todo lo que ha pasado entre nosotros. No le he contado esto ni a mi mejor amigo Marc.

—Pero eso que acabas de contarme, Alex, me deja sin saber qué decirte. ¿No me digas que es por la muchacha esa con la que tuviste tu aventura en meses pasados? —dijo, intuyendo el motivo de mi decisión, mientras sacudía mis hombros.

—No, hermana, no es por eso —trataba de desviar su intuición.

—Y si no es por eso, entonces, no te entiendo.

—Es que he notado que ya no amo a Lisa. Tan simple como eso, hermanita.

—Alex, la verdad es que no comprendo nada de lo que me dices. Presiento que en todo esto que me cuentas, falta algo. ¡A esta mesa le falta una pata! Dime el motivo exacto por el que ya no te quieres casar con Lisa. Seguro que es por la joven esa que conociste. Así no me lo quieras decir, sabes que te conozco muy bien y pienso que me ocultas algo más. No voy a juzgarte por tus decisiones, pero si ella es la razón... te aconsejo que lo pienses muy bien, antes de tomar alguna decisión de la que te puedas arrepentir más tarde —enunció, muy segura de que todo era por la joven.

—Hermana, no es eso. Es solo que ya no me siento enamorado de Lisa. ¡Ya no la amo! Noto que cuando estoy a su lado, es una obligación más que amor.

—Piensa muy bien lo que vas a hacer, Alex. Porque casándote con ella, sin amarla, solo serás un hombre infeliz y de paso la harás infeliz a ella. Y si lo haces por la joven esa que llevaste un día en mi auto a su casa, analízalo muy bien antes de actuar —dijo, dejándome claro que lo que pensaba hacer era una locura.

La verdad, quise ser más honesto con ella y contarle todo el cuento con pelos y señales y, aunque estuve a punto de hacerlo, luego pensé que no era el momento ni el lugar para decirle todo a Sara. De más estaba decirle que todo era por Alisha. Así no se lo confirmará... ella ya tenía la certeza de eso. ¿Cómo contarle que estaba a punto de darle un riñón a esa joven? Salí un poco preocupado de la casa de mis padres, luego de haberle dicho a Sara lo de mi boda, a pesar de que le hice prometer que no diría nada de lo que hablamos a nuestros padres y, mucho menos, a Lisa.

Mi cabeza estaba más atormentada que nunca. Una mezcla de sentimientos, en mi interior, no me dejaba ver las cosas con claridad. Al otro día, me decidí a contarle todo a Marc.

—¿Qué pasa, Alex?, ¿qué es eso tan importante que quieres contarme? Ni siquiera has vuelto al gym, ¿qué está pasando contigo? —preguntó el Rubio, al recibir una llamada mía.

—¿Crees que podamos vernos hoy?

—Claro, amigo, te siento muy agitado. ¿Dónde quieres que nos veamos?

—En quince minutos en el Big Forty Lounge.

—De acuerdo, ya salgo para allá.

Más tarde, en el lugar acordado:

—Alex, ¿qué te pasa? Te veo muy preocupado —preguntó Marc, al ver mi cara de terror.

—Es que toda mi vida está mal, Rubio. Mi vida es un drama —expresé cuando nos sentábamos en la última mesa del restaurante, en el área más desolada.

—A ver, Alex, ¿qué es lo que sucede?

Pasada media hora y unos cuantos tragos, ya mi amigo sabía todo el cuento, sin omitir muchos detalles.

—Pero, Alex, la verdad, es que me has dejado incrédulo con todo esto. Ya sé que de ninguna forma voy a lograr que desistas de tu locura, pero sí creo que deberías contarle todo a tu familia.

—¿Cómo lo hago, Marc?, ya conoces a mi madre y a John, no es tan fácil.

—Amigo, todavía pienso que deberías reconsiderar mi consejo. No pongas tu vida en riesgo de esa manera; no tienes por qué —insistía en que era una locura mía ser donante de la stripper.

—Ya te dije que no insistas en eso, Rubio.

—Pues, entonces, díselo a tu familia, es lo mejor que puedes hacer. Ármate de valor y detén tu boda, de paso. Quiero decirte que cuentes conmigo para lo que necesites, Alex.

—Gracias, Marc. ¿Sabes?, creo que tienes razón. Ya no soporto más este secreto a mi familia. Te prometo que voy a intentar contarles todo. Pero, primero, debo saber si soy compatible con ella.

—Ya sé que no te va gustar esto que te voy a decir, Alex... pero espero que no seas compatible para donar ese riñón para la joven.

—Te agradezco que me hayas escuchado, Marc.

Posterior a mi conversación con el Rubio, pasaron unos días más y solo estaba a cinco para mi boda. Tomaba un baño y escuché sonar mi teléfono. Seguí concentrado en mi ducha y pensando, ¡tantas cosas!, que no le di mayor importancia a esa llamada. Cuando salí del baño, y ya vestido, sin que me importara ya qué tipo de tela, zapatos o reloj me ponía, tomé mi móvil; la llamada perdida resultó ser del doctor Martínez. Al devolver su llamada, me pidió ir a la clínica para hablar sobre los resultados de mis análisis para el trasplante. Llegué allí.

—Señor Alex, tengo que comunicarle que, según los exámenes que le hemos practicado... es usted una persona muy sana y, a su vez, compatible para la donación de uno de sus riñones a la joven Alisha Aller.

Me quedé pasmado, sin ninguna expresión corporal.

"¡Dios mío!, ahora, ¿qué voy a hacer?". "Tengo que contarle esto a mi familia". "Pero, ¿cómo lo hago?".

—¿Qué le pasa, señor Alex? ¿No le alegra la noticia? Lo noto pensativo, sin decir nada —preguntó, un poco sorprendido por mi actitud.

—Claro que sí, doctor. Discúlpeme, quizá sea la misma emoción que me ha dejado mudo.

—Recuerde, señor Alex, que a pesar de que haya dado su consentimiento para el trasplante, usted está en el derecho de echarse atrás en cualquier momento. Puede decidir no donar si así lo desea e, incluso, podría tomar esa decisión el mismo día del trasplante. Espero que tengas esto muy en claro —eran mis opciones a considerar.

—No, doctor, eso ni pensarlo siquiera. Claro que estoy dispuesto a todo por la mujer que amo. Doctor, solo le pido que todo esto se haga como ya lo hablamos, con toda la discreción posible. Que Alisha ni ninguna otra persona se entere, por favor.

—No hay ningún problema, así será. Pero, ¿y su familia qué?

—De ellos me encargo yo. Estarán presentes en la operación.

—De acuerdo.

—Doctor, para cuando sería la operación —pregunté, esperando tener suficiente tiempo para contárselo a mis padres.

—Pues, ya con todo aclarado y usted dando su consentimiento, yo diría que en un promedio de tres o cuatro semanas. Yo les comunicaré el día exacto a ambos.

Después de salir del consultorio y escuchar todo eso, ya en el auto, reflexioné en todo lo que se me venía encima. "¿Cómo haré todo sin que mis padres se enteren?". "¿Cómo deshacer mi boda con Lisa?". "¡Dios mío, ayúdame!". "¡Dame una luz!". En ese mismo momento, sonó mi teléfono y al tomarlo, vi el nombre de Rosa.

—Hola, Alex. Te estoy llamando, porque ya el doctor me acaba de dar la buena noticia de que eres compatible con mi amiga y que decidieron hacer el trasplante. Me dijo, también, que podría realizarse en unas cuatro semanas o menos. ¡Qué emoción tengo, Alex! Gracias por todo lo que estás haciendo por mi amiga, de verdad, ¡gracias...! —sonaba muy expresiva y contenta.

—Gracias a Dios todo salió bien —dije, en tono bajo.

—Pero, ¿qué pasa, Alex?, te siento un poco desanimado... no me vayas a decir que todo lo que me dijiste y tu promesa de dar todo por ella, ahora estás a punto de echarlo a la basura. ¡Por favor, Alex, no me digas algo así! —dijo, en tono de preocupación.

—No, Rosa, no es eso. Claro que sí me alegra todo esto de poder ser donante de la mujer que amo —respondí, cambiando mi actitud.

—¡Oh!, pensé que te echarías atrás. ¡Estoy feliz por mi amiga, Alex! ¡Gracias de nuevo! Luego hablamos. Adiós.

Escuchando lo feliz que se sentía la pelirroja, mi compromiso con la causa cobraba más fuerza. La verdad, tenía miedo de todo aquello. Sentía que le estaba fallando a mi familia, a mi novia y hasta a mí mismo. "¿Qué hago, Dios mío?". "Es que amo a esta mujer". "Siento que vivo por ella". Experimentaba algo por Alisha, que nunca antes sentí por Lisa ni por otra mujer. Era algo inexplicable. Solo entendía que era diferente. Algo nuevo para mí. Cuando iba entrando a un restaurante, cerca de casa, donde planeaba comer algo y pensar un poco en lo que me atormentaba, esperando que la música y el ambiente del lugar me relajaran un poco, de nuevo mi teléfono llamó mi atención.

—Hola, hermano. ¿Cómo estás? —esta vez era Sara.

—Pues para serte sincero, no muy bien.

—¿No me digas que todavía estás pensando en deshacer tu boda con Lisa?

—La verdad no sé qué hacer Sara, pero no quiero casarme —dije, saliendo del lugar y dando pequeños pasos fuera de aquel sitio.

—Pero, Alex, estás a solo días de tu boda. No puedes esperar a tomar una decisión cuando ya sea muy tarde. Si no la amas, dile la verdad y no te cases. Yo voy a estar contigo en la decisión que tomes.

Aquel voto de confianza que me daba, me dio el impulso de querer contarle más de lo que en realidad pasaba. Me llegó a la mente el consejo de Marc.

—Hermana, es que hay algo más que no te he dicho...

—¿Cómo así, Alex? No me digas que tienes embarazada a la muchacha.

—No es eso, Sara, es algo más grave que eso, pero no quiero decírtelo por teléfono. Es más... ni siquiera sé si te lo quiero decir.

—¡¿Cómo es eso, que no me lo quieres contar?! ¿Dónde estás ahora? —preguntó con inquietud.

—Estoy en un restaurante, cerca de mi casa.

—Espérame en tu departamento que ya salgo para allá. Sube y nos vemos en unos minutos, Alex —dijo, colgando la llamada.

En ese momento, me quedé dándole vueltas a lo que le iba a decir cuando llegara a mi apartamento. Solo esperaba que ella pudiera comprenderme. A pesar de que fue mi cómplice, en algunas locuras anteriores, esta vez no creía que fuera tan fácil, ya que era la locura más grande que iba a cometer en mi vida. "No entiendo cómo pude decirle a Sara que había algo más". "Ahora no creo que me deje tranquilo hasta saber de qué se trata".

Cuando tomaba un trago en casa y meditaba lo que le diría a mi hermana, escuché el timbre de mi apartamento. En efecto, cuando abrí la puerta, ahí estaba parada ella.

—Hola, Alex. Ahora, sí vas a tener que decirme de qué se trata todo este misterio tuyo. Ya sabes que cuentas conmigo, pero quiero saber la verdad de lo que está pasando —dijo, haciéndome sentir cómodo, cuando plantaba un beso en mi mejilla y abrazaba mi cuerpo.

—Sara, la verdad es que no me atrevo a decirte esto. Pero también reconozco que esta espina me está matando. Si no se lo digo a alguien, no sé qué pasará conmigo —dije, ya decidido a contárselo todo.

—No le des más vueltas al asunto y cuéntame ya. No ves que me tienes en ascuas.

—Siéntate hermana, por favor.

—¡Ya, Alex, por favor...! —clamó, sentándose a mi lado.

—La verdad es que no solo quiero deshacer mi boda con Lisa, porque no la ame; también lo hago por Alisha. La amo con todas mis fuerzas, Sara. Es algo muy diferente a lo que he sentido antes por alguien.

—Ya decía yo que era por ella. Siempre lo supe. Te lo noté en la cara el día que me dijiste lo de Lisa. Pero, Alex, solo ármate de valor y díselo, antes de que ambos se embarquen en una locura.

—Es que hay algo más Sara...

—¡¿Cómo es eso que hay más?!

—Sí, Sara. Es que Alisha... está muy enferma en la clínica y precisamente vengo de allá. Ella está esperando para ser operada, dentro de tres o cuatro semanas. Le van a trasplantar un riñón que podría mejorar su calidad de vida, por tanto prolongarla —dije, con mis ojos aguados.

—¡Qué pena con ella, hermano, cuánto lo siento! Solo hay que esperar que todo salga bien. Con fe en Dios. Pero me imagino que ya tienen el donante, puesto que tiene fecha para su operación —enunció, apoyando mi cabeza en su hombro.

—Sí, ya lo tienen. De hecho... soy yo —dije, ya con lágrimas en mis ojos.

—¡¿Qué fue lo que dijiste, Alex?! ¡Repite eso, por favor! —preguntó, muy sorprendida, soltando mi cuerpo y levantándose del sofá.

—Voy a donar ese riñón para ella, Sara —repetí, mirándola de frente, mientras lloraba.

—¡Pero, ¿te volviste loco?! ¡Por Dios, Alex! No juegues conmigo, hermano.

—No estoy jugando, Sara. Acabo de preparar todo con el doctor. Soy compatible para darle ese riñón y salvar su vida.

—¡Reacciona, por Dios! Tú no tienes ninguna obligación con ella. ¿Tú sabes las consecuencias que eso te podría traer? No estás pensando con claridad. ¡Por favor, entiéndelo! —indicaba, retomando su lugar en el mueble y envolviendo mi cuerpo, otra vez.

—Sí, tengo un compromiso con ella porque, si llegase a morir, yo también moriría, pero de tristeza.

—Es una locura de la que no voy a formar parte, Alex. Esto tienen que saberlo nuestros padres. Una cosa es que no te cases porque no ames a tu novia, otra muy distinta es donar un órgano para la joven.

En ese instante, ella caminó hacia la puerta, dispuesta a contarles todo. Por suerte, pude actuar rápido y detenerla.

—Hermanita, por favor, no me hagas esto. Entiende, que si te conté todo eso, fue porque confié en ti, Sara. Por favor, no les digas nada; al menos, no todavía —tomé sus hombros y la miré de frente.

—Pero, es que no puedo dejar que cometas tal locura, Alex. Entiéndeme, hermano. No me lo perdonaría —dijo, ya con algunas lágrimas en sus ojos.

—Vamos a hacer algo, Sara. Yo se lo voy a contar todo a ellos, pero déjame pensarlo un poco y buscar el momento y la forma de hacerlo. Prométeme que esperarás. Por favor, Sara. ¡Prométemelo!

—Está bien, hermano, tienes hasta mañana para desatar todo este lío. Pero piénsalo bien, Alex, no tienes por qué hacerlo. Ya aparecerá otro donante —trataba de convencerme.

—No, Sara. Por más que insistan todos, voy a hacer lo que me dicta el corazón.

—Hermano, ya no voy a insistir más, pero recuerda que, si tú no les dices de esta locura a nuestra familia... entonces, yo lo haré. Y más vale que termines de contarle a Lisa todo y no la dejes ir más allá, con esa ilusión de la boda contigo. Acuérdate que solo faltan unos días para la boda —dijo llorando, mientras salía de mi apartamento.

"¿Por qué tuve que decirle a mi hermana todo esto". "Quizá fue un error contarle". "¡Dios mío, ayúdame con mi familia!".

Pasó el día, y ya estaba a solo cuatro días de mi boda con Lisa. Aún no le había contado nada. En las horas anteriores, tuve que lidiar con mi hermana en cada llamada, para detener sus impulsos de contarles todo a nuestros padres, puesto que ese fue el tiempo que me dio para tomar una decisión.

Sonó mi teléfono y era el doctor Martínez. En esta llamada, estipulamos la fecha de operación para veintiún días más tarde. Pasaba el tiempo y todavía no tomaba la decisión de hablar con Lisa y mucho menos con mis padres. Pero eso cambiaría conforme fueran pasando las horas, ya que mi hermana Sara me llamó muy enojada, por no revelar todo el embrollo en el que estaba, ni a mis padres ni a mi novia. Así que ella decidió actuar por su cuenta, estaba cansada de ver a Lisa cómo preparaba todo para su boda conmigo. Terminó cortando la llamada, dispuesta a desvelar todo a nuestros padres.

Me dirigí a su casa, tratando de ganar tiempo al tiempo y evitar que mi hermana lo descubriera todo. Al llegar allá, vi que mis padres estaban sentados en el jardín y Sara se dirigía a ellos con una bandeja para servirles café. Saludando a mis padres, en medio de mi agitación, me di cuenta de que aún no sabían nada.

—Hermana, gracias por no contarles nada —dije, dándole un beso en la mejilla, mientras volvía a la cocina.

—No es que no les haya dicho, es que busco el mejor momento para hacerlo. Así que..., ¿se lo dices tú o se lo digo yo? —apuntó, dándome un ultimátum y mirándome con decisión.

—De acuerdo, Sara. Dame unos minutos y un trago de whisky fuerte —dije, buscando fuerzas en mi interior.

Después de unos minutos y el trago de whisky, me acerqué a ellos. Mi hermana, temiendo que me fuese a arrepentir, dijo:

—Mamá, Alex tiene algo que decirles...

Mi madre, me miró y preguntó:

—¿Qué es lo que tienes que decirnos, hijo?

—Pues veras, mamá. Es que no sé cómo empezar... la verdad, es que no me caso con Lisa.

Se levantó del asiento, colocándose justo frente a mí y con sus ojos verdes perdiendo brillo, dijo:

—¿Podrías repetir eso, hijo? Porque me gustaría estar segura de lo que acabo de escuchar.

—Sí, mamá, escuchaste bien: no voy a casarme —repetí, muy seguro de mí mismo.

—Hijo, no puedes estar hablando en serio. Acaso no te das cuenta que en solo días será la boda. ¡Eso no lo digas ni en broma! Dime lo que está pasando, porque no lo entiendo —preguntó, con notable enojo en su rostro, pero aún sin creer nada de lo que le contaba.

Muy exaltada, me insultó una y otra vez. Mi hermana y mi padre, solo podían ver cómo mi madre gritaba sin parar.

—Discúlpame, mamá, pero en verdad, no me voy a casar. ¡Ya no amo a Lisa! Esa es la única verdad —dije con mucha seguridad en mí, cuando la miraba de frente.

Mi madre, en ese momento, soltó una bofetada, que fue a parar a mi mejilla izquierda. Luego, cayó sentada en su asiento, muy decepcionada de mí. Pero la cosa no terminó ahí. Mi padre, al ver que mi madre ya no tenía fuerzas para seguir regañándome, retomó la conversación y me llenó de más insultos con relación al tema. Mi hermana Sara miró lo que estaba pasando, sin decir una sola palabra. Después de unos minutos, llegó la calma, bajando un poco la marea. Yo, en ese instante, intenté alejarme y dar por finalizada mi confesión, pero mi hermana me detuvo, mirando a mis padres.

—¡Alex, dijiste que les dirías la verdad a nuestros padres!

—Es lo que acabo de hacer —busqué terminar el tema.

—Sabes que esa no es toda la verdad. ¿Se lo dices tú o se lo digo yo? —dijo, con sus ojos verdes encendidos y casi a punto de llorar.

—¡Oh! ¡¿Es que hay más, hija?! No me digas que el inconsciente de mi hijo pretende dejar a Lisa por la mocosa del bar. La que se atrevió a traer el día de mi cumpleaños. Por favor, ¿no me digas que es eso? —dijo mi madre en teoría y levantándose con más fuerzas que antes de su asiento, luego de soltarse el pelo que traía recogido minutos antes.

—Sí, mamá. ¡Pero no es lo único...! Es más grave que eso. ¿Tú o yo, Alex?

—No mamá, ya no hay nada más —dije, tratando de terminar ese tormento e intentando caminar a la casa.

—¡¿Cómo que no hay nada más, hermano?! Mamá, lo que pasa es...

En ese instante en el que Sara se disponía a contarles todo a nuestros padres, yo salté a su lado, evitando que extendiera su explicación, colocando mi mano en su boca. Pero, por más que lo intenté, ella pudo quitar mi mano y ya no hubo forma de detenerla.

—Mamá, mi hermano pretende darle un riñón a la muchacha del bar. Esa es la verdadera razón por la que no se casa con Lisa.

—¡Espera, hija! ¡¿Cómo es eso que no estoy entendiendo?! ¿Qué es eso del riñón? Explícate más despacio. ¿Que mi hijo pretende darle un riñón a quién? —preguntó, buscando entender todo lo que Sara acababa de decir, con lágrimas en sus ojos.

En minutos, entró en detalles, contándoselo todo a mis padres. Esas explicaciones de Sara, llevó todo más allá de lo imaginable. Mi madre cayó desmayada en los ya débiles brazos de mi padre, debido a su avanzada edad. Mi hermana terminó llorando y, yo… sintiéndome culpable por todo.

De ahí en adelante, todo se convirtió en una locura. Tuvimos que salir corriendo con mi madre al médico y luego de recuperarse, solo decía no querer verme cerca de ella. Ahora, además de tener el amor de mi vida en una clínica, esperando una operación, también tenía a la mujer que más amaba en el mundo en otra, mi madre Margaret, debido a una crisis que yo le causé. Mi cerebro quería estallar. No sabía qué hacer con tantas cosas en mi cabeza. "En cuatro días será mi boda". "¡Dios mío, ayúdame, por favor, a tomar la mejor decisión!". "¡Arroja luz, donde solo hay obscuridad!

Después de luchar contra mis pensamientos y dejar a mi madre hospitalizada y en mejor estado, debía enfrentarme a Lisa, quien aún ignoraba lo que se le venía encima. Ella seguía pensando en nuestra boda y los preparativos de la misma. Me llené de valor, dirigiéndome a su apartamento. Ya parado enfrente de su puerta, solo pensaba en la noticia que iba a darle. Estaba seguro que le rompería el corazón con mis palabras. Pasaron unos diez minutos, antes de que pudiera tocar a su puerta. Abrió, en el segundo timbrazo.

—¿Hola, mi amor, cómo estás? No imaginé que vendrías a verme hoy. ¿No me digas que viniste a buscar tu última noche de soltero? Porque si es tu intención, no se va a poder. ¡Picarón! Tendrás que esperar a que ya estemos casados —plantó un beso en mis labios y asió mi mano izquierda. No paraba de hablar, mientras caminábamos al interior de su apartamento.

"¿Cómo diablos le voy a decir esto?". "Tengo que hacerlo, por duro que sea, tengo que decírselo".

—¿Adivina qué? Para nuestra luna de miel…; mejor no, no te digo nada.

—¡Lisa, Lisa, escúchame! No habrá boda. No la habrá —dije, mientras seguía sus pasos y la escuchaba hablar.

—¿Crees que este es el mejor momento para esa clase de bromas, Alex? —dijo, volteando a verme, muy sorprendida, pero todavía con una leve sonrisa en su rostro.

—No es broma. No me voy a casar contigo. No puedo hacerte ese daño.

—¡Pero, ¿de qué hablas, Alex?! ¿Te volviste loco de repente? ¿Cómo te atreves a venir a mi casa, días antes de nuestra boda, solo para decirme que no quieres casarte conmigo? Según tú, para no hacerme daño. ¡¿Acaso estás demente?! —enunció, cambiando de un estado pasivo a uno muy irritante y, soltando mi mano, tornando poco a poco aquel brillo en sus ojos.

En segundos, se puso como loca, no paraba de gritarme las cosas más horrendas que puedan imaginar.

Lloraba de rabia, golpeando mi pecho. Yo no podía evitar sentir pena y culpa por lo que le estaba haciendo. Intentaba que entendiera algo que ninguna mujer en el mundo podría. Ella decidió, entonces, que ya era suficiente. Me pidió abandonar su casa, al tiempo que lloraba sin parar. Al ver mis pasos rumbo a la puerta, me detuvo, parándose frente a mí. Pude ver como su piel blanca cambió de color y cómo, por momentos, intentaba halar su pelo. Era como si deseara tenerlo más largo y poder arrancar parte de él.

—Solo dime algo, Alex..., ¿no te quieres casar conmigo por la mocosa esa del bar, verdad? Creó que, al menos, merezco eso. Si algún día sentiste algo por mí, dímelo.

—Ya no importa si es por ella o no. Entiende que ya no te amo. Sé que lo has notado —dije, buscando subsanar las heridas que estaba dejando en ella.

—Puede que para ti ya no importe pero, para mí, es importante saber por quién me deja, el hombre que, según él, me amaba más que a nada en este mundo —apuntó, sin parar de llorar, tomando mi camisa con fuerza y sacudiendo mi cuerpo.

No tuve el valor de decirle toda la verdad, guardándome el tema del trasplante. Aunque ella ya sabía por quién la dejaba, insistía en que yo le confirmara que esa persona era Alisha. Después de confirmar lo que sospechaba, terminó dándome dos bofetadas y empujándome fuera de su hogar.

Marqué el número de Sara, al subir a mi auto, después de dejar a Lisa destrozada, para saber sobre la salud de mi madre. Por suerte, su salud mejoró. Según mi hermana, mi madre estaba muy decepcionada conmigo.

Decía no querer verme por allá. Traté, injustamente, de hacer parecer a mi hermana culpable de lo sucedido, por incitarme a decir la verdad a mi madre. Después de que ella terminara la llamada, debido a las estupideces que le dije, comprendí que el único culpable de todo lo que sucedía era yo. Ya, sin ningún sitio a dónde ir ni a quién acudir, me dirigí a un bar donde me puse a tomar alcohol como loco. "Ni siquiera pensar en acudir a mi hermano John". "¿Qué hago, Dios mío?". "¿Por qué me pones esta prueba tan dura?". Perdido en mis pensamientos, sonó mi teléfono.

—Alex, dime que no es verdad lo que me acaba de contar mi padre —dijo mi hermano, muy enojado.

—Sí, es verdad, John. Es verdad.

—¿Cómo es posible que estés a punto de cometer tal estupidez? Incluso, por encima de la salud de tu madre y de nosotros, tus familiares. ¡¿Es que te volviste loco?! ¡Carajo, hermano, reacciona! —gritó muy enojado.

—Adiós, John. Ahora no estoy para tus reclamos ni sermones.

Cerré su llamada y a pesar de eso, John continuó marcando mi número, una y otra vez. No volví a responderle, puesto que de antemano sabía que no pararía de reclamarme lo mismo. Me quedé dormido, después de un día de tanta tensión.

Desperté la mañana siguiente, sin poder evitar pensar en mi familia y en lo enojados que estaban conmigo. Llamé a mi madre para ver cómo seguía. Mi hermana Sara fue quien respondió mi llamada. Al sostener una corta conversación con ella, me enteré de que ya estaba mucho mejor de salud y en casa. Cuando le pedí a mi hermana que pasara a mi madre al teléfono, esperando hablar con ella, escuché una voz de fondo:

—No tengo nada de qué hablar con él, hasta tanto no desista de su locura —era la voz de mi madre.

Me conformé, al menos, con saber que estaba bien de salud. Me sentía agobiado y frustrado, por todo lo que provoqué a las personas que más amaba en mi vida. Trataba de compensar mi mente con una de mis pasiones, para no pensar tanto en lo que pasaba... el gimnasio. Por lo menos, allí podía ser escuchado por Marc.

Capítulo 13

Pasaron dos días más y el día de la operación cada vez estaba más cerca. Trataba de convencer a mi madre de que hablara conmigo, sin ningún éxito. Mi familia quería, cada vez menos, saber de la locura que, según ellos, yo estaba a punto de cometer. En esos días, recibí innumerables llamadas de Lisa. Fueron fuertes los insultos de su parte, al enterarse, por medio de mi familia, que no solo la dejaba porque ya no la amaba, sino porque también pretendía darle uno de mis riñones a la stripper. Enterarse de aquello, fue devastador para ella. En definitiva, me dio a entender que no volvería conmigo, así le costara lágrimas de sangre.

En los días que iban pasando, solo conversaba con Rosa y mi amigo el Rubio. El gimnasio, más que una pasión, se convirtió en una distracción para mí; era el único lugar donde podía descargar toda mi frustración. Varias veces intenté hablar con Alisha. Ella seguía insistiendo en no querer hablar conmigo. Rosa y yo decidimos, entonces, que cuanto menos la buscara antes de la operación, mejor sería; ya que ella podría darse cuenta de lo que estaba pasando. Según la pelirroja, conociéndola como la conocía, hubiese sido capaz hasta de morir, antes de aceptar algún favor mío.

Seguían los días pasando y nada cambió. El día que se suponía sería mi boda, pasó a ser solo un día cualquiera. Faltando solo días para la intervención quirúrgica, entró una llamada a mi teléfono. Me sorprendió ver el nombre de mi hermana Sara en la pantalla.

—Alex, por favor, desiste de tu locura. Aún estás a tiempo —dijo, muy preocupada.

—Sara, si solo me llamaste para eso, quiero decirte que pierdes tu tiempo —dije, muy seguro de lo que estaba por hacer.

—No solo te llamé para eso. Mamá quiere hablarte —dijo, sorprendiéndome, aún más.

—Está bien, pásala al teléfono.

—No, Alex, ella quiere que vengas.

—¿Y sabes por qué quiere que vaya?

—No lo sé, hermano, solo me pidió llamarte.

—Ok, dile que ya salgo para allá.

Me dirigí a casa de mis padres, con ansias de volverlos a ver. Aunque imaginaba la razón por la que me citó mi madre, no podía ni debía negarme a verlos de nuevo. Llegué allá y mi sorpresa fue más grande de lo que esperaba... la primera cara que vi, fue la de mi ex novia Lisa. Sentí como si mi familia quisiera provocar mi arrepentimiento, fraguando un plan con ella.

—Hola, Lisa, ¿qué haces aquí? —dije, en mi sorpresa, sin verla en semanas.

—El que tú y yo no estemos juntos, Alex, no quiere decir que también tenga que dejar de ver a tu familia.

—Disculpa, tienes razón.

Después de saludar a mi ex, abracé a mis padres con fuerza. La verdad, necesitaba ese abrazo; ver el pelo ya blanco de mi viejo y el pelo negro ondulado de mi madre hermosa. Continué saludando y, unos minutos más tarde, todo fue como si mi familia siguiera un patrón. Me dejaron solo con Lisa, fingiendo cada uno de ellos tener algo que hacer.

—Quiero hablar contigo, Alex —dijo Lisa, en un tono suave.

—Ya me estaba imaginando algo así.

—La verdad, es que no estoy aquí por casualidad. Amor... estoy dispuesta a perdonarte. Pero, por favor, tienes que olvidar esa locura en la que estás a punto de embarcarte. ¡Yo aún te amo! ¡No he podido olvidarte!, por más que me duela todo lo que me has hecho. Necesito estar a tu lado. Olvídate de esa mujerzuela y volvamos a ser lo que siempre fuimos. ¡Por favor! —expresó, tomando mis manos y con algunas lágrimas en los ojos.

—Sé que lo que te hice no tiene excusa ni perdón, Lisa. Mientras estuvimos juntos, te juro que fui el hombre más feliz del mundo, pero hoy, todo me empuja a esa joven. Aunque ustedes la califiquen de prostituta, oportunista y demás cosas, yo no puedo olvidar a esa mujer. Sé que no debería estar diciéndole esto a la mujer que estuve a punto de llevar al altar, pero mi vida sin

Alisha no tiene sentido —enuncié, con mi corazón en las manos.

—Y me lo dices así, como si nada, Alex. ¡Qué cruel te volviste después de la llegada de la... bueno, la mocosa esa!

—Es que tengo que ser sincero contigo. No me gustaría seguir lastimándote con mis mentiras.

—Aún estás a tiempo de echarte atrás y de que volvamos a ser los mismos de antes. Incluso, podrías recuperar tu familia. Nos casaríamos, según lo planeado. Solo tendríamos que poner otra fecha —buscaba convencerme de volver a su lado.

—No insistas, por favor. No me hagas sentir peor de lo que ya me siento.

—Eres un imbécil e inconsciente, Alex. Cuando te des cuenta de que su mundo no es el tuyo volverás a mí, ya lo verás —fueron sus últimas palabras, antes de darme una bofetada y salir corriendo.

Mientras mis padres y mi hermana seguían en alguna parte de la casa, Lisa salía y mi hermano John llegaba.

—Contigo quería hablar, hermano. Quiero que me expliques, ¿qué significa eso de que piensas dar tu riñón para la prostituta esa? —dijo, sin siquiera saludarme, a pesar de tanto tiempo sin vernos, y muy irritado.

—No tengo que darte ninguna explicación. Te voy a pedir, por favor, que no te refieras a ella de esa forma.

—Entonces, ahora resulta que esa oportunista babosa, es más importante que tu familia.

—Ya te dije que respetes. Tú no tienes ningún derecho a expresarte así de ella. A ver, ¿por qué mejor no me cuentas… qué le propusiste a Rosa?

—¿A qué te refieres?, ¿quién es Rosa?

—¿Ya se te olvidó la mujer por la que dejaste de ir al bar y por la que tuviste el problema con Marc?

—Prometimos que eso sería un tema muerto entre nosotros y que no lo hablaríamos jamás, Alex. Además, ¿a qué viene esto? —le sorprendió que le mencionara el pasado.

—Resulta que ella me contó que le prometiste algo que no me dijiste nunca…, ¿sería matrimonio? ¿Por qué no me cuentas eso? —le restregué el pasado sin ninguna piedad, a pesar de prometerle no hablar de ello.

—¿Así que ella te lo contó? Esa y el Rubio son tal para cual. ¡¿No me salgas ahora que esa perra es amiga de tu adorada?!

—Para tu información, es su mejor amiga.

—Eres un…

Mi hermano y yo comenzamos una discusión muy acalorada. Tanto, que los gritos se escucharon en el jardín. Casi llegamos a los golpes; de no ser porque llegaron mis padres y Sara, todo hubiera pasado a mayores. No soporté la presión que todos allí mantenían sobre mí. Después de tantos gritos y de que mi madre me dijera en la cara, que no quería volver a verme mientras no me olvidara de la muchacha esa, decidí marcharme, gritándoles:

—¡Así no les guste, mi decisión es definitiva! En la mesa les dejo la dirección de la clínica, por si quieren saber de mí.

Mientras conducía, sonó mi móvil.

—Hola, Alex.

209

—¡Oh...! Hola, Rosa. ¿Cómo sigue Alisha? —dije, calmando mi enojo.

—La veo muy entusiasmada con la operación. Sus deseos de vivir son impresionantes. Alex, me preocupa algo...

—Ella aún no sabe que tú serás el donante y me da miedo lo que pueda pasar cuando se entere. Quizá piense que yo la he traicionado.

—No te preocupes por eso, Rosa. Lo importante es que ella esté bien. Ya, más adelante, veremos.

—¿Qué te pasa, Alex? Te noto un poco sofocado. ¿No me digas que te echaste atrás?

—No, Rosa, eso nunca.

—Entonces, te dejo y nos vemos en la operación.

Llegó el día en que mi vida cambiaría para siempre. Ese mismo día, llamé a Sara, para decirle que la operación se llevaría a cabo en cualquier momento y que me hubiese gustado que toda mi familia me acompañara en esos instantes. Le dije que sabía que con mi decisión arriesgaba el amor de todos ellos y que, si en verdad me querían, podían haber comprendido mi amor por Alisha y estar conmigo en la operación. Mi hermana respondió que mis padres nunca aceptarían eso y que lamentaba no poder acompañarme en esa locura. Ella, más bien, intentaba por última vez convencerme de que no lo hiciera. Terminada la llamada, pasó el tiempo y esperé que el proceso comenzara.

De repente, el doctor Martínez entró y dijo que alguien esperaba fuera para verme…

—Hola, Alex. ¿Cómo estás?

—¡Hermanita...!, me dijiste que no vendrías. Mi madre, ¿dónde está? —pregunté, mirando hacia la entrada de mi habitación.

Me sorprendí mucho al verla, puesto que no me hice ninguna ilusión conque alguien de mi familia me acompañara ese día.

—No soportaría quedarme en casa, pensando en lo que pasaría contigo, hermano —me abrazó, dándome un beso.

—Gracias por acompañarme, Sara. ¿Y mi madre...? —pregunté, por segunda vez.

—No te preocupes por ella, ahora. ¡Ya vendrá!

—¿De veras crees que vendrá?

—Sí lo creo, ¡eres su favorito!, ¿lo recuerdas? Ahora te dejo, Alex. El doctor solo me dio unos cuantos minutos para verte. Te quiero mucho, hermano. Recuerda que estaré aquí todo el tiempo.

—Gracias, Sara. No sabes cómo me anima escuchar eso. Al salir ella, el doctor entró y dijo:

—Voy a darle los últimos minutos con Rosa. Ella quiere hablarle. Luego, procederemos.

—De acuerdo, doctor.

—Hola, Alex, ¿cómo te sientes? —preguntó la pelirroja, tomando mi mano derecha.

—Pues más tranquilo, ahora que sé que mi hermana Sara me acompaña.

—¡Oh!, es tu hermana. ¡Qué bueno que puedas contar con ella, Alex! No la conozco pero, al menos, no me parece que sea tan pesada como tu hermano John. Se ve muy simpática... bueno, Alex, te dejo, el doctor solo me dio unos minutos. Quiero agradecerte de nuevo todo lo que haces por mi amiga. Solo quería desearte mucha suerte y decirte que estaré aquí con ustedes.

—Gracias. Sabes, Rosa... te agradezco que seas la amiga que eres para Alisha. Pareciera que son más que amigas.

—Ya te dije, Alex, somos hermanas —dijo mientras caminaba fuera de la habitación, al ver al doctor Martínez, acercarse.

Tal y como me aclaró el doctor, procedió a sedarme y dijo:

—Solo relájese y rememore cosas bonitas, ya verá que todo saldrá bien.

Fueron las últimas palabras que escuché antes de volar en mis pensamientos. ¡Imaginaba cosas bonitas! Mientras el líquido en mi cuerpo iba causando efecto, pensaba en cada momento vivido con esa joven de piel oscura. Recordaba sus ojos, esa forma de mirarme, cómo bailaba, su manera de tratarme. Solo imágenes suyas llenaban el álbum de mis pensamientos. No supe, siquiera, en qué momento quedaron mis visiones atrás, para dar paso al sueño.

—Cuando pude abrir mis ojos, nuevamente... ya todo había pasado. Aunque transcurrieron horas, para mí, no fueron más que segundos. El primer rostro que vi al despertar fue el de mi hermana Sara. Me besaba y abrazaba como loca. Eso me decía muchas cosas, mientras regresaba a la realidad.

—Hermano, ¿cómo te sientes? —dijo, al tiempo que sostenía mi mano.

—Pues, para serte sincero, con un riñón menos —dijo, tratando de ser gracioso.

—Al parecer, el riñón que te extrajeron fue el más pesado ¡Jajajá! —respondió, sonriendo.

—¿Cómo se encuentra Alisha? —pregunté, sin perder tiempo.

—La verdad, aún no lo sé. Pero creo que todo marcha bien. ¡Ah!, mira, Alex, aquí llega el doctor.

—Hola, Alex. ¿Cómo se siente, campeón? —dijo, en forma jocosa el doctor Martínez.

Esa forma de saludarme ya respondía muchas de mis inquietudes.

—Estoy bien, doctor. ¡Diría que listo para un segundo asalto!, ¡jajajá! Pero, por favor, dígame: ¿cómo está Alisha?, ¿cómo salió todo?

—Espere, vamos por partes. Tengo para decirle... que todo fue un éxito. Tanto usted como ella podrán seguir sus vidas normalmente.

—¡¿De verdad, doctor?!

—Sí, ahora está descansando. La joven Rosa está con ella en estos momentos. Por cierto... Rosa me pidió avisarle cuando despertara.

—No se preocupe, doctor, siga aquí con mi hermano, yo voy y le aviso a Alisha y a Rosa de que Alex ya despertó.

Al escuchar a Sara decir eso, reaccioné.

—No, Sara... espera. Deja que el doctor lo haga. Necesito hablar contigo.

—Dime, Alex, ¿qué necesitas?

—Quisiera saber si mis padres se han comunicado contigo. ¿Han estado aquí?

213

—¡La verdad, Alex!, ellos no han querido venir. Ya sabes lo orgullosa que es nuestra madre. Pero sí te digo que han estado llamando, a cada momento, para saber de ti.

—Pareciera que no les importo.

—No digas eso, hermano. Ya sabes cómo es mamá y que papá no da un paso sin que ella esté de acuerdo. Pero no dudes nunca de su amor por nosotros. Tú no los puedes culpar, por una locura que se te haya ocurrido a ti, de un momento a otro. Dales tiempo, por favor.

—Quizá tengas razón. Tengo que decirte algo que aún no sabes, hermanita...

—No me vayas a salir ahora que después de todo esto, hay algo más...

—Cuando dijiste hace un rato que le avisarías a Alisha y a Rosa que desperté, te detuve, porque ella todavía no sabe que yo soy quien donó el riñón para ella.

—¡Pero, Alex! Ya sí estoy en creer que tú o estás muy enamorado o estás muy loco.

Entonces, quieres decir que después de esto, tú ni siquiera sabes si compartirás tu vida con ella —enunció, mirándome fijamente y dando inquietantes pasos en la habitación.

—Es que ella aún no me perdona que la haya insultado como lo hice. Le dije palabras muy feas. La ofendí de mil formas.

—¡Ay, hermanito! Entonces, ¿qué va a pasar con ustedes?

En ese mismo instante llegó Rosa.

—Hola, ¿cómo estás, Alex? ¿Puedo pasar? —preguntó, desde la puerta.

—Hola, Rosa. Ya conoces a mi hermana Sara, ¿verdad?

—Sí, Alex, ya tuve el gusto. Muy simpática tu hermana —dijo, con una clara sonrisa.

—Tienes razón, no tiene mi carácter ni el de John. Por eso es mi hermanita consentida. Creo que es la única normal en la familia.

—Al menos, no es pesada como tú y John, eso ya es suficiente para ser normal ¡Jajajá! Es broma, Alex —dijo en forma jocosa la pelirroja.

—Ya lo sé, Rosa. Hasta ahora lo entendí ¡Jajajá! ¿Cómo está Alisha?

—Ella está muy bien, gracias a ti. Quiero decirte algo, pero... no sé si debo, en presencia de tu hermana. Tiene que ver con Alisha y contigo —susurró de una forma muy discreta.

—No te preocupes, ya mi hermana está al tanto de todo. Puedes hablar con toda confianza.

—Alisha no hace más que preguntar por su donante. Siempre pensó que el donante era una persona fallecida, hasta que le dije que esa persona donó su órgano en vida. Ella insiste en conocerlo, pero aún hay más, algo que no te dije antes... me preguntó, muchas veces, si te casaste…; hoy lo hizo de nuevo. Quería saber qué pasó contigo. ¿Qué hacemos ahora?

—Pensé que le contaste que no hubo boda.

—Es que las veces que me preguntó por ti, siempre le dije que no sabía nada, para que no sospechara que tú estabas en contacto conmigo y que eras la persona que pagaba la clínica. Tampoco te dije nada a ti, para que no se te ocurriera salir corriendo a buscarla.

—No sé, Rosa. Ya pensaremos en algo.

—Ella le ha insistido mucho al doctor en conocerte. Pero como él prometió no decir nada, solo puede decirle que es tu decisión.

—Está bien. Más adelante veré cómo se lo cuento. ¿Me das un minuto para hablar con mi hermana?

—Bien, Alex. Voy a ver a Alisha.

—Hermano, ¿cómo es eso de que tú estás pagando la clínica? —preguntó, acercándose a mí.

—Sí, Sara. Y eso no es todo. También estoy corriendo con los gastos de la operación.

—¡Pero, por Dios, ¿qué haces?! ¿Te volviste loco? La verdad es que contigo no terminan las sorpresas —enunció, sentándose a mi lado.

—Aún hay más, Sara. He gastado casi todo el dinero que me quedó de la venta de la fábrica en esta operación.

—¡Tú de verdad estás loco! Esa joven ni siquiera sabe lo que tú has hecho por ella y, ¡mírate!, contándome que has gastado todo tu capital en tu afán por salvar su vida.

—Eso ya no importa. Lo que importa ahora, es que ella esté bien y nada más —dije, muy satisfecho de mi acción.

—¿Te imaginas cuando mamá se entere de esto? Que has gastado todo lo que tenías en esa joven, ¿qué pasará? ¡Hablando de mi madre...!, aquí está llamando. Lo más seguro es para saber de ti. Déjame contestar —dijo, tomando su móvil.

Tal y como dijo Sara, mi madre quería saber de mí. Por más que insistí en hablar con ella, no pude. Su orgullo no la dejaba ver la realidad. Pero, con quien sí pude hablar fue con mi padre.

—Hola, papá, ¿cómo estás?

—Bien hijo, ¿y tú cómo sigues? —respondió con la voz ya cansada por los años vividos.

—¿Por qué mi madre insiste en estar peleada conmigo? Quiero hablarle.

—Hijo, dale tiempo, ya la conoces; está empecinada en que no te perdonará esa locura. Pero, tarde o temprano terminará entendiéndote —dijo mi padre, dándome su bendición.

Me sentí mejor cuando mi padre me dijo que se alegraba de saber que todo había salido bien. Disculpó a mi madre por no querer hablarme. Me aseguró que ella lloraba en ese momento, solo de saber que yo estaba bien. También me dijo que ambos siempre estuvieron más tranquilos porque sabían que mi hermana estaba conmigo. Pregunté por mi hermano John y me dijo que, aunque se alegraba de que yo estuviera bien, seguía muy enojado conmigo.

Pasaron los días y tanto Alisha como yo estábamos mucho mejor. Según su amiga Rosa, ella no dejaba de insistir en conocer a su donante. Quedamos, entonces, en que le diríamos todo después de que saliéramos de la clínica. Estábamos aún hospitalizados y se me ocurrió algo... llamar a Rosa cuando estaba en la habitación de Alisha. Mi hermana salió a comer algo, por lo que aproveché ese momento.

—Hola, Rosa.

—¿Hola, cómo estás? —dijo, muy sorprendida.

—Es que quiero saber cómo está Alisha... en verdad, llamé porque quiero hablar con ella.

—¡¿Hablar con ella?! —dijo, en un ligero grito que parecía habérsele escapado. En eso, escuché una voz de fondo decir:

—¿Quién es, Rosa? ¿Quién quiere hablar conmigo?

Después de no escuchar su voz en muchas semanas. Me quedé callado y escuché a Rosa responderle:

—No es nada, Alis, es una llamada equivocada.

—Dame el teléfono, Rosa. ¡No me mientas! Sé que no es equivocada. Sabes que de inocente no tengo nada.

—Dile que soy Alex. Pásale el teléfono. Déjame hablarle, por favor.

—¡Dame el teléfono te dije, Rosa! —exclamó Alisha.

—¡Tienes razón, amiga... es Alex!, ¡insiste en hablarte! —le escuché gritar.

—¡¿Alex...?! Dile a ese señor, que no tenemos nada de qué hablar.

—¡Pero, amiga, habla con él! Mira que no ha dejado de llamarte mientras has estado aquí.

—¿Cómo es eso de que no ha dejado de llamar? Si me dijiste que no sabías nada de él —hablaban entre ellas, sin desesperarme al otro lado del teléfono, yo esperaba en silencio.

Escuchar a través de mi móvil aquella voz, era como escuchar mi música favorita. En tanto ellas tenían su conversación, yo solo escuchaba callado. Ya no importaba si tomaba mi llamada o no. Me conformaba con escuchar su voz de fondo; esa forma fuerte de expresarse, el tono de mando que usaba, imponente ante los demás. De solo escuchar su voz, supe que volvió a ser la misma de antes y eso me llenaba de alegría. Ellas continuaron:

—Amiga, discúlpame, pero no quería preocuparte. Él ha estado muy pendiente de ti, ¡créemelo!

—Me parece raro escuchar eso de ti, amiga, sabiendo todo lo que dijo de mí.

—Toma el teléfono, sé que también quieres hablarle. Nada pierdes con contestarle.

—Ok, ¡mala amiga!

—Ya te la paso, Alex.

—Halo.

—Hola. ¿Cómo sigues, Alisha? —dije, un tanto temeroso.

—Estoy bien. Recuerde, Alex, si estoy hablando con usted es solo porque mi amiga me lo pidió.

—Entiendo, Alisha, gracias por contestar. Solo quiero estar seguro de que volviste a ser la misma mujer tan llena de vida que conocí y de la cual sigo tan enamorado —traté de hacerle ver que moría de amor por ella.

—¡¿Cómo, de qué enamorado?! ¿Acaso usted no está enamorado de su esposa? —dijo muy sorprendida.

—¡Pues no!

—¡Y me lo dice así, como si nada!

—Es que... no me casé.

—¿Cómo es eso de que no se casó? ¿Acaso no tenía novia y estaba a solo días para su boda con ella?

—Es una historia muy larga. Quiero que me permitas verte cuando dejes la clínica. ¿Crees que me puedas dar esa oportunidad?

—Y según usted, ¿por qué yo tendría que aceptar verlo?

—Porque en el fondo lo deseas tanto como yo, así quieras hacerte la fuerte conmigo, así es. Sé que has preguntado por mí, tanto como yo por ti.

—Pues se equivoca. Yo no he preguntado por usted.

—Es inútil que lo niegues. Rosa ya me lo confirmó.

—Pues le ha mentido. ¿De cuándo acá se llevan ustedes tan bien? Si la primera en pedirme que intentara olvidarlo siempre fue ella.

—¿Y lograste olvidarme? Si crees que puedes decir que me olvidaste y parecer sincera, te juro que no te molestaré más... —dije, jugándomelo todo.

—Yo... no tengo por qué responder a sus preguntas —respondió, en tono suave, dejándome sentir su miedo a contestar.

En ese mismo momento, Sara entraba a mi habitación.

—¿Cómo sigues, Alex? Te traje unas frutas para que comas algo —dijo, con su mirada en las frutas cuando caminaba hasta mí.

Alisha, al escuchar esa voz, que me invitaba a comer:

—¡Adiós, señor Alex!, lo dejo para que coma sus frutas. ¡Mentiroso! —dijo, colgando la llamada.

Aunque imaginé por qué lo hizo, no entendí su cambio de actitud, si ya le había contado toda la verdad. Hasta parecía que la tenía convencida de mi amor por ella.

—Discúlpame, hermana. Estaba hablando con Alisha. ¡Está enamorada de mí! ¿Qué te parece, Sara? —indiqué, con una clara sonrisa en mis labios.

—¿Ella te dijo eso? ¿Le dijiste lo que has hecho por ella? —preguntó sin ninguna pausa y colocando las frutas en la mesita, cerca de mi cama.

—No le he dicho nada aún. Te prohíbo que le digas algo de esto a Alisha. Más bien, dijo que no estaba enamorada de mí, que no me pensaba ni preguntaba por mí —enuncié, mientras sonreía, acomodando mi cuerpo para sentarme en la cama.

—No entiendo, entonces, por qué dices que ella te ama, si ni siquiera te lo ha dicho —no entendía mi cara de felicidad.

—Tú sabes hermanita que, a veces, las palabras correctas no hacen falta para decir lo que sientes. Lo que realmente cuenta es que lo sentí: ¡me ama! Ella aún me quiere —me sentí el hombre más afortunado de la tierra. En esos minutos, nada podía robarme la sonrisa de alegría que tenía.

Capítulo 14

Fueron pasando las horas y con ellas los días, llegando así el momento en el que yo debía dejar la clínica. Alisha lo haría al día siguiente. Mi salida estaba concertada para las 2:00 pm. Antes de preparar lo que sería mi salida de allí, el doctor me dio una charla extensa, dejándome saber el tipo de alimentación que debería seguir desde entonces. Aunque mi vida seguiría normal, tendría que mejorar el tipo de alimentos que ingeriría, puesto que ahora contaba solo con uno de mis riñones. Mi hermana y yo estábamos listos para salir, llegadas las 2:11 pm. En el momento de nuestra salida, llegó mi mejor aliada.

—Hola, Alex. ¿Cómo te sientes? El médico me dijo que ya te vas —preguntó Rosa.

—Sí, ya nos echaron fuera. Consígueme una cita con Alisha, por favor. ¿Harías eso por mí, Rosa? —dije, caminando con una sonrisa en mi rostro.

—¡Claro que sí, Alex! Después de lo que has hecho, demostraste que la amas de verdad. Ya no les quito más tiempo. Tengo que ir a ver a Alisha. La dejé durmiendo y en cualquier momento despertará. Adiós, Alex. Gusto en conocerte, Sara.

—¡No, espera Rosa...! ¡Quiero verla! —emití, en un tímido grito.

—¡Pero, Alex! No sería conveniente, podría despertar en cualquier instante.

Convencí a la pelirroja de dejarme pasar a verla mientras dormía. Mi hermana me acompañaba, esperando mi decisión de marcharnos. Nos acercamos a la puerta de su cuarto. Esperamos a que mi cómplice confirmara que seguía dormida. A su señal, pasé al pie de su cama. Parecía toda una damisela. Luego de unos minutos allí, Sara y Rosa insistían en que ya era suficiente y que debería irme. Hubo un momento en el que no pude aguantarme y tomé su mano con suavidad. Rosa tocó mi hombro, temiendo que la despertara. Para mi sorpresa y la de todos... ella estaba tan dormida, que ni siquiera sentía mis manos temerosas acariciar la suya. Luego de tanta insistencia a mi espalda, de que debía salir, nos marchamos. Sara, aunque le insistí que me sentía bien, no quiso dejarme solo; así que decidió quedarse en mi apartamento ese día, para estar pendiente de mí.

Llegó el día siguiente y mi semblante ya era otro. Mi fuerza, mi ánimo de vivir y mi confianza estaban de regreso. Alisha salía de la clínica ese mismo día. Tenía tantos deseos de volver a verla, que solo pensaba en ella. Mi hermana ya se había marchado a casa de mis padres. Sonó mi móvil y corrí a cogerlo, pensando que podría ser

Alisha. Registrado en la pantalla estaba el nombre de Sara. Me sorprendió que la persona que me hablaba, al responder esa llamada, no fuese ella... era mi madre.

Me pedía que fuera a verla. Me emocionó mucho escucharla. Aunque no me dijo nada más, asumí que dejó su orgullo a un lado, para dar paso a su amor de madre. Después de recibir esa llamada, yo realicé otra...

—Hola, Rosa. ¿Cómo estás?

—¿Cómo estás, Alex? —dijo en voz alta.

Ella gritó mi nombre con más fuerza de lo normal. Asumí que estaba cerca de Alisha y que su intención era que ella supiera quién estaba al otro lado del auricular.

—Te llamo para saber si ya salieron de la clínica. Y, de paso, saber si es posible hablar con tu amiga.

—Sí, ya estamos en su apartamento; pero, lo de hablar con ella, tendría que preguntarle. Ella me da una seña de no querer hablarte. Pero estoy segura de que por dentro se muere de ganas por hacerlo. Dame un minuto y le paso el teléfono —dijo muy convencida y en voz un tanto subida de tono.

Al otro lado del teléfono, escuchaba la insistencia de mi cómplice para que Alisha respondiera la llamada. Hubo un silencio.

—Hola —respondió Alisha, en un tono suave.

—¿Cómo estás, mi amor? —dije, sin ningún miedo.

—¡¿Cómo que su amor?! ¿Quién le dijo que soy su amor?

—¿Por qué insistes en querer ocultar tus sentimientos, Alisha?

—Usted ya tiene alguien en su vida. ¿Por qué insiste en buscarme?

—Sé por qué lo dices. Pero esa persona a la que escuchaste el otro día que hablábamos, es mi hermana Sara, ¿la recuerdas? Así que no tienes por qué sentir celos.

—¿Quién le dijo que estoy celosa? Además, ¿quién me asegura a mí que dice la verdad?

—Alisha, quiero verte, quiero hablar contigo —dije, dejando atrás las niñerías.

—No estoy segura de querer verlo, aún. Déjeme pensarlo al menos —dijo, dándome una esperanza.

—Conque lo pienses me doy por bien servido. Gracias, mi amor.

—Adiós. Y aún no soy su amor. ¡Ok!

Quedé convencido de que su amor por mí no cambió. Supe que solo sería cuestión de tiempo para volver a estar juntos. Creo que Rosa, a pesar de todo, tuvo mucho que ver con la actitud de Alisha hacia mí.

Con una sonrisa en mi rostro y la mejor actitud, fui de camino a casa de mi madre. Al llegar allá, me recibieron con un beso y un abrazo. No fue el mejor de los abrazos por parte de mi madre, pero yo lo vi como un buen comienzo.

—¿Cómo estás, hijo? —dijo en aquel abrazo.

—Estoy bien, mamá. Me da gusto volverte a ver. También a ti, mi viejo. Después de esto que hice, me siento el hombre más feliz del mundo.

—De eso quería hablarte, hijo... ya hiciste tu acto de bondad con esa muchacha; ahora, es tiempo de que olvides tu aventura con ella y retomes tu vida —dijo, mientras nos sentábamos en el comedor.

—¡Pero, mamá, no puedo creer que para esto me hayas llamado! ¿Cómo puedes pensar que, después de todo lo que he luchado para estar al lado de la mujer que amo, vaya a renunciar a mi felicidad ahora? —expuse, mirándola de frente y sin ningún miedo.

—Hijo, ¿pero por qué te aferras tanto a esa muchacha que solo te ha traído complicaciones? ¿No ves cómo desbarató tu matrimonio y te hizo cometer mil locuras? Toma en cuenta que Lisa aún te ama y podrías rehacer tu vida con ella. Todavía estás a tiempo —dijo, muy convencida de sus palabras, tomando mi mano derecha en aquella mesa.

—¡Adiós, mamá! Si para esto me pediste que vinieras, prefiero irme —me levanté de mi asiento y caminé a la salida.

—¡Hijo, ya lo sé todo! Sé que malgastaste todo tu dinero en esa locura —gritó, yendo detrás de mí.

—¿Quién te ha dicho eso? —me sorprendió escuchar lo que me dijo.

—Ya lo sé, es lo que importa. Si sigues con esa locura de perseguirla... no cuentes conmigo cuando no tengas tus lujos y tus necesidades, cuando te quedes sin un solo dólar —sus palabras eran tan firmes como la mirada que me echaba al decir aquello.

—Después de la lección de vida que me dio "ésa", aprendí que en la vida solo lo necesario hace falta para vivir. ¡Y eso ya lo tengo! ¡Adiós, mamá! Y cuando tu amor pueda más que tu orgullo, entonces, comprenderás por qué tu hijo, hoy, es feliz.

Decidí marcharme de casa de mi madre y cuando iba saliendo:

—No puedo creer que le hayas dicho lo del dinero a nuestros padres —regañaba a mi hermana Sara, que en ese momento entraba a la casa.

Ya en el auto, mi hermanita se acercó a mí, pidiéndome perdón por contarles a mis padres lo de mi dinero. A pesar de todo, perdoné a mi hermana por eso. En mi corazón ya no existía espacio para rencores. Ella, a pesar de todo, fue la única persona que estuvo conmigo cuando más lo necesité. En mi enojo con mi madre, conducía y, de pronto, sonó mi móvil. Al mirar la pantalla vi un número desconocido; respondí la llamada y para mi sorpresa...

—Hola, Alex —dijo una voz en un tono suave e incomparable.

—Hola, Alisha.

—Disculpa, Alex. Te noto un poco tenso. Mejor hablamos en otro momento —dijo, queriendo colgar.

Aunque respondí reconociendo su voz, ella pudo sentir mi estado de ánimo luego de la discusión con mi madre.

—No, por favor, no cuelgues. Discúlpame, mi amor, tuve una pequeña discusión con mi madre. Pero nada de qué preocuparse. Más bien, gracias por llamarme. No reconocí el número y quizá por eso soné poco expresivo.

—Ok, Alex. Solo llamaba para darte la cita que me pediste.

—¡¿De verdad?! Esa es la mejor noticia que he recibido en muchos días, gracias mi amor —cambió mi estado de ánimo en segundos.

—Esto no quiere decir que soy tu amor. Solo es para que platiquemos. No significa nada más.

—Eso es suficiente para mí. Con solo verte, soy feliz.

—Entonces, te veo el viernes en el restaurante Roma Rose, ¿lo recuerdas?

—¡Claro que sí!, mi amor. "¡Cómo olvidarlo!". Si gustas, puedo pasar por ti.

—No hace falta. Tú solo espérame allí.

"¡¿Por qué escogería ese lugar?!". "Tanto dije que no volvería allí, ¡y mira!".

Al recibir su llamada, me sentí el hombre más feliz del Universo. "¡La volveré a ver!". "¡Eso es más de lo que esperaba!".

para mi cita del viernes con Alisha, solo faltaban tres días. Desde que la concerté, nada empañaba mi felicidad. Mi prioridad era que esos días pasaran lo más rápido posible y volverla a tener frente a mí; poder tocarla, besarla y acariciarla. De solo imaginar que la vería de nuevo, se me enchinaba la piel. Ese día llegó. Me puse lo más elegante que tenía para mi cita con ella; una camisa blanca, correa negra sobre un pantalón de tela fina, zapatos negros, reloj y un buen perfume. Tomé las llaves de mi Porsche y sin tiempo que perder, llegada la hora de la cita, me dirigí al Roma Rose. (Sí, ya lo sé… el mismo que puse una vez en mi lista negra) En tanto esperaba, las manos me sudaban, mis piernas temblaban y mi ansiedad crecía. Por mi mente pasaban mil cosas, esperándola.

"¿Por qué no llega?". "¿Se habrá olvidado de nuestra cita?". Ya estaba impaciente por la espera. Solo llevaba diez minutos allí y me parecía que estuviera esperando horas. En mi mesa tenía un vaso de agua y el mesero no dejaba de preguntar cada vez que pasaba por mi lado:

—¿Está todo bien, señor?

Desde mi mesa podía ver quién entraba o salía del lugar. Pasaron diez minutos más y la puerta se abrió... un zapato de tacón fino y alto de color azul marino, con tirantes que envolvían su tobillo, pisó la alfombra del lugar. Fue como si cada segundo fuera un minuto. Pude escanear cada paso que daba. No necesité ver su rostro, para darme cuenta de que era ella. Todas las veces anteriores en las que dije que se veía hermosa, quedaron cortas. No se comparaban con lo increíble que estaba esa noche. Vestido azul claro, ajustado a su cintura, con vuelo por encima de sus rodillas y escote en su pecho. Se notaba que había ido al salón de belleza, ya que su pelo lucía un poco más corto. Lo llevaba en capas con vueltas en las puntas. Quedé pasmado al ver lo bella que estaba. Con su nuevo estilo, parecía que quisiera causar alguna impresión en mí. Cuando quise darme cuenta, ella ya estaba al pie de mi mesa. No supe ni cómo llegó tan cerca de mí. Ya varias veces había pedido permiso para sentarse y yo estaba en otra dimensión. Regresé del mundo donde andaba y le ayudé a sentarse.

—Hola, mi amor. ¿Cómo estás? —seguía deslumbrado por su belleza.

—Hola, Alex. ¡Parece que acabas de ver a un fantasma! Ya te saludé y no respondías —dijo, tomando su lugar en la mesa.

—Discúlpame, Alisha, me impresionó tu cambio de imagen. No sabía que te habías cortado el cabello, me sorprendió —apunté, aún muy impactado.

—¿No te gusta? —preguntó, acariciando las puntas de su cabello.

—¡Claro que sí, mi amor! ¡Me encanta! ¡Estás preciosa! Pareciera que quisieras impresionar a alguien —enuncié, con una leve sonrisa en mi rostro.

—¡¿De verdad lo crees?! Para mi nueva oportunidad de vida, quise hacer un cambio de imagen, eso es todo.

—Pensé que te habías arreglado así para mí —trataba de hacerme el gracioso.

—¡Al parecer, tu actitud ha cambiado mucho, Alex! —dijo con ironía y una leve sonrisa en sus labios.

—Quise hacer un cambio, para mi nueva oportunidad de vida ¡Jajajá!

—No seas copión —me regaló una sonrisa única.

—¿Qué te parece si ordenamos algo, Alisha?

—Me parece bien.

Pasaron unos minutos y ambos ya estábamos listos para pedir.

—¡Camarero, por favor! —vociferé.

—Sí, dígame caballero. ¿Están listos para ordenar? —dijo el mozo al acercarse a nuestra mesa, agachando su cabeza y mirándome de perfil.

La primera en ordenar fue ella;

—Para mí, salmón al vapor con vegetales. Todo sin sal, por favor.

—¿Y el caballero qué desea? —preguntó, al tiempo que anotaba su orden.

—Para mí lo mismo que a la dama, por favor —dije, mirando al joven camarero a mi izquierda.

—¡Pero, Alex...!, pedí que no le pongan sal. No tienes por qué pedir tu comida sin sal —susurró, mirándome de frente.

231

—Lo mismo, por favor. Tal y como ella lo ordenó —recalqué, sin prestarle atención a lo que Alisha me decía.

—¿Qué desean tomar?

—Para mí, con el agua está bien —dijo ella.

—Eso es todo. Agua para ambos —enuncié, dándole gracias al mesero.

—Con mucho gusto. En un momento les servimos su orden —dijo, marchándose el joven a cargo de tomar nuestra orden.

—¿Estás loco, Alex? ¿Vas a comer sin sal porque yo lo haga? —dijo, extrañada por elegir lo mismo que ella.

—Ya olvida eso y pasemos a lo que nos compete. Ya no voy a darle más vueltas al asunto, mi amor... quiero pedirte perdón por todo lo que te dije y por no creer en ti, Alisha. Quiero que sepas que, desde este momento, no habrá nadie en este mundo a quien le importe más tu vida que a mí. Que nada de lo que yo haga o deje de hacer tendrá sentido, si tú no estás a mi lado —expresé, desnudando mi alma ante ella, en el mismo lugar que contribuyó a nuestra separación.

—Me vas a hacer llorar, Alex. Yo quiero también pedirte disculpas, por intentar buscar una salida fácil a mis problemas, valiéndome de ti y por tratar de hacerte culpable del daño que otras personas causaron en mí.

—No tienes que disculparte, Alisha.

—Sí, Alex. Siento que te debo una explicación. Te juro que lo que pensé hacer contigo fue motivado por mi desesperación, al ver a mi madre muriendo en aquel hospital y la ira que sentía por los ricos prepotentes de este país; también el abandono de mi novio, cuando más necesité de él. Si Rosa no me alienta con esa idea de trabajar en el bar, quizá hoy todo sería diferente —explicaba, con sus ojos aguados.

—Pero, mi amor, no tienes que hacer esto. Yo te creo.

—No pretendo con esto decir que la culpa la tiene Rosa. Ella ha sido la persona que más me ha ayudado desde que llegué a este país como inmigrante. Me acogió en su apartamento y, aunque ella siempre ha trabajado como stripper, mientras viví con ella, nunca me alentó a seguir sus pasos, hasta que sucedió lo de mi madre Clara y vio mi desesperación. Le costó bastante convencerme, pero al final, no tuve más opción que aceptar su propuesta y querer salvar mi situación con tu dinero. Aunque no llegué siquiera a insinuarte nada sobre dinero, debido a la muerte repentina de mi madre. Nunca pensé que podría enamorarme de esta manera de ti. ¡Perdóname, por favor, Alex!

—¿Qué dijiste, Alisha? —pregunté, poniendo pausa a sus palabras.

—Que me perdones.

—¿Antes de eso? Me parece que dijiste estar enamorada de mí.

—¡¿De verdad dije eso, Alex?! No lo recuerdo —pretendía sembrar dudas en mí, con los ojos brillantes por algunas lágrimas retenidas.

—Me alegro de que tomases la decisión de llegar esa noche a trabajar al bar. Tú me enseñaste a valorar muchas cosas. Esas pequeñas cosas que no creía importantes hasta que llegaste ese viernes. Parece mentira cómo tu mundo puede cambiar en segundos. Por si no lo sabes, Alisha, juré que esa noche sería mi última en el bar, para casarme con Lisa ocho meses más tarde.

233

Mi mundo cambió de una forma que nunca habría imaginado. Todo para mi bien —dije, mientras tomaba sus manos.

En eso, llegó el mozo con nuestra orden. La noche en el restaurante continuó y ambos nos sentíamos muy a gusto. Fue una noche de perdón, borrón y cuenta nueva. Luego de esa cena, aceptó que la acompañara hasta su apartamento. Al bajar del auto, sentí una sensación muy extraña. Pensaba en la primera vez que estuve allí. Los recuerdos invadieron mi mente.

—Alex, ¿quieres pasar? —preguntó, empuñando el picaporte de la puerta.

Esas palabras fueron música para mis oídos.

—¿Cómo negarle algo a la mujer más divina de este mundo? —dije, siguiendo sus pasos.

—No seas tan adulador, Alex. Me sonrojan tus cumplidos.

No podía creer que esta vez la sonrojada fuera ella. Sentía que ahora tenía el control sobre ella. Cada palabra que yo decía o cada pregunta que formulaba, ella la respondía con timidez. Me preguntaba por qué se contenía tanto. En su rostro veía el deseo loco que sentía por besarme. Yo, en ese momento, frente a su puerta, esperaba que me tomara tal y como lo hizo la primera noche que llegué allí. Pero, para mi sorpresa, no fue así. Hasta llegué a pensar que ya no era la joven arriesgada y extrovertida que antes conocí. Me daba miedo pensar que con su nueva vida cambiara su forma de ser; ese ímpetu al hablar, sus locuras, su imposición y todas esas cosas que, aunque al principio me hacían sentir como un niño manipulado, más tarde hicieron que me enamorara de ella. Luego de pasar la puerta, pude encontrar respuesta a mis preguntas... allí, sentada en el mueble, se encontraba mi cómplice... la pelirroja. En ese instante, borré toda posibilidad de estar con ella y recordar tiempos pasados. Aunque, por otro lado, me alegré de que la pelirroja estuviese ahí. Ya que, si hubiésemos llegado a tener algún tipo de intimidad, hubiese tenido que explicarle de mi cicatriz después de la operación.

—Hola, Rosa.

—Hola, Alex. ¡Qué gusto verte! —dijo, levantándose de aquel sofá. El mismo que me traía tantos recuerdos.

—No sabía que estabas aquí —dije, muy sorprendido.

—Es que me preocupa un poco mi amiga y quería estar segura de que llegara bien. Pero ella nunca me dijo que vendrías. La esperaba solo a ella —también le sorprendió verme.

—Disculpen que interrumpa su conversación. Ahora que están los dos juntos como blancas palomitas, me gustaría preguntarles a ambos..., ¿por qué, de repente, ustedes han resultados los mejores amigos?, cuando tú, Rosa, eras la que más insistía en que me olvidara de él. —preguntó, dejándonos sin palabras por unos segundos.

En ese momento, pensé que Rosa le confesaría todo. Me costó hacerle una señal con mi mirada, para que no le dijera nada.

—La verdad, es que Alex llegó a convencerme de su amor por ti, en todo este tiempo que estuviste internada. Su insistencia por saber de ti, su preocupación por lo que pudiera pasar contigo y el no casarse por ti. Tampoco creas que no le costó convencerme. Su trabajo fue arduo.

—¡Todo esto me suena muy raro! Ver lo bien que ustedes dos se llevan me confunde —dijo, mirándonos a ambos.

—Mi amor, quiero demostrarte que soy otra persona y que estoy dispuesto a recuperar tu amor y confianza en mí –dije, buscando cambiar el rumbo que llevaba la conversación y así evitar hablar del trasplante. Aun no sentía que fuera el momento para confesarle todo.

—Alex, quiero creer que tu arrepentimiento y tu amor por mí es verdadero. Pero quiero pedirte, por favor que, por el momento, solo tratemos de subsanar las heridas que hemos dejado el uno en el otro, que llevemos esto que empieza entre nosotros… despacio. Imaginemos que todo esto es nuevo para ambos.

—Pero, mi amor, estoy locamente enamorado de ti, solo quiero estar a tu lado. No me imagino una vida sin ti —dije, reiterando mi amor por ella.

—Dame tiempo para pensarlo, solo un poco, es todo lo que te pido y así ver si todo esto tiene futuro. Recuerda que no soy una mujer bien vista en la sociedad, por el tipo de trabajo que he realizado; prefiero estar segura de que no te avergonzarás de caminar a mi lado, sin escondernos de la sociedad y sus prejuicios. Me gustaría estar segura de que tú quieres eso, recuerda cuál es tu estatus social y cuál el mío.

—Entiendo, mi amor, sabré esperarte con paciencia, eso te lo puedo jurar.

Luego de unas horas compartiendo entre nosotros tres. La noche terminó y aunque no tuvimos sexo, me sentí un hombre feliz. Sabía que aún me amaba y eso era lo más importante.

Capítulo 15

Pasaron dos semanas desde la noche de la reconciliación en aquel restaurante. No muchas cosas cambiaron. Mi familia seguía alejada de mí, exceptuando a mi hermana Sara. Por medio de ella, era la única forma de saber de los demás. Mi hermano John seguía igual de terco y orgulloso que mi madre. Según Sara, mi padre era el único que entendía, a medias, mi decisión y mi madre no perdía la ilusión de que yo dejara a Alisha para regresar con Lisa. Rosa continuaba con su trabajo de stripper. Entre Alisha y yo todo marchaba mejor y aunque todavía no teníamos relaciones íntimas, yo sentía que faltaba poco para que llegara ese día. Ella todavía insistía en esperar, quería estar segura de que mi arrepentimiento era sincero y de que no me avergonzaría de ella. No la culpaba por eso, ya que aún no sabía que yo era su donante. Yo, por mi parte, no insistía mucho en tener sexo, antes de confesárselo.

Alisha todavía no había encontrado trabajo, cosa que a mí no me importaba mucho. Con lo poco que me quedaba, podía ayudarla. Ella no aceptaba nada de mí, pero con mañas, entre mi cómplice y yo, siempre le daba algo de dinero, entretanto conseguía otro empleo, porque no quería regresar a trabajar al bar. Según Rosa, ella prometió pagarle cada centavo que le daba. Que no quisiera regresar a trabajar como bailarina erótica, era algo que a mí, en lo personal, me agradaba. Yo aún tenía mi apartamento y algunos lujos. La verdad era que la clínica se quedó con la mayor parte del dinero que recibí de la venta de la fábrica. No tenía trabajo, porque crecí en la riqueza y no aprendí más que a formar parte de la gestión de la empresa de mis padres, de la que pasamos a ser parte mi hermano John y yo. Ambos, con un 20%. Mi hermana Sara era la dueña de un 10% y mis padres el 50%.

Un sábado sonó mi teléfono, era Alisha invitándome a su apartamento y advirtiéndome que no debía faltar, ya que planeaba dar una sorpresa a Rosa, esa noche.

Llegué a su apartamento, tal y como me dijo.

—Hola, Alex. Llegaste justo a tiempo.

—Puntual, mi bella, más que un reloj digital con pilas nuevas ¡Jajajá!

—Que bien humorado estás. Pasa y siéntate, ya no tardará en llegar —susurró, refiriéndose a la pelirroja.

Mientras esperábamos a Rosa, pusimos todo en su lugar; un globo, una vela y un bizcocho. Conversábamos cuando, de repente, sonó el timbre.

—Alex, por favor, apaga las luces.

Al abrir la puerta, ambos gritamos: "¡Feliz cumpleaños, Rosa!". No se lo esperaba y terminó llorando de alegría. Según ella, ese fue el primer cumpleaños que alguien le celebraba desde que llegó de su país a vivir a los Estados Unidos. Esa noche cumplía sus veintiséis años de edad. Después de que terminaran las lágrimas, tanto de la pelirroja como las de Alisha, al pedirle a Rosa que partiera el bizcocho...

—Quiero que seas tú quien lo haga, Alis. Me gustaría que realices lo que no pudiste el día en que te enfermaste.

—¿Cómo es eso, Alisha? —dije asombrado. No entendía nada de lo que pasaba.

—No te preocupes, Alex. Ya todo eso pasó —aseguró Alisha, dejándome como al principio.

—Discúlpame, Alex, yo te lo explico y perdona mi imprudencia —dijo la pelirroja, acercándose a mí.

—No tienes que contarle nada, Rosa. Ya todo eso está olvidado —dijo Alisha, interrumpiendo a su amiga.

—¿Cuál es el misterio?

—Mira, Alex; sucede que, el día que se enfermó, debido a todo lo que le dijiste, su cumpleaños era al día siguiente y ya teníamos todo planeado. Ella me contó que ese día quería pasarlo contigo, ya que creía que podría ser su último cumpleaños, a causa de su enfermedad —explicó Rosa.

—Ahora entiendo por qué ese día me dijiste que, llegado el momento, sabría el motivo de tu invitación. Perdóname, por favor, Alisha. Lo siento mucho —dije, abrazándola y dándole un beso grande.

Pasamos a la música y las fotos, después de tanta nostalgia y de que Alisha decidiera que esa noche no era para llorar, sino para celebrar. Partieron el bizcocho juntas, como hermanas, y yo fui el fotógrafo oficial del evento. Alisha le sirvió bizcocho a Rosa. En un momento, la tenía a mi lado.

—Alex, aquí tienes el tuyo —dijo, dejando un plato en mis manos.

—No quiero, mi amor. Gracias de todos modos.

—¿Cómo que no quieres? ¿Piensas hacerle el desaire a mi amiga? —insistía en que lo comiera.

—No es eso mi bella...

—Está bien que yo no lo coma, por mi situación de cuidar mi salud después del trasplante, ya que tengo que evitar comer cosas con azúcar y sal lo más que pueda, ¡¿pero tú?!

—No lo atosigues tanto, amiga; mejor vamos a poner música y seguir disfrutando la noche —apuntó la pelirroja.

—Rosa, ya que tocamos el tema del trasplante, me gustaría conocer a la persona que hizo posible que hoy yo pueda disfrutar de lo bello de la vida —dijo Alisha, mirándola de frente.

—¿Todavía insistes en eso, amiga?

—Sí, es algo que quiero agradecerle en persona.

—Es que no lo sé, Alis. Tendría que consultarlo con el doctor y que sea él quien lo convenza de verte —respondió, dándole algunas evasivas.

En eso, mi cómplice me miró, como buscando darle una respuesta dependiendo de mí. Debido a la insistencia de Alisha, unos días después, decidimos Rosa y yo que había llegado el momento de contarle la verdad y concertamos una cita en el apartamento de Alisha.

Llegado el día en que yo le confesaría todo a la mujer de mi vida, estaba más que listo para salir esa noche rumbo a su casa y contarle todo. Para mi sorpresa, al abrir la puerta de mi apartamento... mi madre y mi hermano estaban frente a ella, a punto de tocar el timbre. Nunca esperé ver a mi madre allí, visitándome. Supe que si había llegado a mi casa, junto a John, no sería para darme un abrazo, precisamente.

—Hola, mamá, ¡qué gusto volverte a ver, después de tanto tiempo! A ti también, hermano —dije, dándole un beso a mi madre y extendiendo mi mano a John.

—Hola, hijo, ¿podemos pasar?

—Claro que sí, mamá. Pasen y siéntense.

—Hijo, no quiero andarme por las ramas contigo. Estoy aquí porque tengo una propuesta que hacerte —dijo sin tomar asiento y dando pequeños pasos a mi alrededor.

—Pensé que tu presencia aquí era para saber cómo estaba tu hijo. Si estaba bien de salud, si me dolía algo o necesitaba verte. ¡Pero ya veo que no es así! —dije, un poco decepcionado de ella.

—Hijo, tú no me engañas, sé que no te va bien. Has gastado casi todo lo que tenías en esa relación que te empeñas en llevar con la mocosa del bar. Quiero que reconsideres volver con Lisa. Estoy dispuesta a cederte el dinero que te haga falta, así podrías asociarte con John en una nueva empresa que planea comprar. ¿Qué te parece, Alex?

—¿Qué me parece? Me parece que han venido a perder el tiempo. Y si de verdad quieres a tu hijo, no le vuelvas a proponer que renuncie a su felicidad.

—Pero, ¿qué felicidad ni qué nada, hijo? Si solo llevas semanas con esa mujer y ya te está dejando en la ruina. Es que no te ves en un espejo, solo mírate, ya no eres el mismo.

—En estos días que llevo junto a ella, me he dado cuenta que es la verdadera razón que tengo para vivir. Que es la mujer que amo y con la que quiero casarme, formar una familia y tener hijos.

—¿Recuerdas que lo mismo dijiste de Lisa? Que era la mujer de tu vida y no recuerdo cuantas cosas más. ¿Qué podría asegurarte, que esta vez no pasará lo mismo? —ella dudaba de que pudiéramos ser felices.

—Si ya terminaste, mamá, ¡discúlpame, pero tengo que salir! Tengo algo muy importante que resolver.

—Hermano, escucha a mamá. Ella te está dando la oportunidad de que trabajemos juntos de nuevo y recuperar todo el dinero que has tirado en ésa... —indicó John, tocando mis hombros.

—Sí, es verdad John, tienes razón... no me quedan más que unos cuantos dólares y pocos lujos. Todo mi dinero lo he gastado en ella y sí, es muy tentadora tu oferta, ¡volver a trabajar contigo! Sería un placer, lo confieso. Pero resulta que eso implicaría que yo dejara a la mujer que amo, ¿verdad?

—Pues sí, tienes razón, hijo. Pero volverás a ser el de antes. Piénsalo bien, Alex. —recalcó mi madre.

—Creó que tienen razón y debo pensarlo. ¿Me dan un minuto?

—Claro que sí, Alex —dijo mi hermano.

—Gracias... cuando salgan cierren la puerta, por favor. Tengo que irme —dije, después de unos segundos.

—Pero, ¿qué decidiste, hijo? ¿Lo pensaste? — preguntó mi madre al verme salir.

—Pues sí, lo pensé. Pensé que me gustaría ver a mi familia en la iglesia, el día que decida casarme con Alisha. Cierren la puerta al salir, ¡por favor!

—¡Te aseguro que no será con ella con quien te cases!, ¡eso te lo prometo, hijo! —gritó mi madre, al ver que me alejaba bajando las escaleras del pasillo.

Me marché dejando a ambos en mi departamento. Cuando me dirigía a casa de Alisha, ni siquiera pensaba en lo que mi madre y John fueron a proponerme. Solo pensaba en que iba a ver a la mujer más hermosa del mundo y decirle una verdad que ella esperaba. Llegué allá y al tocar el timbre.

—Hola, Rosa. ¿Cómo estás?

—Bien, Alex.

—¿Dónde está Alisha?

—Está en el baño. La siento un poco nerviosa. No sabe que fuiste tú quien llego. Ella espera a su donante. Me envió a abrir la puerta —susurró a mi lado.

Ambos caminamos a la sala y nos sentamos en el mueble. Alisha, al escuchar mi voz, salió del baño.

—Hola, Alex. Pensé que era otra persona —dijo un poco decepcionada al verme.

—¿Cómo que otra persona, mi amor? Si aquí solo te visitamos Rosa y yo. Ambos estamos aquí —dije, queriendo jugar un poco al inocente.

—Disculpa, Alex. Lo que pasa es que quien donó el riñón para mí, quedó en llegar hoy para conocerme. Pero, al parecer, ya no vendrá; supuestamente, llegaría aquí hace ya más de una hora. ¿Qué piensas que haya pasado, Rosa? —preguntó, girando la cabeza para ver a su amiga.

—No lo sé, Alis. A lo mejor en algún momento llegará, ¿verdad, Alex? —pellizcó uno de mis brazos.

—Sí, mi amor. No te preocupes. ¡Ya llegará! —indiqué, dirigiéndome a ella.

—Mientras conversan, voy a terminar de preparar el pescado y los vegetales a la cocina, por si llega el invitado. Los dejo solos tortolitos —dijo Rosa, dándome una mirada amenazadora y un segundo pellizco al pararse de mi lado.

Entretanto la pelirroja preparaba la cena, nosotros conversábamos en la sala. Llegó el momento en el que Rosa sirvió la mesa. Según Alisha, la persona a la que esperaba ya no llegaría.

—Comamos, ya no vendrá —dijo con la cabeza baja, cuando llevaba su tenedor con algo de pescado a su boca.

—Perdona, amiga. Él me prometió que vendría —expresó Rosa, mirándome de reojo.

En eso, yo comía pescado como loco. Rosa regresó a la cocina. Nosotros dos quedamos solos, otra vez. Ella no dejaba de lamentarse por no poder darle las gracias a la persona que esperaba.

—¡Que bien le quedó el pescado a Rosa! ¿Verdad, Alisha? —dije, buscando una conversación con ella.

—Sí, muy bueno —dijo, aún cabizbaja.

—Mi amor, no te había dicho lo bella que estás hoy.

—¿De verdad, Alex? Lo dices porque me ves con los ojos del amor.

—Estás preciosa, Alisha, lo digo en serio. Me encanta ese brillo en tus ojos, esa sonrisa única en el mundo.

—¿Te puedo preguntar algo? —dijo ella, dejando su tenedor a una orilla de su plato.

—Sí, Alisha. Claro.

—¿De verdad te gustó el pescado? Porque para mí estaba bien sin nada de sal, pero te confieso que extraño mucho la sal y el azúcar. Lo haces solo para no hacerme sentir mal, ¿verdad? —susurró, mirándome de frente.

—Te confieso, mi bella, que también extraño mucho la sal y el azúcar.

—Pero, no tienes por qué hacerlo. No entiendo tu empeño en comer lo mismo que yo. ¿Acaso crees que con eso probarás que de verdad me quieres?

—Quizá sea... no sé, porque me falta un riñón, ¿podría ser eso? —dije, mirándola de frente y tomando sus manos.

—¡¿Cómo dices, Alex?! ¡Repite eso! —dijo muy sorprendida.

—Dije que quizá sea porque me falta un riñón.

En eso, ella se levantó soltando mis manos y yo a la misma vez, me puse de pie, quedando frente a ella con mis manos en su cintura.

—Alex, esos no son temas de juego, por favor —dijo, muy enojada conmigo, sacudiendo mis manos de su cuerpo.

—No es un juego, amor. ¡Es cierto! —repetí, con mucha seriedad en mi rostro, sin quitarle la mirada.

—¡Por Dios, Alex! Entonces... eres esa persona que esperé todas estas horas. ¡Rosa! ¡Por favor, ven! ¿Es verdad lo que acaba de decirme, Alex? Dice que donó el riñón para mí, ¿es cierto eso? —miraba hacia la cocina con sus manos tapando su boca.

—Sí, amiga, es cierto —confirmó Rosa, caminando de frente a ella.

—¡Por Dios, no puedo creerlo! ¡Oh, Dios mío! ¿Cómo fuiste capaz de hacer eso, Alex? —dijo, deslizando sus manos por sus mejillas.

—Porque te amo, Alisha. ¿Por qué otra razón lo haría, mi bella?

—Ahora entiendo tu amistad tan repentina con Rosa, esas evasivas a la comida con sal y hasta tu cambio de actitud —levantó mi camisa para ver la cicatriz, mientras lloraba.

Me abrazó como nunca antes hizo. Lloraba, besándome sin parar. Lloré con ella y su amiga nos abrazó a los dos, pidiendo perdón a Alisha.

—Perdóname, Alis, por mantenerte engañada tanto tiempo, pero era la única forma que teníamos para salvar tu vida. Sé que si te lo decía no lo aceptarías, te conozco muy bien y sé que primero te resignarías a morir, antes de aceptar algo así de Alex.

—¡Por Dios, Rosa! No puedo creer que esto sea así como me lo cuentan. Es algo que me toma por sorpresa. Nunca lo esperé —soltó mi cuerpo y abrazó el de su amiga la pelirroja.

—Pero así es, Alisha. No podía dejarte escapar así tan fácil —dije, acercándome a su cuerpo y rodeando su cintura otra vez.

—¡Oh, Dios mío!, mi amor.

—Si llegaste a mi vida, fue por alguna razón. Así lo quiso Dios y no me arrepiento de nada. Más bien se lo agradezco por ponerte en mi camino.

—¡Mi amor! Y yo todo este tiempo pensando tan mal de ti. Si Rosa no hubiese insistido en que te diera una oportunidad, nunca te hubiese dado esa cita para volver a verte —dijo, con pausados besos en mis labios y secando sus lágrimas. Todos los besos que anhelé desde que tuvimos esa cita en el Roma Rose. Y que reprimía dentro de ella, por orgullo. Absteniéndose de querer darme una noche de placer.

—El destino se empeña en mantenernos juntos —dije, mirándola de frente y acariciando su cabello.

—Tengo una pregunta que hacerte, Alex. Entonces, el dinero que venía de la institución benéfica, ¿también fue cuento de ustedes? ¡Y quiero la verdad!

—Discúlpame, amiga. También te mentí en eso. Él era la persona que pagaba por cada día que pasabas en la clínica. Y no solo eso... él fue quien corrió con los gastos de la operación —respondió su amiga.

Mientras le contaba todo con pelos y señales. Ella no podía contener sus lágrimas y cayó sentada en el mueble, con las manos en el rostro, secando sus lágrimas. Aún no podía creer que el riñón, con el que recuperó su salud, fuera el mío. Me senté a su lado minutos más tarde, tratando de hacerle comprender por qué lo hice. Ella volteó a verme.

—Muchas gracias por lo que has hecho por mí, Alex. No tengo cómo pagarte por esta oportunidad de vida que me has dado —me miraba de perfil, sin dejar de llorar.

—Si tienes cómo pagarme...

—Cómo podría pagarte, mi amor. Lo que me pidas, si está en mis manos, estoy dispuesta a hacerlo.

—¿Te casarías conmigo?

Ella me miró de frente y entre lágrimas y risa me dijo en forma jocosa.

—¿Tan poco me vas a pedir por devolverme la vida? ¡Jajajá! ¡Claro que me caso contigo, mi amor! No solo eso, te prometo que te voy a hacer el hombre más feliz del mundo —su emoción era más que notable.

—Te puedo asegurar, que ya soy el hombre más feliz del planeta. Además, tengo que mantenerme lo más cerca posible de mi otro riñón y así poder cuidarlo por siempre.

—Solo me gustaría pedirte una sola cosa a cambio, Alex.

—Lo que me pidas te lo doy —dije, sin dudar ni un segundo.

—Quiero que mi amiga y hermana del alma sea la madrina de nuestra boda y de todos los hijos que tengamos —en forma jocosa respondí a su pregunta:

—¡¿Pero... Rosa, mi amor?! ¿Estás segura?

—¿Qué pasa con ella? —soltó mis manos muy sorprendida de mi actitud y se apartó de mí.

—Si ya te he dado un riñón, ¿cómo crees que te negaría algo que tanto a ti como a mí nos encantaría, ¡Jajajá!

—Al parecer, el riñón que te quitaron fue el pesado y solo te dejaron el del buen humor, mi amor, ¡Jajajá! —dijo Alisha, dando una palmada en mi pecho mientras reíamos.

—Lo que quiere decir que, ahora, la pesada vas a ser tú, Alis. A ver cómo te aguanta Alex. ¡Jajajá! Y de paso, ¿cómo te aguantaré yo? —expresó la pelirroja, muy sonriente, mirándonos a los dos.

Después de ese momento tan emotivo. Pasaron las horas y con ellas, toda la nostalgia. Las lágrimas se convirtieron en sonrisas. Así que a mi cómplice la pelirroja se le ocurrió:

—Alis, creo que tú y Alex están deseando que me marche, ¿verdad?

—¿Cómo crees Rosa? ¡No digas eso! Más bien quédate y seguimos conversando. Quiero saber más de ustedes y sus estrategias para mantenerme engañada tanto tiempo —dijo Alisha, ya con una sonrisa leve en sus labios y sin lágrimas en los ojos.

—Ya no sigas con eso, amiga. Mejor me marcho. ¡Adiós tortolitos! Que disfruten su noche —dijo Rosa, caminando hacia fuera del apartamento.

—¿Cómo que te vas, Rosa? —preguntó Alisha.

—Sí, porque si me quedo aquí, no van a poder tener sexo. Se ve en sus miradas que ambos lo quieren. Es más, ¡lo necesitan! ¡Que lo disfruten, adiós! —dijo, volteando su cabeza y con una pícara sonrisa en su rostro.

—Eres una fresca. ¿Cómo se te ocurre decir algo así, amiga? —respondió Alisha, mirándome de reojo.

—Adiós. Que disfruten su reencuentro —Rosa cerró la puerta detrás de ella.

Mi cómplice se marchó, dejando claro lo que nosotros manteníamos en la oscuridad de nuestras mentes.

—Alex, no le hagas caso a Rosa —dijo Alisha, un poco avergonzada —me pareció ver otra mujer y no a la que conocí antes.

—¿Por qué no? ¡Si ella tiene razón!

—¿Y en qué tiene razón?

Me acerqué a ella y la llevé con mis manos a la pared, muy suavemente, situé ambas manos en ella, por encima de sus hombros, echando mi cuerpo sobre el suyo, respondiendo a su pregunta y encerrándola entre la pared y mi cuerpo.

—En que ambos deseamos estar así de juntitos; en que queremos hacer el amor; en que necesitamos saciar estas ganas que sentimos el uno por el otro. ¿Necesitas alguna otra razón, mi bella? —me sentía todo un seductor de profesión. Creí tener el control que nunca antes tuve sobre ella. Parecía ser otro hombre; no el niño manipulado que siempre fui para ella…; todo dio un giro cuando dijo:

—Tienes razón, Alex. Ya no somos niños y lo que sentimos es algo que no podríamos ocultar así quisiéramos.

Ella, entonces, colocó sus manos en mi cintura y estampó sus labios en los míos. Yo respondí mordiendo con suavidad los suyos. La sensación que sentimos al darnos ese beso fue algo indescriptible. Con sus manos ya en mi cintura y besando mi cuello, me fue empujando a la habitación donde la abandoné aquella vez, terminando con mis preguntas todo lo bonito que teníamos, a pesar de lo tormentoso que resultó para mí. Mi corazón palpitaba mucho más rápido de lo normal. No creía que aquello que tanto deseaba en esas últimas semanas, que puso a prueba mi amor, estuviera pasando. Me empujó a su cama, donde quedé boca arriba y con los brazos abiertos en cruz. Ella se deshizo de su vestido, para luego empezar a quitar mi ropa, poco a poco, hasta dejarme sin nada. Se despojó de la poca tela que quedaba sobre su cuerpo, subió sobre el mío, ya desnudo, y empezó a besar mis labios, apasionadamente. Entre tanto me besaba, aprisioné su cintura y pude sentir el calor de su cuerpo desnudo sobre el mío. Mordí sus labios y ella los míos, su lengua y la mía eran una. Giré y esta vez mi cuerpo estaba sobre el suyo. Con mis manos en su cintura, le di vuelta a su cuerpo y comencé a bajar por toda su espalda, llenándola de besos y caricias, hasta llegar a sus glúteos; los apreté con fuerza, mordiéndolos después. Ella giró su cuerpo. Pasé a su vagina, donde disfruté con mis labios lo que ella disfrutaba en su interior, dejando escapar algunos gemidos. Colocando sus manos sobre mi cabeza, a gritos, me dijo lo mucho que disfrutaba el momento. Me invitó a pasar a sus labios y, con su mano izquierda, tomó mi pene, llevándolo hasta su vagina. En tanto movía mi cuerpo sobre el suyo, disfrutaba sus labios. El vaivén de nuestro cuerpo hizo que nuestros gritos de placer pasaran a palabras. En otro giro, ella quedó de rodillas sobre la cama, con su vagina arropando mi pene. Yo levanté mi espalda, para abrazarla, rodeando su cintura con mis brazos. Ella puso los suyos alrededor de mi cuello, mientras sentía el movimiento de su cintura, me aferré a sus hombros y la sensación que tuvimos, en ese instante, fue única. En un momento, la puse boca abajo e introduje mi sexo en el suyo, al tiempo que agarraba su cabello, ella mordía la almohada, pidiéndome no parar. Aumentaban mis movimientos y ella miraba hacia atrás, gritándome: "no pares, mi amor, por favor, no pares". La llevé hasta una de las esquinas de la cama, sujetando sus muslos y seguían los gritos de placer, esta vez, con nombres propios, cuando yo palmoteaba sus nalgas. Decidimos, luego, volver al centro de la cama y mientras estaba debajo de mí, con su espalda recostada, mirándome a los ojos, cruzó sus piernas a mi espalda y sintiendo ambos una sensación única, me pidió besarla con fuerza y ella se aferró a mi cuerpo, terminando todo en un último suspiro. Quedamos acostados, uno al lado del otro y vencidos de cansancio. Hasta aquel momento, no pude notar el cambio en su habitación. Ya no estaban los recortes de periódicos ni los trofeos y demás cosas. Incluso su color cambio, de crema a un verde claro. Mi curiosidad por saber qué pasó con todo aquello, me impulsó a preguntarle:

—Mi amor, ¿qué sucedió con las cosas que guardabas aquí?

—Tú sigues con tus preguntas, ¡Jajajá! ¡Y a ver, ¿qué te da derecho a decir que soy tu amor?! —dijo en forma jocosa, mirándome a los ojos.

—¿Será lo enamorado que estoy de ti?, ¿lo loco que me pones con tus cosas? o, quizás, ¿este terco corazón y su insistencia en decirte lo que siente?

—Ya no importa. Puedes preguntar todo lo que quieras, mi amor. Soy tuya y siempre quiero estar así contigo.

—¡Yo también quiero lo mismo, mi bella!

—Respondiendo a tu pregunta. Todo lo guardé, porque ya no quiero llorar más. Ahora quiero que todo para mí sea sonrisa. Quiero disfrutar cada día que Dios me dé; cada segundo, cada minuto y cada hora será especial para mí.

—¿Te puedo hacer una pregunta indiscreta, Alisha?

—Tú y tus preguntas.

—¿Que va a pasar ahora contigo? Sé que todavía no has encontrado trabajo —temía que quisiera regresar al bar como medida de desesperación.

—Tengo que tratar de encontrar otro empleo. Aunque hoy le agradezco a la vida por haberme puesto en tu camino, debido a mi trabajo en el bar, ya es definitivo que no seré más una stripper —dijo, dando media vuelta en la cama y besando mi barbilla, mientras acariciaba mi cicatriz.

—Yo también le agradezco a la vida por tu llegada a mi vida, Alisha.

Así continuó nuestra conversación y volvimos a tener sexo; nuestro deseo duró toda la noche.

Capítulo 16

Después de que todo lo que fue llanto se convirtiera en sonrisa. Los días seguían pasando; luego, fueron semanas y así unos meses, hasta sumar tres en total. En esos meses, fueron muchas las cosas que sucedieron. Alisha, mi prometida, encontró trabajo de cajera en una tienda de libros, en Manhattan. Rosa, quien siempre fue su mejor amiga y su soporte, continuaba trabajando en el mismo bar. Mi hermana Sara me visitaba, de vez en cuando, y en un par de ocasiones, hasta compartió con Alisha y su amiga Rosa. Mi madre y mi hermano seguían renuentes a nuestra relación, a pesar de que mi padre trataba de convencerlos de que necesitaban arreglar sus diferencias conmigo y aceptar mi relación. El romance con mi novia Alisha, marchaba bien. Pero... en lo económico, no me estaba yendo de la mejor manera. Me quedaba muy poco dinero y, aunque esto no lo sabía ella, había alguien que sí lo tenía muy claro... mi madre. Por lo que insistía en su propuesta para que hiciera unión con John, en la empresa que ya estaba a solo días de comprar. Cada vez que podía me llamaba para lo mismo. Un martes llegó a mi casa. Esta vez, su propuesta fue más lejos, puesto que apareció junto a Lisa, mi ex pareja, con la que estuve a solo días de casarme.

—Hola, hijo, ¿cómo estás? —emitió cuando abrí la puerta.

—¡Hola, mamá, Lisa!, ¿cómo están? Pero…, ¿qué buscan aquí? —mi sorpresa fue tanta al ver a Lisa, que me quedé frío por unos segundos.

No pude evitar recordar algunos momentos vividos con ella. Lucía hermosa… vestido muy sexy y ajustado de color azul que resaltaba el brillo de sus ojos azules; un collar de algunas piedras preciosas brillaba en su cuello. También me sorprendió el crecimiento de su cabello y su color negro. A decir verdad, me deslumbró verla tan bella. Ese cambio en su persona ya me decía mucho de su visita.

—¿No nos invitas a pasar? —dijo mi madre desde el pasillo.

—Claro que sí, pasen y siéntense.

—Alex, estamos aquí para hacerte una propuesta. Ya sé que tu vida no está yendo bien, así no quieras reconocerlo, sabes que no me equivoco, hijo —dijo muy serena, sin alterarse conmigo.

—Sé a qué te refieres, mamá; todo el tiempo me has estado llamando para lo mismo.

—No es eso, hijo; solo escúchame. Voy a invertir, junto a John, un 30% en su nueva empresa. Lo hago, esperando una decisión tuya, si eliges aceptar la propuesta que Lisa y yo te vamos a hacer, esa parte de la empresa... será tuya.

—Mamá, ya te dije que no insistas en eso. Yo voy a estar bien —Lisa solo callaba, sin soltar una bolsa que traía consigo. Me dio la impresión de que andaban de compras.

—¿Ves este traje? Es para que el día que quieras tomar ese 30% de la empresa, lo uses para casarte con Lisa —expuso, tomando la bolsa que Lisa tenía en sus manos y tendiendo un traje de color negro en mi sofá.

—Pero no puedo aceptar...

—Hijo, no tienes que dar tu respuesta ahora. Solo piénsalo, no tienes que aceptar si no quieres —me interrumpió, para ser amable conmigo.

—Sí, amor. Tu madre tiene razón. Estoy dispuesta a casarme contigo. Sin pensarlo dos veces lo haría —dijo Lisa, acercándose a mí con aquel perfume que tanto me gustaba de ella. Me dio un beso en los labios y ambas salieron de mi apartamento.

—Al menos, piénsalo, hijo, ¡prométeme que lo pensaras! —susurró mi madre, regresando a mi lado y dándome un beso para, ahora sí, marcharse, dejando aquella decisión tan tentadora en mi mente.

"¿Qué diablos es todo esto?". "No puedo creer que Lisa siga tan dispuesta". "Así me duela reconocerlo, mi madre tiene razón, no sé cómo vivir esta vida". "¡Pero no puedo volver atrás!". "¡Dios... Lisa sigue preciosa! —me decía a mí mismo, mientras observaba el traje negro tendido en el espaldar de mi mueble.

En mi desesperación por lo mal que me estaba yendo, le prometí a mi madre pensarlo muy seriamente, esta vez.

Las dos dejaron un traje de muy buena calidad y elegante. Fue dejado allí, con el fin de recuperar mi vida pasada, según sus palabras. Les confieso que fue como dejar una pizza enfrente de un vagabundo hambriento; un dulce en una guardería de niños o un cheque en blanco firmado al portador. En definitiva, fue como dejar una moneda en mis manos, que tendría que lanzar en giros al aire y decidir mi suerte. En otras palabras, sería elegir entre dos estilos de vida: me resignaba a seguir la vida que llevaba, en un mundo que, así me doliera reconocer, sentía que no era el mío, privándome de muchas de las cosas que me gustaban… y de las que ya solo tenía unas pocas; o regresaba a la vida que ya conocía, colmada de lujos, dinero y placeres. Es decir, al mundo en que crecí, con mi estatus social incluido.

Desde que tuve aquella moneda en mis manos, pasaron dos meses más. Debido a muchas cosas, mi situación económica iba de mal en peor. Decidí pensar bien todo lo que me propuso mi madre, aunque eso implicaba casarme con Lisa, a pesar de que estaba feliz con Alisha. Aquel día, Lisa no me pareció indiferente; también extrañaba el mundo en el que nací y me desarrollé. Se me hacía cada día más difícil adaptarme a mi nueva vida. Confieso que, para mí, haber tomado la decisión que tomé, no fue algo fácil. La medité una y mil veces más. Quizás, el no sentir la presión de mi madre y algunos sucesos que seguían pasando en mi entorno, me llevaron a mi elección…, ¡¿quién sabe…?! Lo cierto era que, debido a la decisión tomada, estaba de camino a una iglesia, con aquel traje negro que mi madre y Lisa dejaron en mi sofá. Aún no sabía si la decisión que me colocó en aquel altar, fue la mejor. Eso solo el tiempo lo diría. De lo que sí estaba seguro, era de que, con esa decisión, le hacía daño a la mujer que más amaba en el mundo... pero la vida es así. Tenemos que apostar y, a veces, aunque esto afecte nuestros intereses y, en ocasiones, hasta a las personas que amamos; aposté a ser feliz con ella. De pronto, sonó mi teléfono.

—¡Alex! —dijo una voz de mujer.

—¿Qué sucede, hermana?

—Es lo que me gustaría saber, ¿qué pasa que no llegas? ¿Acaso no sabes que en estos casos la novia es quien se hace esperar? Empiezo a creer que fue un error dejarte venir solo a la iglesia.

—Por un momento, creí que era ella quien llamaba, Sara.

—Ya basta con eso, Alex. ¡¿No me vayas a salir ahora conque otra vez vas a deshacer tu boda?!

—No, hermanita, ¿cómo crees? En tres minutos estoy ahí. Dile a papá que me espere en la puerta.

—Ok. Alex, termina de llegar, ¡ya! La novia se ve angustiada.

Llegué a la iglesia y di gracias a mi padre. Tomando su brazo, caminamos desde la puerta hasta el altar. Entonces allí estábamos ella y yo, uno al lado del otro, frente al padre que nos uniría en matrimonio para toda la vida y hasta que la muerte decidiera separarnos, según la Ley de Dios. La ceremonia dio comienzo y el padre, después de unos minutos, dijo:

—Si hay alguien en esta iglesia que se oponga a esta unión, que hable ahora o calle para siempre…

Al escuchar eso, yo giré mi cabeza hacia atrás y nadie dijo nada. Mantuve mi móvil siempre conmigo, en caso de que ella llamara… al no haber alguien que se opusiera, el cura continuó. Después de que ella respondiera al juramento de amarme, respetarme y estar junto a mí, tanto en la salud como en la enfermedad, prosperidad y la adversidad, era mi turno de responder a las mismas preguntas. Preguntas que ya me había hecho el padre dos veces seguidas. No me di cuenta, hasta que mi prometida frotó mi hombro derecho.

—¿Qué te pasa, Alex? Acaso fue que te arrepentiste de casarte conmigo. Hace rato que estás mirando para atrás, dirigiendo tu mirada a la puerta y sin soltar ese teléfono. Es como si no estuvieras aquí. ¿Qué te sucede, amor? —dijo muy preocupada. Miré al padre y le pedí unos minutos; los que él me concedió. Entonces, le dije a ella…:

—Discúlpame, amor. ¿Cómo puedes pensar que estoy arrepentido de casarme contigo? Nunca me voy a arrepentir de haber tomado esta decisión.

—Entonces, ¿qué es lo que te pasa? Fíjate con la preocupación que nos miran Sara y tu padre Frank —dijo, poniendo su mano en mi hombro nuevamente.

—Es que, a pesar de todo... Alisha, yo tenía la esperanza de que mi madre viniera, que así fuera a última hora, me llamara; aunque mi hermana y mi padre me dijeron que no vendrían ni ella ni mi hermano, al menos, lo esperaba de ella. Entiéndeme, mi amor. Para mí, es muy importante contar con su presencia un día como hoy. Pero tienes razón, Alisha, ya no podemos seguir prolongando más nuestra boda. Continúe padre, por favor —indiqué, guardando mi móvil y resignado a que no vendría. De nada valió insistirle.

Después de mi crisis emocional, la boda continuó y, ¡por fin!, la joven que llenaba mi vida de felicidad se convirtió así en mi esposa. Mi madre y John nunca aparecieron en la iglesia. Por tanto, solo recibí las felicitaciones de mi padre, mi hermana Sara y la madrina de nuestra boda y cómplice Rosa. También recibimos las felicitaciones de mi amigo Marc. Él ocupó el lugar de John, a quien me hubiese gustado tener como padrino de nuestra unión.

Capítulo 17

Desde el momento de mi boda con Alisha... habían pasado ya cuatro años. Era viernes y mientras me duchaba, pensaba en tantas cosas vividas después de aquella noche, la misma que, según yo, sería mi última en Knights bar. Salí del baño y busqué en mi ropero. Luego de unos minutos, vestí una camisa de cuadros rojos y blancos, su precio, $35 dólares; pantalón jean de color azul, su precio, $70 dólares; una correa de $30, zapatos de $80, uno de mis tres perfumes, el único reloj que tenía y empuñé las llaves... de mi hogar.

Al salir de la casa tomé un taxi, hice una parada de veinte minutos más o menos y me dirigí a Nite bar (¡sí, ya lo sé!, el mismo que tenía en mi lista negra, al que dije no entraría de ninguna forma) Al llegar allí, los mismos borrachos, música, tragos, mujeres y nosotros, los meseros, ambientamos el lugar...

—¡Hola, Rosa!, ¿cómo estás hoy? —saludé a la pelirroja, tal y como acostumbraba cada noche, al llegar al bar y ocupar mi puesto detrás de la barra.

—Hola, Alex. ¡¿Hoy que le compraste a tu bella?! —susurró, al ver la bolsa en mis manos.

Yo solo me limité a callar. Ella, por demás, sabía que cada viernes llegaba con algo para mi esposa y ese día no sería la excepción.

—¡Uy, uy, uy, upa! Bufanda…, al parecer, al hombre le gusta que le venden los ojos —comentó, al mirar dentro de la bolsa que tenía como logo de presentación "Macy's".

—¿Por qué dices eso, Rosa? —pregunté, sorprendido de que supiera lo que pasó aquella vez en el coche.

—¡Uff!, creo que metí la pata por culpa del libro —solo dijo eso y se la pasó caminando de un lado a otro, sin darme ninguna explicación de cómo se enteró de aquello, argumentando que estaba muy ocupada.

"No puedo creer que Alisha le contara eso a Rosa". "Pensé que era algo que solo sabíamos nosotros". "¡¿Qué me habrá querido decir con eso del libro?!" —pensaba en lo poco que me gustó su comentario.

Sí, en esos años que pasaron, tomé la decisión, con mi esposa Alisha, de comprar el bar al que una vez aseguré no entraría en mi vida. Lo compré, luego de vender los pocos lujos que me quedaban y al contarle a mi esposa lo mal que me estaba yendo económicamente.

Rosa y yo, a pesar de formar parte de los meseros, éramos los que administrábamos el bar, mientras Alisha trabajaba en su propio salón de baile, donde instruía clase de ballet a niñas menores de quince años. Mi esposa, ya tenía ocho meses de embarazo, por lo que se quedaba en casa. Dejó la escuela de baile al cuidado de una de sus compañeras instructoras; en tanto Rosa y yo, todos los días, atendíamos el bar.

Yo no podía creer que iba a ser papá. Era algo que me emocionaba bastante. Todas las noches, me quedaba dormido acariciando la barriga de mi esposa. Podía sentir cómo nuestra bebé se movía dentro de ella. Una mañana, después de salir del baño...

—Mi amor, ¿qué tienes ahí? ¿Qué es eso que me escondes? —dije, al ver cómo llevaba su mano izquierda a su espalda.

—No es nada, amor —dijo muy nerviosa.

—Déjame ver, mi amor —entre juegos y risas, pude quitarle una libreta de apuntes...

Al leer parte de lo escrito:

—¡Mi amor! ¿Estás escribiendo sobre tu vida? ¿Qué significa todo esto? —pregunté, muy sorprendido, luego de leer unas cuantas páginas, caminando toda la sala del apartamento.

—Sí, Alex. Quiero escribir un libro y que el mundo conozca mi historia —dijo, tomando de nuevo sus apuntes y llevándolo a su pecho, muy celosa de lo que escribía.

—Si estás contando tu vida, imagino que también hablas de nosotros en ese libro, ¿verdad? —pregunté, con mucha curiosidad y pensando en el comentario de su amiga Rosa.

—Claro que sí, Alex. Pienso que podría ayudar a muchas personas. Creo que es digna de que se escriba y que la gente sepa que siempre habrá esperanza para ellos —dijo, muy segura de lo que hacía.

—Pues no estoy de acuerdo, Alisha. No quiero que divulgues nuestras intimidades. Me daría mucha pena y vergüenza leer todo lo que pasé. Al parecer, tu amiga Rosa ya lo leyó, ¿verdad? —dije, muy en desacuerdo con lo que escribía.

—¡Entonces, ¿te avergüenzas de mí, Alex?! ¿De todo lo que vivimos? Discúlpame, entonces, por ser como soy. No comprendo por qué siempre tienes que tener miedo a todo y a todos —dijo, con lágrimas en sus ojos por mi comportamiento y oposición a lo que escribía.

—No es eso, mi amor, no es que me avergüence de ti, es solo que me daría vergüenza que lean mis intimidades. Tampoco quiero que la gente sepa por todo el sufrimiento que tuve que pasar para llegar hasta aquí y comiencen a señalarme con el dedo —dije, sentándome a su lado, besando sus labios y acariciando su barriga.

—Entonces, ¿tú piensas que has sufrido, Alex...? No tienes ni idea de lo que verdaderamente es sufrir. Si supieras por todo lo que yo tuve que pasar para llegar hasta aquí, entonces sí sabrías lo que es sufrir. Sé que crees saber lo que es perder todo en la vida, porque hoy no tienes tus lujos y lo que hacemos para salir adelante, pero no sabes lo que es perder una madre de la forma en que perdí la mía y, al poco tiempo, otra —dijo llorando, abrazada a mi pecho.

—Discúlpame, mi bella. Quizá tengas razón. No dejo de ser el idiota que siempre he sido, cuando digo las cosas.

Terminamos llorando los dos, tratando de convencernos el uno al otro, sobre la novela que escribía. Y pasaron los días.

Un día, mientras Alisha me esperaba, como siempre hacía, frente a nuestra casa, al verme llegar del gimnasio esa mañana…

—Alex, mi amor, ¡ay no, Dios mío...! —gritaba, mientras rodaba las escaleras del frente.

—¡Mi amor...! —grité, al verla rodar más de ocho escalones.

Corrí hacia ella, tomándola en mis brazos. Mi esposa no dejaba de quejarse de dolor y con sus manos en la barriga solo decía:

—La bebé, Alex, la bebé. Marqué lo más rápido que pude al "911", pidiendo una ambulancia.

Al transcurrir unos minutos llegaron los paramédicos y mi esposa aún no podía levantarse del piso, debido a su intenso dolor. Los auxiliares, con mucho cuidado, la subieron al vehículo, donde también subí, para correr rumbo al hospital más cercano. Mientras íbamos en la ambulancia, mi esposa no dejaba de quejarse. Yo traté de calmarla, mientras llegábamos; pero ella, presintiendo lo peor, me decía:

—Mi amor, prométeme que si muero, vas a cuidar de nuestra niña —dijo, como si presintiera que no viviría.

—Mi amor, por Dios, no digas eso; te pondrás bien y nuestra niña también —dije, sosteniendo su mano izquierda y llorando sin consuelo.

—Siento que no voy a vivir, mi amor. Júrame que harán todo para salvar a mi hija, sin que importe mi vida —su respiración al hablarme era muy lenta.

—No digas eso, Alisha, por favor. Te pondrás bien, ya lo verás.

—Quiero que me lo jures, Alex. También quiero que me prometas que, si muero... publicarás mi libro. Júralo, por favor. No voy a estar tranquila hasta que me lo jures —sentí que tenía que hacerle esa promesa.

—De acuerdo, mi amor, ¡te lo juro! Te prometo que publicaré ese libro que tanto has querido y cuidaré de nuestra hija siempre. Pero no te vas a morir, no vuelvas a decir eso, por favor. Yo me aseguraré de que eso no pase, mi bella. No me importa lo que tenga que hacer.

En ese momento, ella cerró sus ojos... mis gritos aumentaron, al ver cómo mi esposa, por más que los paramédicos intentaban que despertara, no reaccionaba. Llegamos al hospital y cuando la dirigían a su habitación, me dejaron fuera, con más preocupación que antes. La angustia de no saber qué pasaba me atormentaba. Pasó el tiempo y yo no sabía nada de mi esposa. Pasada una hora y media, se acercó uno de los médicos a mí.

—Señor Alex...

—Sí, soy yo. ¿Cómo está mi esposa y mi niña, doctor?

—Le voy a ser honesto señor... su esposa está muy mal. En estos momentos, estamos haciendo todo lo posible por ella. Ahora, procederemos a operarla y a extraer al bebé. Esperando en Dios que todo salga bien —explicó, mientras yo no dejaba de llorar y lamentar lo sucedido.

Llorando sin consuelo alguno, llamé a Rosa por tercera vez. Llegó junto a Sara. Más tarde, llegaría mi madre, junto a mi padre.

Pasaron las horas y de nuevo el doctor se acercó a mí.

—¡Señor Alex! Le tengo una buena noticia.

—Dígame doctor, por favor, dígame —dije muy nervioso y desesperado.

—Su bebé ya fue extraída del vientre de su madre y es una niña preciosa —explicó, dándole un alivio a mi alma.

—¿Dónde está doctor? Quiero verla. ¿Y mi esposa, doctor, cómo está ella? ¿Dónde está? —mi emoción era notable, pero mi angustia también lo era.

—Lamentablemente, señor Alex... ella sigue muy mal de salud. Está muy débil, será mejor que le pidan a Dios por ella. No sabemos si vivirá, tengo que ser honesto con ustedes. Todo dependerá de su fuerza de voluntad y la misericordia de Dios. Hemos y estamos haciendo todo lo posible para que recupere su salud —explicó el médico, dejándonos a todos con la angustia de no saber cómo sería su recuperación.

Mis gritos eran tan fuertes, que retumbaban en aquel hospital. A Rosa, por su parte, hubo que conseguirle una habitación en el mismo lugar, ya que no soportó enterarse de lo mal que estaba su amiga y cayó desmayada en mis brazos.

Pasaron dos días más después de aquello. Aunque la niña ya había nacido y de verdad era preciosa, tal y como dijo el doctor, yo seguía pidiéndole a Dios por mi esposa, al igual que también lo hacía mi familia, junto a Rosa, que ya estaba más recuperada. Nuestra súplica era conjunta, ya que Sara y mi madre también se veían muy afectadas por lo sucedido. Mi padre no dejaba de abrazarme, dándome ánimo. A partir de ahí, cada día nos dábamos fuerzas unos a otros. Yo consolaba mis días de espera observando a nuestra hija; era lo único que me daba fuerzas para soportar todo lo que estaba viviendo. Dentro de todo ese drama que vivía, pude ver que algo bueno pasaba… mi madre se estaba encariñando con nuestra hija.

Capítulo 18

Ya han pasado cinco meses desde que nació mi hija. Hoy es el día, donde tengo que decirles a ustedes por qué después de aquella promesa que le hice a mi esposa mientras veníamos en la ambulancia, aquí estoy, contando nuestra historia. Sé que, basándose en ella, se imaginarán lo que sucedió con mi esposa…

Pues después de estos meses en el hospital, rogando por la salud de Alisha, espero para entrar a verla... creo que ya por décima vez. Hace un momento, el doctor nos dijo lo bien que va su recuperación, tras haber evadido la muerte, nuevamente. Su mejoría en estos meses ha sido fabulosa y ya hoy iremos a casa. Su amiga Rosa y yo nos hemos desvivido por ella en estos meses, esperando con ansiedad este momento.

—Alex, ya puede usted pasar a ver a su esposa —dijo el médico, con una sonrisa en los labios, luego de darle la noticia oficial de que podía irse a casa.

—Gracias, doctor. Entonces, voy a verla —dije, con una sonrisa a flor de piel.

Entré con nuestra niña en brazos, mientras esperaba a Rosa, para llevarnos a su mejor amiga de vuelta a casa.

—Hola, mi amor, ¿cómo estás hoy? —dije, besándola sin parar y con nuestra bebé en brazos.

—¡Es preciosa, Alex! ¡Qué bella está! —dijo muy emocionada y acariciando su carita.

Después de pasarnos un rato contemplando a nuestra hija, me preguntó:

—¿Qué son esos papeles que tanto has estado leyendo últimamente, Alex? No los has soltado en días —su curiosidad la llevó a preguntarme aquello.

—Repaso por última vez nuestra historia, mi amor —dije, con lágrimas en los ojos, pasando nuestra bebé a su cama.

—¿Cómo que nuestra historia? Quedamos que publicarías mi libro solo en caso de que yo muriera. Esa fue tu promesa. No tienes por qué hacerlo, si no lo deseas —dijo, muy sorprendida.

—Mi amor, yo sé lo que te prometí.

—Pero no entiendo por qué lo haces, si no tienes ya ninguna obligación. No me gustaría publicar mi novela sin que mi esposo esté de acuerdo.

—Te equivocas, mi bella. Sí tengo una obligación y estoy muy convencido de hacerlo... debido a una promesa que le hice a Dios, después de haber hecho la tuya. En tanto te debatías entre la vida y la muerte, yo le pedí a Dios que si te dejaba vivir, yo contaría nuestra historia...

—No puedo creer que tú hayas escrito nuestra historia. ¡Qué bonito detalle, amor! ¿De verdad hiciste eso? —dijo, mirándome a los ojos y dándome un beso y otro a nuestra niña, llorando de felicidad.

—Bueno, no la escribí yo, lógico, pero grabé cada detalle de ella. Luego, un escritor la puso en papel, con mi autorización.

—Gracias, mi amor. Eres el mejor esposo del mundo.

—Y tú eres la mejor esposa que nunca imaginé tener. ¿Sabes en realidad que eres para mí…? Mi bella obsesión.

—¡Te amo, Alex!

—Es preciosa nuestra hija Clara, ¡¿verdad, mi bella?! —dije, mientras ambos la mirábamos.

—¡Gracias, por ponerle el nombre de mi madre, Alex!

—Ya consta en el registro como Clara Brown.

—¿Puedo hacerte una pregunta, Alex?

—¡Claro, Alisha!

—Si ya escribiste nuestra historia, entonces, ¿qué voy a hacer con la mía? —dijo, con el borrador de mi novela en sus manos.

—Será tu historia, mi bella. Yo estaría muy feliz de poder leerla. Te aseguro que quien lea la mía, también querrá leer la tuya y saber más de ti —dije, dándole aprobación a su novela.

—¿Puedo hacerte otra pregunta, Alex?

—¡Tú y tus preguntas, Alisha! ¡Jajajá! —dije, en forma jocosa.

—¡Alex! ¿Te atreverías...?

273

—Pero, Alisha, mi amor. ¡Estamos en un hospital! Podría llegar el doctor... no sé, cualquiera podría entrar —aclaré, temiendo acceder a su petición.

—Entonces, Alex... lo piensas y perdemos tiempo o te decides y lo ganamos...

Perdón... *lo olvidaba*

Como ya saben, me casé con la mujer que amaba, a pesar de todos los obstáculos. De mi hermano John, les diré que ya es el dueño de su propia empresa, junto a mi madre, ¡gracias a Dios!, le va muy bien. A pesar de que después de todo este tiempo, solo lo veo en ocasiones, debido a que aún no acepta del todo mi relación con Alisha, le deseo lo mejor.

De mi hermana Sara, puedo decirles que se lleva muy bien con mi esposa Alisha. Nos visita de vez en cuando, junto a su novio Alan, y nos reímos bastante juntos.

De mi ex novia Lisa, puedo decirles que se casó, luego de tanto insistir junto a mi madre de que volviera con ella. Incluso después de enterarse que me había casado, creo que de su matrimonio no hace más de seis meses. Yo le deseo toda la felicidad que ella se merece, ya que soy consciente de que es una muy buena mujer y de que puede hacer feliz a cualquier hombre en el mundo.

¡Oh, sí... mi madre! Pues ella sigue con mi padre, viviendo en la misma casa, junto a Sara, donde recibe, a veces, la visita de John y su familia. Algunas veces, también la de mi hija. Nos llevamos casi tan bien como antes lo hicimos. Para mi suerte, ella terminó viendo todo lo bueno de mi esposa y aunque no son las mejores amigas, se llevan bien, dentro de lo que cabe. A veces, nos visita junto a mi padre y a Sara. Le encanta jugar con nuestra hija Clara. Lo disfruta bastante.

Nota final

Dejo mi experiencia escrita para quien se tome el tiempo de leerla, pueda juzgar mis actos o aprender de ellos. Solo espero que si algún día tienes que lanzar una moneda al aire, no te bases en mi historia, sino en la tuya. Recuerda que cada decisión que tomes en la vida, traerá consecuencias, y hasta que no arrojes esa moneda, escogiendo uno de los dos lados, no sabrás si fue la correcta. Espero que siempre sea la mejor decisión para ti.